Svealena Kutschke
Etwas Kleines gut versiegeln

Svealena Kutschke

Etwas Kleines gut versiegeln

Roman

WALLSTEIN VERLAG

Wenn ich auf das Meer schaute, schien der Horizont nie weit weg. Es war, als ob das Auge Himmel und Meer gewaltsam zusammenziehen würde. Wie eine Narbe sah der Horizont auf dem Wasser aus.

Schluss jetzt, wir sollten uns alle ausziehen und nackt auf die Straße laufen.

Warum dreht sich die Erde einmal pro Tag?

Ich hatte kalte Füße und nichts zu verlieren. Die Stewardess stellte einen Plastikbecher mit Rotwein auf das Tablett. Auf den Tragflächen lagen Eiskristalle und verliehen meinem wuchtigen Kokon etwas Fragiles.

Der Rotwein legte sich pelzig über meine Zunge. Ich hielt den ersten Schluck geraume Zeit am Gaumen. Er schien sich auf diese Art zu verdichten. Als ich ihn herunterschluckte, hatte er nichts Flüssiges mehr, er rutschte mir durch die Kehle wie etwas, das ich eigentlich hätte zerkauen müssen. Ich schloss die Augen. Ich sah B. Er lachte mich an, hatte Lippenstift an den Zähnen. Immer wenn ich die Augen schloss, sah ich B, als wäre er mir in die Innenseite der Lider tätowiert. Es knackte leise, bevor die Stimme des Piloten aus dem Lautsprecher drang, auf die Einfuhr von Drogen in Kuala Lumpur stehe die Todesstrafe. Erst mit Verspätung begriff ich, dass auch ich gemeint sein könnte. Das Gramm Kokain, das ich seit Monaten in der Hosentasche mit mir herumtrug, war für mich zu einem Fossil geworden, zu einem winzigen versteinerten Seeigel. Ich warf es trotzdem lieber auf den Boden. Der Engländer neben mir wurde blass, aber das lag sicher nur daran, dass wir an Höhe verloren. Ich hatte mein Buch an einer beliebigen Stelle aufgeschlagen: *»Lebt die Freiheit?«*, las ich dem Engländer vor, es nützte nichts.

»Wo kann man denn hier rauchen, bitte?« Eine Dame in knallroter Uniform schaute mich missbilligend an und winkte vage den langen Gang hinunter. Ich irrte eine halbe Stunde durch den Flughafen von Kuala Lumpur, bis ich eine kleine Glasbox fand, aus deren Ritzen Qualm drang. Ich öffnete die Einstiegsluke und tauchte ab. Wir standen uns alle gegenseitig auf den Füßen, nestelten an Streichhölzern und Feuerzeugen, ich wurde 26, Sudden Smith in meiner Hosentasche 14.

»Herzlichen Glückwunsch!«, flüsterte ich und streichelte seinen kleinen Holzkopf.

»Herzlichen Glückwunsch!«, flüsterte Sudden Smith zurück.

Trotz allem wurde ich ein bisschen blass vor Freude, grinste die Nebelgestalten im Kubus an, schmeckte selbst mein Husten rein und neu.

»Ein Dorf mit Ureinwohnern wurde für den Bau des Flughafens umgesiedelt«, raunte Sudden Smith. »85 Familien der Orang-Asli. Orang bedeutet Mensch, Asli bedeutet –«

»Wir gehen ja gleich«, seufzte ich.

Ich pulte die Verpackung vom Huhn, während der Engländer sich abgestorbene Hautreste von den Füßen kletzelte. Ich hatte gehofft, er würde in Kuala Lumpur aussteigen.

Preset von Console tröpfelte federleicht in meine Ohren. Der Engländer tippte mir mit spitzen Fingern auf die Schultern. Ich drehte mich um und beobachtete seine vehementen Mundbewegungen. Auch die Haut in seinem Gesicht schälte sich. Er musste im Solarium gewesen sein, um sich auf die Sonne Australiens vorzubereiten.

Das Ergebnis war traurig. Es brauchte zurzeit nicht viel, um mich traurig zu machen, aber dieser müde Hautzipfel, der ihm am Mundwinkel hing, brach mir fast das Herz. Ich musste mich beherrschen, nicht daran zu zupfen. Widerwillig nahm ich die Kopfhörer ab.

»I know some German words«, grinste er. Der Hautfetzen an seinem Mund zitterte. »Heil Hitler, Komposthaufen, Autobahn, Bier, Ich liebe dich!«, ratterte er stolz herunter.

Ob er sich darauf die letzten 14 Stunden vorbereitet hatte?

»Interessante Mischung«, knirschte ich. »I know some English words: Baked Beans, Beer and Motherfucker.«

Den Rest des Fluges sprachen wir nicht mehr miteinander.

Die diffuse Enttäuschung, als der rosa-braun karierte Koffer mit all diesen Klamotten tatsächlich auf dem Laufband auftauchte. Bei der Einweihung des Flughafens von Kuala Lumpur 1998 soll das Gepäckfördersystem zusammengebrochen sein, und viele Gepäckstücke waren verloren gegangen. Ich war offensichtlich einige Jahre zu spät gekommen, mein Koffer war nicht verloren gegangen, er kam in Sydney an. Als er in Deutschland durchleuchtet worden war, hatte ich fast erwartet, Bs Portrait auf dem Monitor aufleuchten zu sehen, und war erleichtert gewesen, als sich nur die Umrisse der 6 Filmdosen abzeichneten.

Marc holte mich vom Flughafen ab. Mein Körper fühlte sich an wie in einen engen Beutel eingeschweißt. Mit verkrampften Bewegungen zog ich Bs Koffer hinter mir her und ging hölzern auf Marc zu. Sein Auto glänzte im Morgenlicht, als wollte es der Sonne den Rang streitig machen. Ich fand das nur angemessen. Marc war meine persönliche Supernova und ich tat ab jetzt gut daran, in seiner Nähe zu bleiben. Denn wenn Marc irgendwann erlosch, würde es gar nicht auffallen, wenn man zusammen mit diesem ganzen Sternenstaub auch mich aufkehrte. Es war so herrlich, Marc zu sehen, dass ich beim Versuch, ihn zu begrüßen, vor Begeisterung mit der Stirn gegen seine Nase schlug. Marc rieb sich die Nase und grinste so spöttisch, dass für einen Moment alles gut war. Auch der Wind legte sich ins Zeug. Mit Schmetterlingsflügeln legte er sich auf meine Haut, die von der Klimaanlage ganz ausgedörrt war.

Ich stellte Sudden Smith auf das Armaturenbrett, sein schwarz-weiß karierter, aufgemalter Anzug leuchtete in der Sonne.

»Hey, Sudden Smith«, sagte Marc. «Lebt ja noch, der alte Holzwurm.«

»Klar«, sagte ich. »Heute wird er 14 Jahre alt.«

»Gratuliere, Sudden Smith.«

»Ich werd heute 26.«

»Fuck, why didn't you tell me?«

»Tu ich doch«, sagte ich.

»Gratuliere, Lisa.«

Dann schwiegen wir eine Weile. Große Bäume mit glatten marmorierten Stämmen säumten die Straße. Der Regen hatte ihre Rinde in dunkelrote Schattierungen getaucht.

»Wie war die Reise?«, fragte Marc und hielt an einer Ampel.

»Warum will man wissen, wo ich gestern war?«, zitierte ich Fischli & Weiss und starrte aus dem Fenster.

»Vergiss es, hab gar nicht gefragt.«

»Ich brauche Arbeit, Marc.«

Die Straßen wurden enger, die zweistöckigen Häuser mit den schmiedeeisernen Balkonen kauerten dicht zusammengedrängt unter den verknoteten Telefonleitungen. Vor allen Häusern standen Bäume, deren Äste in die Fenster hineinzuwachsen drohten. Ich stellte mir vor, wie ihre kräftigen Wurzeln von unten gegen das Fundament drückten, die Mauern eines Tages aushebeln würden. Ich dachte daran, wie B und ich betrunken auf einen Brückenbogen geklettert waren, um den Sonnenaufgang über den Gleisen zu erleben. Wir hatten oben gesessen, Wein aus der Flasche getrunken und eine zuckersüße Zigarette geraucht, während die Sonne schwer über den ausrangierten Waggons auftauchte. Als ich hinuntergeklettert war, schaute ich mich um und sah B weit oben auf dem Bogen kauern. Er traute sich nicht mehr herunter. Wie eine Katze saß er auf dem breiten Brückenbogen fest.

Marc kochte Kaffee, ich ließ mir heißes Wasser über den Kopf laufen. Als ich in die Küche kam, war er schon wieder auf dem Weg zur Arbeit. Auf dem Tisch stand eine Tasse Kaffee, daneben lag ein Zettel, auf den Marc mit ausladender Handschrift Numbers to call for jobs geschrieben hatte. Darunter aufgelistet waren verschiedene Telefonnummern. Außerdem hatte er mir einen zerklüfteten Stadtplan und einen Haustürschlüssel hingelegt. Marc verlor offensichtlich keine Zeit, bei mir war das anders.

Marc war der Exfreund meines Bruders. Er hatte eine Zeit lang bei Elias und mir gewohnt. Marc nannte Elias' Haar kupferfarben und nicht rübenrot. Elias' Sommersprossen waren sein Firmament, wie er mir einmal betrunken beteuert hatte. Damals war ich fast genauso traurig wie Elias gewesen, als Marc wieder nach Australien ging. So traurig, dass ich beschloss, meinen betrunkenen Bruder zu begleiten, der nachts am Computer zwei Visa bestellte, um Marc zu besuchen. Aber dann hatte ich B getroffen und Elias war allein geflogen. »Sag mal, bist du eigentlich bescheuert?«, hatte er gutmütig geknurrt. Für die Unbill der Liebe hatte er immer Verständnis. Zwei Wochen später war er schon wieder zurück und zerschlug etwas Geschirr, bevor er eine Reise nach Norwegen buchte.

Ich wanderte durch das Haus. Auf dem Wohnzimmertisch lagen eine Packung Schokoladenkekse, ein Joint und ein weiterer Zettel, auf dem in roten Buchstaben Jetlag stand. Ich schloss meinen Koffer auf und ließ ihn dann liegen wie einen toten Falter. Ich mäanderte ein bisschen herum, schob das Küchenfenster nach oben, die dicken Seile quietschten, die Scharniere krachten, zog es wieder herunter (zu viel Welt), faltete den Zettel mit den Telefonnummern klitzeklein, drückte meine Zigarette drin aus und sog lächelnd den schwelenden Rauch ein. Ich schaltete den Fernseher an, er war sehr laut, ich schaltete ihn wieder aus (zu viel Welt). Ich spielte mit dem Gedanken, mich im Koffer zusammenzurollen und auf Marc zu warten. Er würde wissen, was zu tun war. Nach und nach würde er erst meine Kleidungsstücke, dann mich aus dem Koffer holen, zusammenfalten und an den richtigen Plätzen verstauen. Mit ein wenig Glück würde er mich sogar bügeln. Aber fürs Erste war es vielleicht das Beste, auf dem Sofa zu liegen und den Joint anzurauchen. Wenn man nicht mehr wusste, wie man atmen sollte, war es immer eine gute Idee, den Sauerstoff mit Rauch zu mischen. Ich inhalierte tief, dann atmete ich aus (Kohlenmonoxid und THC), so lange, dass ich mich fragte, wo die ganze Luft herkam, ob ich etwa monatelang nur eingeatmet und durch irgendeine Nachlässigkeit das Ausatmen vergessen hatte.

Ich schlug das kleine Buch mit den schwarzen Seiten auf, in dem Fischli & Weiss unter dem Titel *Findet mich das Glück?* Fragen gesammelt hatten.

Ist meine Dummheit ein warmer Mantel?

Sudden Smith kicherte gehässig. Elias hatte ihn mir von seiner Klassenfahrt nach England mitgebracht. Ich hatte geheult und getobt, weil Elias allein nach England fahren durfte und ich mit Thomas und Luise, unseren Eltern, nach St. Peter-Ording fahren musste. Im März! Und das Meer war die ganze Zeit weg. Zu meinem Geburtstag am 1. April war Elias wiedergekommen.

»Happy Birthday, Lisa«, hatte er gesagt. Er hatte viel Englisch gelernt in England.

»Moin«, hatte ich gesagt. Auch ich hatte was gelernt in St. Peter.

Luise war so entzückt von Elias' Sprachkenntnissen, dass sie meinen Geburtstagsschmelz glatt übersah. Es war eh alles ein großer Witz. Wer wollte schon jemanden ernstnehmen, der am 1. April geboren war. Luise erzählte gern, der Arzt habe mich nach der Entbindung hinter seinem Rücken versteckt und April! April! gerufen. Elias hatte im Juli Geburtstag. Ein solider Sommermonat. Elias war im Afterglow einer wilden Anti-Vietnamkrieg-Demo gezeugt worden, auf den durchgeschwitzten Matten einer Turnhalle, ich 2 Jahre und 3 Ehekrisen später im rostigen Golf von Thomas. Im Regen, nur wegen eines leeren Tanks. Thomas und Luise waren deshalb mitten im Wald stecken geblieben, und die Mücken hatten Thomas den Hintern zerstochen. So erklärte Luise gern grinsend die Diskrepanz zwischen meiner Lethargie und Elias' aktionistischen Irrfahrten durch die Welt. Odysseus nannten wir ihn manchmal.

Ich hatte die Arme hinter dem Rücken verschränkt und Elias hatte Sudden Smith neben die Geburtstagskerzen gestellt. Erst als die Kerzen heruntergebrannt waren und Sudden Smiths Lack an der linken Seite von der Hitze abplatzte, nahm ich ihn in die Hand. »April! April!«, flüsterte Sudden Smith und lächelte gequält.

»Du bist ein Glücksbringer!«, fauchte ich ihn jetzt an. »Dein Job ist es, aufmunternd zu sein!«

Darauf schwieg Sudden Smith sein hölzernes, kleines Schweigen.

Ich aß Kekse und starrte aus dem Fenster, fixierte die sinkende Sonne wie einen Feind, wer zuerst untergeht, hat verloren.

*

Ich stand auf, nachdem die Sonne schon lange meine Konturen aufgeweicht hatte, und löste mich mühsam vom Bett, wie man eine Briefmarke mit Dampf von einem Umschlag ablöste.

Marc hatte nur einen Kaffeering auf dem Küchentisch hinterlassen, ich stellte meine Tasse genau in seinen eingetrockneten Kaffeekranz und schrieb in mein Notizbuch.

Heute morgen den Kaffee langsam getrunken, die Zunge hineingetaucht und versucht, den Kaffee mit der Zunge Auf Zu Nehmen.

Im Nachthemd, den Kaffee in der Hand, ging ich vor das Haus und war sprachlos angesichts der Lichtstrahlen, die gebündelt durch die Wolken fielen, angesichts dieser weißen Wolkenberge und dem schneidend blauen Himmel dazwischen, angesichts der leuchtend pinken Farbe, in der unser Nachbar sein Haus strich.

»Wunderbar morning, hey?«, begrüßte er mich und beäugte mein Nachthemd, ein riesiges Rüschenmonster aus Omas Schrank.

Ich hatte mich nicht gewundert, dass Oma nur eine Handvoll Kleidung und ihre Waschtasche mitgenommen hatte, als sie zu Thomas und Luise gezogen war. Es passte zu ihr. Auch Opas Anzüge und Strickjacken hingen noch dort, niemand hatte sie weggeworfen nach seinem Tod. Elias und ich bezogen ihre Räume mit den antiken Schränken, dem geblümten Geschirr und den pastellenen Landschaftsgemälden wie ein abgelegtes Schneckenhaus. Selbst ihr Schirm blieb im Ständer neben der Tür. Manchmal hatte ich mich gewundert, wie Elias und ich dort überhaupt noch reinpassten mit all unserem Atem und den Kleidern. Dass uns Omas abgelegte Haut nicht vollständig umhüllte, dass wir nicht frühzeitig vergreisten, das war ein verdammtes Wunder.

Bei B war das anders gewesen, vor B waren die Dinge irgendwie zurückgewichen.

Neue Räume taten sich um B auf, als er bei mir einzog.

Ich setzte mich auf den Balkon und las eine Zeitung. Die verschnörkelten Gitter warfen Schatten auf den Boden. Ich stellte mir vor, wie B auf dem Boden hockte, mit dem Rücken an die Mauer gelehnt, die Schatten wie Striemen durch sein Gesicht laufend.

Ich rief meine Nummer in Deutschland an. Sofort sprang der Anrufbeantworter an. Bs helle Stimme klang weich wie ein Sommerregen: »B und Lisa sind woanders und nicht da. Wir werden Ihre Nachricht unverzüglich löschen und vergessen.« Ich legte das Telefon mit dem Gesicht nach unten und beugte mich über das Balkongitter, als wenn ich ein Handtuch zum Trocknen hängen würde. Weiter konnte ich meinen Körper nicht in die Stadt bringen. Ich ließ mich allmählich von dem kleinen Haus absorbieren, fletschte die Zähne, wenn Marc auf den Stadtplan deutete, drückte meine Kippen in den Verkehrsknotenpunkten aus, streckte höchstens meine Zunge aus dem Fenster und fing Fliegen.

Ich stand tropfend im Bad, ein Handtuch um den Kopf gewickelt, als das Telefon klingelte.

»Hello?«, fragte ich und ärgerte mich ein wenig, dass *Hello* so wenig fremd klang.

»Hello!«, rief Elias und ich hörte sein breites Grinsen.

»Oh, hallo, Elias!«, sagte ich. Ich sprach seinen Namen gern aus. Elias, das klang nach Helden und schimmernden braunen Haaren, in denen das Licht reflektierte. Aber das führte ein wenig in die Irre. Elias war klein, stämmig, mit einer großen Menge Sommersprossen und einer kleinen Menge roter Locken, und trug seinen Namen wie eine glitzernde Brosche auf einem abgetragenen Anzug.

»Lisa, mein Mädchen«, rief Elias durch die Leitung, »was macht die große, weite Welt?«

»Hühlt chich an wie ein schu groscher Anschug«, nuschelte ich und spuckte den Zahnpastaschaum aus. »Die Ärmel sind zu lang, die Knöpfe zu groß, die Schultern zu breit. So kann man doch nicht aus dem Haus gehen.«

»Da hast du recht.«

»Wie ist es bei dir?«

»Heiß und indisch«, sagte Elias. »Hast du Wilma gesagt, dass sie die Pflanzen bei uns gießen soll?«

»Nee«, sagte ich. »Wilma war schon wütend genug.«

Elias seufzte schwer und verabschiedete sich innerlich vermutlich von den baumhohen Graspflanzen im Garten.

»Nieselregen«, sagte Elias und machte eine erwartungsvolle Pause.

»Victoria Bitter«, sagte ich nach kurzem Überlegen.

»Schlamm und Moleküle«

»Joints, Cricket, Kekse + Schlaf«

»Das waren 5 Wörter«, sagte Elias, »du hast geschummelt.«

»Nein«, sagte ich. »Ich habe ein Pluszeichen benutzt, du bist dran.«

Elias seufzte und grübelte.

»Transzendenz«, sagte er schließlich und kicherte zufrieden. Wir erfanden seit 17 Jahren sogenannte Elfchen. Elfchen waren komplizierte Wortgebilde, die so aussahen:

Ein Wort
2 Worte
3 Worte
4 Worte
Nur noch ein Wort.

Zusammen mussten sie immer 11 Worte und einen tieferen Sinn beinhalten. Unser erstes Elfchen war noch etwas schlicht:

Aschenbecher
Sein macht
Schön und klug
Aber man stinkt und
Steht.

Dieses Elfchen schenkten wir unserer Mutter Luise, die es mit roter Farbe in den Aschenbecher schrieb, den ich ihr getöpfert hatte.

Auf die Unterseite des Aschenbechers schrieb sie, *ein elfchen von lisa und elias.* Ich fragte sie, warum sie das auf die Unterseite des Aschenbechers geschrieben hatte, es könne ja nun keiner ihrer Gäste sehen, von wem das Gedicht stammte. Luise sagte, es sei nicht mehr Platz gewesen im Aschenbecher, und Lyrik brauche Raum, um sich zu entfalten. Wenn Luise Gäste hatte, lungerte ich auf der Lehne des Sessels herum, bis mindestens 3 Zigarettenkippen im Aschenbecher lagen. Dann sprang ich auf, leerte den Aschenbecher, und auf dem Rückweg hielt ich ihn hoch in die Luft, tat so, als entzifferte ich mühsam eine Inschrift. Ich forderte niemanden auf, es mir nachzutun, ich dachte, mein Beispiel würde die Neugier der Anwesenden schon entfachen. Aber meistens bemerkten sie es gar nicht. Luise nahm mir den Aschenbecher aus der Hand und rief: »Habt ihr eigentlich schon das Gedicht von Lisa und Elias gelesen?« Dann gab sie den Aschenbecher herum.

Unsere späteren Elfchen enthielten sehr viel zwischen den Zeilen:

Türen
Junger Spürhund
Streichholz des Grauens
Wo ist der Lichtschalter
Duschhaube.

Die Leitung knisterte. Ich schaute aus dem Fenster und schwieg in den Hörer, Elias schwieg zurück. Nachdem ich, den Hörer zwischen Schulter und Ohr geklemmt, die Wäsche von der Leine genommen und einen

Kaffee gekocht hatte, sagte Elias: »Mach heute was, Schwesterchen, geh raus.«

»Okay«, seufzte ich.

»Versprochen?«

»Versprochen.«

Ich baue ein Telefon aus Schnur und Blechdosen, hänge es aus dem Fenster und spreche Deutsch.

Die Bahn lag tief in den Gleisen. Wenn ich ein Brandloch erreichte, stieg ich aus, schaute zwischen den Häusern umher, lief im Kreis und huschte dann schnell wieder zurück in mein Tunnelsystem. Die Brandlöcher im Stadtplan waren mein kosmischer Plan, über den ich mir die Stadt erschloss. Eine Sternenkarte, und ich war die Schnuppe, die durch die U-Bahn-Schächte zischte. Die gelb gekachelten Wände rasten an mir vorüber. Ich war müde.

»Ich bin müde«, hatte ich zu Marc gesagt, als er in Deutschland anrief, um Elias zu sprechen. Aber der war wie immer auf Reisen. Ich dagegen war seit Urzeiten nicht mal in der Uni gewesen, das Haus hatte ich nur verlassen, um Pizza, Schokolade und Rotwein bei Aldi zu kaufen, auch sonst war nicht viel los mit mir gewesen. »Ich bin so müde, dass es mich kaum noch gibt.«

»Dann komm doch her«, hatte Marc gesagt, als würde er mich auf einen Kaffee einladen. Und plötzlich hatte ich mir gewünscht, ich könnte die Tür zu Omas riesigem Schrank öffnen, in dem nun neben Omas, Opas und meinen Kleidern zu allem Überfluss auch noch Bs hingen. Ich würde eintauchen in den Geruch von Lavendel, Aftershave und Bs Teerosenduft, die Rückwand würde sich öffnen, und ich würde direkt in Marcs Haus hineinschneien, ihn kurz anlächeln, ihm die Zigarette aus der Hand nehmen und mir einen Kaffee kochen.

Ich hatte seit Wochen meine Tage im Bett verbracht. Am Abend war ich müde, am Morgen war ich müde; vielleicht hatte sich das Wetter geändert, bestimmt war die Sonne gewandert, aber immer wenn ich die Augen schloss, war da B. Manchmal hatte Wilma an die Tür geklopft, mit den Füßen Dreck beiseitegeschoben. »Ja, ich weiß«, hatte ich geknurrt und mich im Bett umgedreht. Ich konnte fast hören, wie Wilma die Schultern zuckte, bevor sie wieder verschwand. Aber meistens nahm sie etwas Müll mit.

Noch einmal war ich auf den Brückenbogen geklettert. Meine Zehen stießen an den Rand, während der Wind mir in den Rücken blies. In der Ferne liefen die Gleise zusammen und der Horizont stürzte auf die Schienen. Ich schloss die Augen und ließ meine Kamera fallen. Ich lachte, als ich sie aufschlagen hörte. Ich wartete noch etwas, aber es fand sich kein Zug, der drüberfuhr und ihre verstreuten Teile in die Schienen schmolz (auch kein Panzer, keine Planierraupe).

Die Kaufhäuser schlugen über mir zusammen. Es roch staubig, die Luft war trocken. Mit brennenden Augen stand ich in einer Umkleidekabine, zog mir stur ein Kleid nach dem anderen über den Kopf, bis mir die Haare flogen. Der Verkäufer nickte anerkennend, als ich meinen Stapel zur Kasse trug. Ich bezahlte meine Assimilation mit schreiend bunten Scheinen. Geld, das eigentlich meine Miete bestreiten sollte, bis ich einen Job finden würde. Innerlich stampfte ich auf und fletschte die Zähne. Es erfüllte mich immer mit grimmiger Freude, Geld auszugeben, das ich nicht hatte. Meine abgeschälten Klamotten blieben in der Umkleidekabine liegen, nur den Mantel warf ich mir wieder über den Arm. Wandfarbe wollte ich sein, an einem soliden australischen Haus. Beton im Rücken, die Gischt im Gesicht.

»Excuse me?«, näherte sich ein Japaner mit bedrucktem T-Shirt und silbernen Turnschuhen. »Do you know where is Elisabeth Street?«

»Yeah sure«, log ich, deutete nach rechts, dann nach links, beschrieb Ampeln und Kreuzungen. Er irrlichterte los, ich hinter ihm her.

Das Telefon klingelte. Marc. »Na, hast du dich schon verlaufen?«

»Ja, absolut.«

»Was machst du?«

»Ich laufe einem Japaner hinterher.«

»Ach Kind«, seufzte Marc.

Der Japaner drehte sich gerade verwirrt um die eigene Achse und schaute zum Himmel hoch, als erwarte er ein Zeichen (Wolkenartige Pfeile? Ziehende Vögel? Starke Winde? Bruce Willis in einem fliegenden Taxi?).

»Wo bist du?«

»Hinter dem Japaner.«

»Ruf dir ein Taxi.«

»Wohin?«

»Weg von dem Japaner!«

Der Japaner ging vorsichtig über eine breite Brücke. Sie führte zum Hafen. Über uns fuhr lautlos eine Hochbahn, schnitt glänzend durch den Himmel. Die Glasfassaden der Hochhäuser am Hafen warfen die Sonne auf die See zurück. Der Japaner hatte einen weichen, zögernden Gang. Jetzt blieb er stehen und fragte wieder nach dem Weg. Der Kerl deutete weit über meinen Rücken hinaus. Der Japaner sah mich verstört an. Ich schaute ihn an, als hätte ich ihn noch nie gesehen. Ich roch wieder sein Parfum, als ich an ihm vorbeiging. Ein irgendwie heller Duft, der mir in der Nase haften blieb, als ich die Stufen zum Hafen hinunterstieg.

B küsste, wie ein Vogel müde mit den Flügeln schlägt.

»Dann komm doch her«, hatte Marc gesagt. »Jonas hat mich verlassen. Er ist ausgezogen.« Das hatte er ruhig gesagt. So ruhig, wie man manchmal ist, nachdem man alles Geschirr aus den Regalen genommen und auf den Fußboden geschmissen hat. »Ich hol dich vom Flughafen ab«, hatte Marc gesagt. Es klang so einfach und unverbindlich, als würde ich nach Köln fliegen. Gleichzeitig wusste ich, dass ich es niemals schaffen würde, nach Köln zu fliegen. Das Kürzeste, was ich schaffen konnte, war Australien.

Wo der Japaner jetzt wohl war? Ich hätte gern mit ihm am Wasser gesessen. Wir hätten Eis gegessen und uns langweilige Fragen gestellt. Vielleicht hätten wir uns ein Taxi gerufen und unbeholfen ein wenig Sex gehabt. Er hätte japanische Laute ausgestoßen und ich deutsche. Er hätte mich an Kirschblüten erinnert, ich ihn an Bratwurst.

Ich setzte mich auf die breiten Treppen zum Hafenbecken. Überall hielten Menschen ihr Gesicht in die Sonne, blinzelten und tranken Kaffee aus Pappbechern.

»Tumbalong«, sagte Sudden Smith zerknirscht.

»Was?«

»So hieß Darling Harbour ursprünglich, bevor mein Volk –«

»Ja«, unterbrach ich ihn. »Ist gut, Smith.«

Ich rief bei Thomas und Luise an. Ich ließ zweimal klingeln, legte auf und rief wieder an. Vorklingeln nannte man das unter Arztsprösslingen. Die Oma ging ran.

»Hallo Oma«, sagte ich. »Ich bin's.«

»Kind«, sagte Oma, »du bist es. Die Mama ist nicht da.«

»Wie geht's dir, Oma?«

»Hätten wir den Opa nicht doch verbrennen sollen?«

»Warum?«

»Weil die Haare und Fingernägel unter der Erde weiter wachsen. Das würde dem Opa nicht gefallen.«

»Jetzt ist auch zu spät«, sagte ich.

»Kind, wo bist du denn, bist du nicht in der Uni?«

»Nein, Oma, ich bin in Sydney.«

»Sydney?«

»Australien, Oma.«

»Mein Gott, das wird doch viel zu teuer«, rief die Oma und legte auf.

Ich knüllte meinen Mantel zu einem Haufen zusammen, legte ihn mir unter den Kopf und hielt mein Wintergesicht in die Sonne. Die Bohlen der Werft breiteten ihren holzigen Geruch aus, das Visitor Centre funkelte wie eine Kristallkugel, ein paar Boote liefen ein, andere aus, hinter mir fuhr ein halbnackter, eingeölter Kerl auf einem Einrad und spuckte Feuer, alles war gut.

*

Die Dunkelheit stürzte wie eine Decke vom Himmel, ich vermisste die lange Dämmerung des Nordens. Manchmal hatte ich das Gefühl, ich wäre eines Morgens an den Strand gespült worden und Marc hätte mich aufgelesen, zusammen mit anderem Treibholz. Er hatte mir einen Job besorgt, er drehte mir klitzekleine Joints, er strich mir hin und wieder über den Kopf.

Die Abende waren noch kalt, der Wind pfiff unter den Türen durch, wir drängelten unsere Füße vor dem winzigen, rotglühenden Heizkörper, doch am Morgen stach mir regelmäßig die Sonne ins Gesicht, erwachte ich schon klebrig wie ein Stück Kuchen mit Zuckerguss.

Jeden Morgen kochte Marc Kaffee für uns und bestrich vier Scheiben Toast mit Butter und Vegemite. Jeden Morgen stand er in Unterhosen in der Küche, mit nassen zurückgekämmten Haaren, und bügelte sein Hemd für die Arbeit, ich band mir die Haare zusammen und knüllte meine schwarze Schürze und die gestreifte Bluse in die Tasche.

»Komm, Schätzchen, ich bügel das für dich.«

»Danke, das hängt sich aus.«

Wenn ich zuschaute, wie das Wasser aus seinen Haaren ihm langsam den Rücken hinunterrann, fühlte ich mich immer ein wenig wie ein weißes Laken, das in der Sonne trocknete.

Wenn wir auf dem Balkon standen, den Kaffee in der Hand, und der Tag vorglühte wie ein Motor nach einer kalten Nacht, machte mein Puls verwegene Sprünge und ich glaubte tatsächlich, alles Mögliche könnte passieren. Auch Marc war stumm angesichts der Dächer, die sich unter dem Flug der Vögel bogen und der Stromkabel, die den ganzen Himmel vernetzten.

»Lisa, ich meine, ist das nicht ein wenig unbequem für dich?«, fragte Marc schließlich zögernd und sah mich dabei nicht an.

»Was?«, fragte ich scheinheilig.

»Naja, es ist doch auch ein bisschen kalt.«

»Nein«, log ich.

»Und ich schnarch doch auch.«

»Nein«, log ich.

»Aber du schnarchst«, log Marc.

»Nein«, sagte ich.

Marc band sich seufzend die Krawatte um, griff nach seinem Telefon, zielte damit auf meine Brust, blies den Rauch von der Mündung und steckte es sich in den Gürtel. Ich zündete eine Zigarette an und schaute ihm hinterher, wie er auf weichen Sohlen die Straße hinunterlief, seinem gut bezahlten Job entgegen, seiner Altersversicherung, seinen Aufstiegschancen, den gläsernen Wänden und gewienerten Fluren. Mein Neid wehte vom Balkon herunter, heftete sich kalt an seinen Nacken, Marc zog die Schultern hoch und fuhr sich durch die Haare, als verscheuchte er eine Fliege. Dann drehte er sich noch einmal um und warf mir eine Kusshand zu. Reumütig fing ich den Kuss in der Luft. »Es ist alles kindliche Prägung!«, rief ich ihm nach. »Ich kann nichts dafür!« Auf Marcs Fußboden zu schlafen war manchmal das einzig Richtige.

Ich dachte daran, wie Luise eines Nachts ihr Lager auf dem Fußboden neben Elias' und meinem Doppelstockbett aufgeschlagen hatte. Das war, als Luise und Thomas sich trennen wollten und es dann doch nicht taten, der Kinder wegen. Derkinderwegen, das fühlte sich an wie ein großes Fischernetz, das jemand über unser Haus geworfen hatte, und in diesem Netz zappelten Makrelen, Rochen und Delphine, das Meer direkt vor der Nase. Luise hatte es leise am Telefon gesagt. Luise, die sich auf dem Boden drehte und wendete wie ein Fischstäbchen in der Pfanne und uns aus dem Traum unverständliche Dinge zurief.

Aber ich schlief leise. Marc konnte mich gar nicht bemerken. Und ich war dann wieder 7 Jahre alt, und obwohl etwas kaputtgegangen war, waren wir alle beisammen.

Ich warf die Zigarette über die Brüstung, griff meinen abgewetzten Rucksack und machte mich auf, die Straße hinauf, meinem schlecht bezahlten Job entgegen, täglich bar in die Hand ohne Gewähr.

Ich trug 3 Teller in 2 Händen. Der Koch konnte meine Notizen nicht lesen, sie waren zu deutsch, zu flüchtig, verruchte Ziffern, verwitterte Lettern, wie man so viel falsch machen könne, bei Rührei und Kaffee, fragte er mich. Mit Absicht rührte er Schinken in vegetarische Omelettes und wartete, bis ich zurückkam, den Ärger der Gäste im Nacken.

»Was soll ich denn machen?«, fragte mein Chef und riss verzweifelt seine braunen Augen auf, wenn ich im Garten heulte. »Du weißt doch, wie sie sind, die Jungs.«

Der Koch war mindestens 50 Jahre alt.

Ich habe eine Wohnung, schrieb ich in mein Notizbuch. *Ich habe einen Job. Plötzlich wünsche ich mir weißes, kühles Mehl an die Hände.*

Am Abend empörte Marc sich so anhaltend, dass ich es nicht mehr zu tun brauchte. »Das hast du doch nicht nötig, Kind!«, rief er und hackte auf die Tomaten ein, metzelte Basilikumblätter in winzige Teilchen und brachte das Wasser zum Kochen. Ich hockte neben ihm auf dem Küchentisch und rieb die Flecken tiefer in die Schürze. Ich erzählte ihm, wie blau die Wände des Cafés leuchteten, nachdem der Koch seine Schicht beendet hatte, wie die Sonne sich in den Kaffeebechern auf den Tischen auf der Straße spiegelte, wie die Gäste anfingen, mich mit Namen anzusprechen, Messy Lisa nannten sie mich oder Darling. Außerdem blinzelte ich nicht mehr nervös, wenn jemand einen Magoccino, please, darl bestellte (Magutschi-what?). Vorschriftsgemäß schrieb ich M/Cap auf meinen Block (Mug of Cappuccino). Ich fand, es ließ sich alles ganz gut an, eigentlich. Marc stellte die Flammen herunter und schüttelte den Kopf. Manchmal zog ich mir die Hose aus und servierte Marcs und meine Spaghetti in Unterhose, dicken Wollsocken und Schürze, wackelte dabei übertrieben mit dem Hintern und griff mir in die Haare. Marc gähnte und wedelte mit der Fernbedienung in meine Richtung, als wollte er den Kanal wechseln. Einmal seufzte er nur, so tief und erschütternd, dass selbst ein paar Kakerlaken unter dem Kühlschrank hervorkamen, um nach dem Rechten zu sehen.

»Was ist mit Jonas?«, fragte ich ihn.

»Der vögelt in Schweden«, fauchte Marc und schaltete den Fernseher an.

Wir rauchten einen unschuldigen Joint und sahen ausländische Filme mit winzigen Untertiteln. Wir lagen ausgestreckt, jeder auf einem Sofa, das war unbedingt notwendig, wenn man einen Joint geraucht hat, dass jeder ausgestreckt auf einem eigenen Sofa liegen kann, Kopf an Kopf, im 90-Grad-Winkel voneinander weggestreckt.

»Keiner ruft mich an, Marc. Keiner schreibt mir.«

5 Minuten später vibrierte das Telefon auf meinem Bauch. Marc hatte mir eine SMS geschrieben. Ich verbarg meine Rührung hinter einem herzhaften Gähnen.

»Wie siehst du überhaupt aus?«, fragte Marc nach einer Weile und deutete stirnrunzelnd auf Omas Nachthemd.

»Ich hab Heimweh«, sagte ich.

Manchmal fragte ich mich, warum ich ihm nie von B erzählte, aber dann würden auch hier die Dinge zurückweichen. Auch hier würden sich Nischen auftun, nur für B.

Wird der Bereich des Möglichen immer kleiner?

Die Tage wurden nicht länger, aber breiter. Außer der Arbeit im Melograno hatte ich nichts zu tun und die Augenblicke des Ruhmes, wenn tatsächlich einmal ein Gast das bekam, was er bestellt hatte, reichten nicht weit. Für drei Sekunden zumindest war ich dann die Omelette-Prinzessin und tanzte im Petersilienregen. Aber in den Straßen wusste man nichts davon und ich hatte es langsam satt, wie eine ausgesetzte Schildkröte durch die Gassen zu stromern. Irgendwie neugierig, den Kopf aber doch immer halb eingezogen. Immer bereit, mich in meinen Panzer (oder eben in Hauseingänge) zu ducken, falls etwas Schlimmes passieren sollte, die Liebe zum Beispiel.

Als ich Nick zum ersten Mal sah, saß ich vor dem Museum am Cirqular Quay auf dem Gras, das Opernhaus lag eierschalenfarben unter dem trüben Himmel. Ich trank eine Cola und beobachtete eine Ameise, die hastig über meine Finger lief. Furchtbar zielgerichtet sah sie aus, eine tiefe Zufriedenheit lag in ihrem Weg über meine Hand. Ich lass sie nicht mehr runter, dachte ich. Soll sie sich doch auf meiner Lebenslinie zu Tode laufen.

Ich drückte ein paar neue Brandlöcher in den Stadtplan, die anderen Punkte (Zentaur, den Kleinen Wagen, die Fliege und Phönix) hatte ich schon abgearbeitet, jetzt war mir nach Crux (Kreuz des Südens). Das war auch allerhöchste Zeit, schließlich schmückte es die australische Flagge. Gemäß meinen Berechnungen lag sein tiefster Punkt am Hyde Park, U-Bahn-Station St. James. Danach war wohl ein neuer Stadtplan dran, manche U-Bahn-Stationen und Straßenzüge hingen schon am seidenen Faden. Aber zumindest konnte ich mir das zerfledderte Ding jetzt vor die Nase halten wie eine Zeitung und durch die Brandlöcher unbemerkt diesen herrlichen Mann beobachten, der nicht weit entfernt auf dem Rasen saß und mit einem Mädchen sprach. Das Kreuz des Südens eignete sich perfekt. Durch den höchsten Punkt konnte ich seine Haare sehen, die in kleinen Wirbeln auf dem Hinterkopf zu Berge standen. Diese Wirbel trieben irgendwie schwerfällig im Wind, wie Seeanemonen in der Trägheit des Wassers. Durch die Punkte rechts und links seine gestikulierenden Hände mit den langen schmalen Fingern, die ich sofort zählen wollte. Irgendwie glaubte ich nicht, dass es nur zehn sein sollten.

Er saß nördlich von mir, das hieß, ich saß südlich von ihm. Das Kreuz des Südens lag mitten in der Milchstraße, südlich davon war eine Dunkelwolke zu sehen, der sogenannte Kohlensack. Das war dann wohl ich.

Der tiefste Punkt lag direkt auf seinem Mund. Auf überirdisch schönen schmalen Lippen, die sich in alle Richtungen bewegten, wenn er sprach. Als wäre sein Mund ein abgelöstes Wesen, und wenn ich noch länger darauf starrte, würde es sich tatsächlich von seinem Gesicht ablösen und ich würde wild knutschend mit ein paar Lippen durch das Gras rollen. So viel zum Kreuz des Südens. Ich ließ den Stadtplan sinken.

Er drehte sich zu mir um und lächelte mich an. Wie aufgespülter Sand sah sein Gesicht aus, als er lächelte. Wenn B lächelte, schlugen die Mundwinkel Wellen in seinen Wangen. Wie eine Narbe lag B in meiner Erinnerung, so wie der Horizont auf dem Wasser. Ich erschrak so sehr, dass ich die Ameise zerquetschte, die noch immer zwischen Lebenslinie und dem Rest herumirrte, aber ich meißelte ein Lächeln in mein Gesicht. Als würden all meine Gesichtsmuskeln an Fäden in verschiedene Richtungen auseinandergezogen. »Tut dir was weh?«, fragte Sudden Smith einfühlsam. Ich strich mir die Mimik aus dem Gesicht und starrte Nick weiter unverwandt an, als die Sonne sich durch die Wolkenschicht kämpfte und die See glättete, meine Cola in einen Quell verwandelte. Nicks Gesicht leuchtete in der Sonne, die Konturen schmolzen unter dem gleißenden Licht, bis Nicks Gesicht eine Leinwand war, eine beleuchtete Leinwand, kurz bevor der Film begann:

Ich war die Treppenfluchten zu Bs Wohnung hinaufgestiegen. Es hatte nach staubigem Holz gerochen und feuchtem Beton. B hatte stark geheizt. Er saß nackt am Küchentisch und zog sich die Lippen rot nach, ich küsste ihn leicht auf den Mund und setzte mich ihm gegenüber. Der Tisch war mit Krümeln übersät. Brötchenkrümel, getrocknete Teeblätter, Tabakkrümel, B fegte die Tabakbrösel mit der Handkante zusammen und drehte sich eine Zigarette. Es war bestimmt auch ein wenig Brötchen und Tee dazwischen. Er zündete die Zigarette an und strich sich die Haare aus der Stirn. Zwischen seinen Augenbrauen lag eine winzige Furche. Nicht tief. Als wenn man ein Laken gebügelt hätte und die Falten dennoch sah. Ich schaute in Bs Gesicht wie in einen Spiegel

(Halbdunkel, Lichtempfindlichkeit 1600 ASA, grobkörnig, Blende 5,6, Verschlusszeit 1/15 Sekunde).

Wenn ich meine Hand mit gespreizten Fingern auf seinen Bauch legte, sah sie aus wie ein Kastanienblatt (1/60). Ich stand auf, zog mir das Kleid über den Kopf, streifte es B über den nackten Körper. An seinem Weinglas klebte Lippenstift. Wenn er lachte, blitzten seine schiefen Zähne zwischen den roten geschwungenen Lippen (Blende 8). B lehnte sich aus dem Fenster in den Innenhof, wie aus einem fahrenden Zug, und rief etwas. Der Wind, der seine Stimme mitnehmen sollte, blies nicht. Bs Worte hallten schwer im Hinterhof. Er zog den Kopf ein, beschämt, strich sich das blaue Kleid glatt, setzte die Flasche direkt an und trank, flammend rot in den Wangen (Gegenlicht).

Als es dunkel wurde, warf B sich seinen Mantel über und zog mich ins Treppenhaus. B kannte kein Zaudern, wenn er seinen Mantel trug. An der Straßenecke küsste er mich auf die Wange, zwinkerte mir zu und verschwand. Ich schaute ihm nach und stellte mir vor, ihn nackt im Schilf auszusetzen, Eiskristalle würden in seinen Wimpern wuchern, der mit Schollen durchsetzte Fluss zu seinen Füßen laut knistern.

Am Morgen stand er vor meiner Tür, die verschmierte Wimperntusche lag dunkel unter seinen Augen. B mit dem rubinroten Lidschatten und dem neuen Liebhaber (Batterie leer/ Black).

Die Sonne verschwand hinter einer Wolke, die Cola war warm und Nick stand auf. »Wenn ich meine Hand auf seinen Bauch legte, sah sie aus wie ein Kastanienblatt«, sagte ich zu Sudden Smith.

»Sieh mal, wie der Wind die Wolken über das Meer

treibt«, sagte Sudden Smith. »Sieh dir die rasenden Schatten auf dem Wasser an.«

Manchmal machte er seinen Job ganz gut.

Nick verschwand im Museum, ich fuhr leicht über das plattgedrückte Gras, wo Nick eben noch gesessen hatte, richtete einzelne Grashalme auf.

»Reiß dich zusammen«, zischte Sudden Smith.

»Okay«, fauchte ich und trampelte alles wieder schön platt.

In der Eingangshalle des Museums stand eine weiße Pappwand, darunter eine Anweisung: Glue your brain to the wall and think about Adorno.

Nick hatte seine Stirn gegen die Wand gelehnt und dachte an Adorno. Ich wickelte ein Lakritzbonbon aus und wartete. Ich hatte nur eine Tüte aus Deutschland mitgebracht. Meine schwarzen Sterne waren gerade gut genug für einen Liebeszauber.

Der Korb stand neben ihm. Eine Flasche Wasser lag darin, ein Skizzenbuch und ein Pulli. Ich warf ein Lakritzbonbon hinein, auf den Pulli. Nick hörte auf zu denken, er löste seine Stirn von der Wand, lächelte mich an, nahm seinen Korb und ging. Er bot nicht an, mich zu küssen. Ich lehnte meinen Kopf gegen die Wand und schloss die Augen. Ich dachte. ADORNO.ADORNO. ADORNO. A.D.O.R.N.O.

Auf der Straße wollte ich meine Stirn an jede Wand lehnen. Ich lief durch breite Straßen mit Eukalyptusbäumen, eine Kakerlake kroch neben mir her, und über allem spannte sich ein kobaltblauer Himmel, er sah tatsächlich straff aus, als hätte ihn jemand mit hölzernen Pflöcken am Horizont vertäut. Ich ließ Lakritzbonbons auf meinem Weg zurück, an jeder Straßenecke. Ein Paar kam die Seitenstraße herauf, und irgendwie, aus dem Augenwinkel, sahen sie aus wie eine einzige Person, verweht und androgyn.

Den letzten Bonbon legte ich vor unsere Haustür.

*

»Marc, er bewegt seinen Mund so schön, wenn er spricht«, sagte ich wieder. »Wenn er spricht, dann kräuselt sich seine Oberlippe, so, guck mal!« Ich zeichnete elegante Wellenlinien in die Luft. Marc seufzte.

Es war kaum zu glauben, wie schwarz und warm die Nacht war, wie geschmeidig der Asphalt. Die Häuser sperrten ihre Türen auf und streckten die Zungen heraus, alles atmete und keuchte. Wir schwammen die Straße hinunter, zerteilten die gefräßige Luft mit unseren Körpern. Es hätte mich nicht gewundert, wäre die Straße mit Paaren bedeckt gewesen, die sich nackt auf dem Asphalt räkelten. Es roch nach Pizza und Thai und tausend Parfums.

Noch einen Tag vorher hatte mich ein Krankenwagen verfolgt. So schlimm steht es doch noch gar nicht, hatte ich gedacht und die Augen geschlossen gegen das Blaulicht, den Sturm und den Regen.

»Schluss jetzt!«, hatte ich am Abend zu Marc gesagt, der mit einem Joint auf der Couch dämmerte, die Beine embryonal angezogen. »Wir sollten uns alle ausziehen und nackt auf die Straße laufen.«

Beiläufig pflückte Marc mir im Laufen Flusen von der Seite.

»Meinst du, er hat mich überhaupt bemerkt?«

»Er hat dich doch angelächelt, sagst du.«

»Ja, aber das war so beiläufig, so wie man lächelt und irgendwo hinguckt, um seine Gedanken zu sammeln.«

»Aber im Museum hat er dich noch mal angelächelt.«

»Ja, aber das war so ein Bus-Lächeln.«

»Ein Bus-Lächeln?«

»Ja, wenn man aussteigt und der Platz frei wird und man denjenigen anlächelt, der sich da hinsetzen will.«

»Lisa!«

»Schon gut.«

Wir überquerten die Straße und Marc griff hastig nach meiner Hand, weil ich in die falsche Richtung schaute und vor Autos lief. Ich fragte mich, ob ich extra noch immer in die falsche Richtung schaute, weil ich es mochte, wenn jemand hastig nach meiner Hand griff.

Die Oxford Street tobte. Alle blitzten und schwitzten und drängten sich auf dem engen Fußweg dicht aneinander vorbei. Marc zog mich durch eine offene Tür ins Stonewall. Von der Decke hingen Plastikblumen und Barbiepuppen, die Wände schwitzten, auf der Bühne streckte eine Drag Queen ihre Beine und vergaß den Text. Marc breitete seine Schultern aus und ich streckte meine Brüste vor, dann schlängelten wir uns zur Bar. Wir tranken Wodka mit Grapefruitsaft, Marc setzte ein Gesicht auf, souverän und sexy, und scannte das Volk, wie er es nannte. Mora war auch da, eine schöne Transe, an der er ein erotisches Interesse von fast neurotischer Vehemenz hegte, wie er mir anvertraute. Er bezahlte und ließ seine Finger flüchtig über die offene Hand des Barkeepers gleiten. Offensichtlich war Marcs erotisches Interesse nicht linear, sondern breitete sich großzügig und krakenartig aus, das konnte ich gut verstehen.

»Schau mal, so!«, sagte ich und zeichnete Wellenlinien in den feuchten Tresen.

Der Barkeeper nahm einen trockenen Lappen und wischte mit zackigen, aber inbrünstigen Bewegungen meine liebevolle Zeichnung auf.

»Darling, du hast da ein Lächeln auf dem Gewissen«, flirtete Marc ihn an.

»Sorry?« Der Barkeeper zog genervt eine Augenbraue nach oben.

Wir sogen abwechselnd an Strohhalm und Zigarette, während eine fette Drag Queen mitsamt der Schaukel langsam und unter quietschenden Seilen in die Höhe gekurbelt wurde und ein paar muskulöse Jungs mit wenigen Kleidungsstücken, die immer weniger wurden, die Bühne bevölkerten. Marc war etwas von mir abgerückt und brüllte dem Barmann Dinge ins Ohr. Der zeigte sich kaum beeindruckt, obwohl Marc seine weichen Lippen schürzte und die Luft durch die zart gefletschten Zähne einsog.

»Ich geh mich amüsieren«, sagte Marc über meine linke Schulter hinweg, tätschelte mir beruhigend den Hintern und zog seine Bahnen. Ich trank weiter.

Zwei Tage vor Thomas' Geburtstag hatte Elias sich zum ersten Mal betrunken und dazu anderthalb Schachteln Zigaretten geraucht. Ich hatte ihm geduldig dabei zugesehen und geschwiegen, bis er einen einzigen Satz rausbrachte, er sei schwul. Ich hatte weiter geschwiegen, was hätte ich auch sagen sollen.

»Omas Nachbarn sind auch schwul«, sagte Elias nach einer Weile, als würde das etwas nützen.

»Ach wirklich?«, fragte ich interessiert. »Sind das die, bei denen Opa den Rasensprenger immer so einstellt, dass es ihnen auf die Terrasse regnet, wenn sie frühstücken?«

»Genau die«, hatte Elias geseufzt. »Verstehst du, was ich meine?«

»Du bist ja fleißig!«, grinste der Barkeeper und spendierte einen Wodka, als er sah, wie ich mit meinem Strohhalm im leeren Glas herumstocherte. Langsam wanderte ich durch das Gedränge, sog den Duft von Parfum, Schweiß und Rauch ein und lehnte mich betrunken an jeden gutmütigen Rücken, den ich finden konnte.

»Überraschung!«, schrie Marc aufgekratzt, griff meine Hand und zog mich auf die Toilette. Kondome lagen auf dem Boden, Männer stöhnten hinter den Türen. Neben dem Pissoir griff einer einem in die schwarzen Haare und bog ihm den Kopf nach hinten. Die Luft legte sich mir auf die Haut wie ein hungriges Tier.

»Wie kommt es, dass du mich ins Allerheiligste entführst?«, grinste ich Marc an. Er stand ganz dicht vor mir, zupfte mir das Kleid über den Brüsten zurecht. Ich starrte auf seine vollen Lippen, auf die winzige Lücke zwischen den Zähnen. Marc sah anders aus als zu Hause. Er war voller Sex, voller Gier und Gelassenheit, sein Hemd aufgeknöpft, die Hüften ständig vorgeschoben. Er sah aus, als verberge er samtige Fühler unter seiner Haut.

»Mund auf, Augen zu!«, antwortete Marc.

Ich schloss die Augen, drückte meinen ganzen Körper an die Wand, damit ich ihn nicht an Marc drückte. In diesem Raum, in dem überall die Lust aufstob wie aufgewirbelter Staub, war es für einen Moment egal, dass ich Marc nicht begehrte. Ich hielt den Mund auf, die Zunge streng unten wie beim Arzt. »Aaaaahhh!«, sagte ich albern. Ich roch Marcs Schweiß. Dann spürte ich den

Geschmack von Ecstasy auf der Zunge. Das heißt, ich dachte, dass es Ecstasy war, so klein und rund und bitter, wie es war. »So, Lisa, und jetzt gehen wir tanzen!«

Ich zupfte mir Klopapier von der Schuhsohle, warf noch ein paar neugierige Blicke nach links, rechts, oben und unten, erntete verschlossene Gesichter und rollende Augen und schlenderte Marc hinterher.

Ich fand ihn auf der Tanzfläche, er klebte an einem großen Mann mit Locken, das Hemd hatte er ausgezogen und hinten in den Hosenbund gestopft, wie fast alle Männer, die sich auf der Tanzfläche herumtrieben. Ich ließ mich treiben, drücken, quetschen und schubsen. Wenn ich Platz dafür fand, wand ich schwärmerisch meine Arme empor, dem 80er-Jahre-Beat entgegen, aber meistens musste man sich einfach an jemanden anlehnen und alle Bewegungen mitmachen. Ich erspähte noch ein paar andere Mädchen, die in der Menge heruminselten, und warf ihnen liebevolle Blicke zu. Alle schimmerten und glänzten und stanken, es war herrlich. Als die Tanzfläche sich ein wenig lichtete, hüpfte ich im Stroboskoplicht ekstatisch auf und ab, griff nach den Scheinwerfern wie nach den Sternen und rutschte in einer Bierlache aus. Ein Junge neben mir verlor sein T-Shirt, es segelte sanft auf mein Gesicht und blieb angenehm kühl dort liegen. Ich dachte an das Knistern von Daunen in frisch gewaschener Bettwäsche. Subsystem der Liebe, dachte ich.

Sub Sub SubSystem der Liebe. Mein Herz schlug Funken. Vor meinem inneren Auge entstand ein ganzes Rudel friedlich küssender Menschen, durch nichts verbunden als den Moment, austauschbar und ohne Fallhöhe.

»Oh, sorry, Darling!«, es wurde wieder hell um mich herum.

Der Typ stopfte sein T-Shirt zurück in den Hosenbund und stellte mich auf die Füße. Marc tanzte an mir vorbei und streckte mir die Zunge heraus, auf einmal hatte ich furchtbaren Durst. Ich griff nach Marc, fasste ihn um die Hüften. »Küss mich mal!«

»Mädchen, bist du verrückt?«, rief Marc und wand sich aus meinem Griff.

»Nein, ehrlich, küss mich mal, nur so! Eine Versuchsanordnung, verstehst du, Marc? Ein Untersuchungssystem der Liebe!«

»Das Kind steht unter Drogen«, seufzte Marc und zog mich Richtung Tresen.

Überall schwitzten schöne Jungs, krallten sich aneinander fest, schwenkten ihre Hintern auf der Bühne, genau auf meiner Augenhöhe. Ich wollte reinbeißen, in alles, was da vor meinen Augen rollte und kreiste. Marc stellte ein großes Glas Wasser vor mir ab und hielt einen Vortrag über die Macht der Drogen und die Schönheit keuscher Beziehungen, während ich die Schweißtropfen aus seinen Bartstoppeln küsste und ihm über die salzigen Wangen leckte.

»Schatz, du bist high.« Marc grinste.

»Und du bist salzig!«, murmelte ich, in seinen Hals vergraben.

»Jetzt trink endlich mal nen Schluck Wasser und iss ein paar Erdnüsse.«

»Nur einmal!«, bettelte ich.

»Was tut man nicht alles für das Wohl seiner Mitbürger«, seufzte Marc ergeben, packte mich, zog mich vom Hocker, küsste mich einmal, herb mit breiter Zunge, und setzte mich wieder ab. »Du musst mal wieder knutschen«, hatte Elias vor einiger Zeit zu mir gesagt, als einmal nicht Wilma, sondern er die leeren Pizzakartons neben meinem Bett entsorgte. »Küssen stärkt das Immunsystem. Ist im Grunde wie eine Schluckimpfung.«

»Ich habe keine Grippe, sondern Unglück«, flüsterte ich und Elias strich mir seufzend über den Kopf.

Ich trank Wasser und drehte mir eine Zigarette. Zwischen den dröhnenden Bässen und den durcheinanderschreienden Männern hörte ich das Zigarettenpapier rascheln. Ich strich mir über die Lippen und lächelte. Ich fühlte mich tatsächlich, als hätte Marc mir eine Schluckimpfung verabreicht. Ziemlich viel Glück war in meinen Zellen unterwegs. So viel, dass ich jetzt ganz selbstständig den Unrat um mich herum hätte aufräumen können (Pizzakarton in den Müll, Aschenbecher ausleeren, Zähne putzen, Unglück marinieren und kurz anbraten, Kerzen anzünden, parfümieren, küssen).

»Ich hab geknutscht. Und Ecstasy genommen«, schrieb ich an Elias.

»Ich bin stolz auf dich«, kam prompt die Antwort.

Zum 45. Geburtstag von Thomas brachte Elias sein Coming-Out in Form eines schönen Mannes mit. Thomas' Augen waren unverwandt auf das Knie von Elias geheftet, auf dem die schöne Hand seines schönen Freundes lag. Thomas hatte in dem Punkt ne Macke. Er ging nicht so weit, uns die Augen zuzuhalten, wenn ein Männerpärchen Hand in Hand vor uns die Straße überquerte, aber er trat von einem Fuß auf den anderen, winkelte die Arme an und schnaufte laut. »Ich weiß nicht, ich hab ja nichts dagegen, aber normal ist das nicht!«, brachte er Ewigkeiten später heraus, wenn keiner mehr wusste, wovon er eigentlich redete. Elias und Thomas schoben eine Flasche Korn zwischen sich hin und her. Ich sah, wie Elias das Glas abstellte und der Korn in seinen Augen aufschlug. Luise legte Thomas eine Hand auf die Schulter, als wollte sie ihn in den Stuhl drücken, mit dem er sowieso verbunden war wie das Wachs mit dem Docht. Thomas' weiche Züge wurden hart. Er betrachtete Elias mit demselben enttäuschten Blick, mit dem er den neuen Teppich betrachtet hatte, dessen extravagantes Muster sich mit allem überwarf, was im Wohnzimmer so stand. Als Luise die Tür hinter dem letzten der Gäste geschlossen hatte, erhob Thomas sich langsam und irgendwie stählern von seinem Stuhl, als wäre er in ein gigantisches Korsett eingeschlossen. Ich sah die Ohrfeige langsam von seinem Bauch aufsteigen, sein Herz war sicherlich nur noch ein kleiner vertrockneter Ball. Luise fiel ihm in den Arm und die Ohrfeige verharrte in der Luft, direkt vor Elias' aufgerissenen Augen. Plötzlich sah sein Gesicht aus, als läge es unter Wasser, und ich trug eine Taucherglocke auf dem Kopf und betrachtete ihn durch das dicke Glas, unfähig, mich dieser seltenen Art zu nähern.

In seinem Zimmer riss Elias seine Klamotten aus dem Schrank, stopfte sie wahllos in eine Sporttasche. In zwei Sekunden war die Tasche voll und trotzdem lag noch alles in Bergen, und Elias sank auf einem Haufen Unterhosen in sich zusammen. Ich faltete seine geringelten Shirts und die verwaschenen Jeans. Als ich den Reißverschluss der Tasche über seinen Klamotten zusammenzog, wurde Elias' Gesicht plötzlich ganz weiß, dann kotzte er vor sich auf den Teppich.

Ich besuchte Elias eine Woche nachdem er von zu

Hause weggelaufen war. Die Wohnung seines Freundes war groß und sehr ordentlich und Elias lief geschäftig darin auf und ab, als bewegte er sich durch ein Möbelhaus, als mäße er die Einrichtung mit einem Zollstock aus. Ich hatte ein paar Schulhefte mit unseren Elfchen mitgebracht und legte sie auf den gläsernen Couchtisch. »Ach das«, sagte er und wedelte mit einer Hand durch die Luft, als wollte er eine Fliege verscheuchen. Aber da war keine Fliege. Da war ich. Ich war 14, und Elias' leeres Zimmer war für mich wie ein See, in dem man schwimmt, ohne den Grund zu sehen.

Ich watete durch verschüttetes Bier und Scherben und suchte Marc.

Ich entdeckte ihn in einer Ecke, er lehnte an der Wand, hatte die Augen geschlossen. Ich drückte ihm ein Glas in die Hand. Marc richtete sich auf, stand lose im Raum, die Hüfte vorgeschoben, nahm einen Schluck und leckte sich über die Lippen. Ich schaute auf seine Zunge und die breiten Lippen. Marc sagte etwas, bewegte den Mund in Zeitlupe, wie ein Stein unter Wasser fällt. Ich packte ihn, schob ihn zurück in die Ecke, drückte mich an ihn und küsste ihn. Marc küsste rücksichtslos und selbstbewusst, ich spürte seine Zähne an meinen Lippen, Wölfe rudelten durch meinen Kopf.

»So, jetzt ist aber Schluss mit der Untersuchung«, brachte Marc nach einer Weile hervor und schob mich entschlossen von sich weg. »Was sollen denn die Leute von mir denken!«

»Das ist die Revolution, Marc. Das Subsystem der Liebe!«

Ich erläuterte mit schillernden Worten mein Konzept

der autarken weil kollektiven Liebe, bemühte Metaphern und Metamorphosen.

»Oh my God«, schnitt Marc mir das Wort ab, »Darling, you are soooo seventies!«

Als er mit Mora auf der Toilette verschwand, ging ich nach Hause. Der Morgen zog herauf. Es war noch dunkel, aber die Vögel sangen, und die kurze Dämmerung lag wie eine Ahnung über der Stadt. Ein Mann schlenderte barfuß die Straße hinunter, seine Krawatte wehte im Wind. Es war, als wollte der Asphalt mühsam etwas verbergen, als müsste er gleich aufbrechen und all seine Geheimnisse preisgeben. Ich ging mit salzigen Füßen. Ich kaufte einen Kaffee im Pappbecher mit heißer Milch und Zucker und zog meine Schuhe aus. Der raue Asphalt. Der kühle Wind. Mein trockener Mund. Es war eine schmerzhafte Intensität in allen Dingen, ein Anfall von Kristall in der Straßenführung, jedes Auto rührte mich zu Tränen, die Risse im Asphalt stachen mir in die Augen, der Himmel blühte rosa.

*

Ich war blind und taub und stumm. Mein Mund war trocken. Selbst die Zunge gegen den Gaumen zu drücken kostete allen Lebenswillen. Ich hatte 12 Stunden geschlafen. Der Tag breitete seine Flügel aus, aber ich wandte mich ab.

»Wie wirkt Ecstasy?«, hatte ich Marc gefragt.

»Erst bist du ganz glücklich«, hatte Marc gesagt, »und dann ganz unglücklich, und beides geht schnell vorbei.«

In der Tür überholte mich eine Kakerlake. Unter der Dusche lehnte ich mich an die Wand und schloss die Augen. Ich verbrachte eine halbe Stunde reglos vor dem

Kleiderschrank, dann schlurfte ich die Treppen hinunter und plumpste in die Küche.

»Gestern ging es mir noch gut«, sagte ich zu Marc.

Marc zog eine Augenbraue hoch, unterbrach seine Liegestütze nicht.

»Da hilft nur Sport.«

Selbst seine Wimpern wirkten sportlich kurz.

»Ganz schlechte Wahl«, schnaufte Marc.

»Was?«

»Na, dieses Ding, das du da anhast. Die Hose. Darin hast du nicht nur einen dicken Hintern, sondern auch dicke Oberschenkel. Und an den Hüften, da schneidet die irgendwie –«

»Schon gut!«, fauchte ich und schleppte mich die Treppe hoch, den unzähligen Möglichkeiten meiner Reisegarderobe entgegen. So viel zur Versuchsanordnung. Die Fallhöhe gab es trotzdem.

Ich nahm eine Decke und legte mich in den Park. Seufzte in kurzen Abständen und hielt das stumme Telefon in den Händen wie ein sterbendes Kaninchen. Ich rief Marc an. »Kommst du in den Park?« Marc seufzte und ich seufzte, dann legten wir auf. Die Sonne war zu grell und das Gras stach mich in den Rücken. Ich hatte meine Zigaretten vergessen, es hatte alles keinen Sinn. Ich wischte mir die Ameisen von den Füßen und ging wieder nach Hause. Ich wünschte mir ein Häuserdach, ein ganz hohes. Dort wollte ich flach auf dem Rücken liegen und mich betrinken, langsam und unaufhörlich. Ich würde die Flaschen auf die Straße schmeißen, während die Tage vergingen, mein Körper würde allmählich mit der Dachpappe verschmelzen. »Himmel«, seufzte Sudden Smith. »Beuys ist tot!«

Ich verkniff mir die Bemerkung, dass er den Begriff *soziale Plastik* wohl ein wenig zu wörtlich nahm, ich wollte nicht kleinlich wirken.

Ich zog mich nackt aus, verpuppte mich in einem nassen Bettlaken und warf mich auf das Sofa im Wohnzimmer.

Bin ich der Schlafsack meiner Seele?, fragten mich Fischli & Weiss. Die Kakerlake lief zu meinen Füßen auf und ab, ich war mir sicher, dass es dieselbe war, die mich heute Morgen überholt hatte. Ich aß Pflaumen und spuckte die Kerne auf die Dielen (»Igitt«, murmelte Sudden Smith) und schaute spanische Filme, einen nach dem anderen. Marc schloss die Haustür auf. Ich hörte ihn schnaufen, während er grußlos an mir vorbeilief, und schaute seinem verschwitzen Körper hinterher, als er die Treppe hinaufstieg. Erst verschwand sein Kopf, dann verschwanden seine Schultern, sein Rücken, sein Hintern, die Oberschenkel, die Waden, die Füße. Als er vollkommen verschwunden war, klopfte es an der Tür und Marc rannte die Treppe wieder hinunter.

»Kriegst du Besuch, Marc?«

Marc nickte.

»Spinnst du?«, rief ich und deute auf mein Bettlaken und die Pflaumenkerne auf dem Boden.

»Wir gehen besser gleich«, sagte Marc zu seinem Freund an der Tür. »Aber vorher muss ich noch kurz duschen.«

Ich wimmerte leise und sah ihn wieder die Treppe hinauf verschwinden, den Kopf, die Schultern usw., dann versenkte ich mich angestrengt in die Untertitel.

»Hey, ich hab dich doch im Museum gesehen!«

Nick streckte mir die Hand hin.

»Ich bin Nick.«

»Ach, du kennst Marc«, sagte ich schwach.

Tagelang hatte ich Nicks Lächeln für Marc in feuchte Biertresen und den Schaum von Milchkaffee gezeichnet und gehofft, ihn nie wiederzusehen. Jetzt stand er vor mir, einen Badmintonschläger in der Hand, Ärmel und Hosen aufgekrempelt, ein Taschenbuch in den Hosenbund geklemmt, und schaute mich lächelnd an; mich, verheddert in ein feuchtes Laken und Erinnerungen, das bedeutete zumindest, dass ich existierte. Ich hörte Marc pfeifen und plätschern. WARUM, verfluchte ich Marc, geht der Scheißkerl duschen, BEVOR er zum Badminton geht. Warum lässt er meinen ganzen Körper mit Nick allein.

Er stand mit beiden Füßen in meinen Pflaumenkernen und schaute interessiert auf das Laken, ich suhlte mich im Pathos.

»Der Mumie ist es warm!«, grinste er.

»Raupe«, sagte ich.

»Was?«

»Ich bin keine Mumie, eher eine Raupe.«

»Dann bist du vielleicht eine Grabbeigabe. Die Lieblingsraupe der Pharaonentochter. Was wirst du denn für ein Schmetterling?«

»Gar keiner. Ich bin doch mumifiziert«, sagte ich, raffte die Laken enger und starrte auf Nicks wunderbares sandfarbenes Lächeln, das noch lange im Raum stand, lange nachdem Nick seine Gliedmaßen eingesammelt hatte und hinter Marc aus der Tür gelaufen war.

Die Kakerlake begleitete mich ins Bett.

»Was hast du erwartet«, sagte Sudden Smith.

*

Der Wind wehte Marc die Haare aus dem Gesicht, er atmete konzentriert und gleichmäßig. Die Grashalme im Park lagen matt und flach unter dem Morgenwind, genau wie ich, die mühsam ihre Füße hinter sich herzog und schnaufte. Marc verkörperte meine Vorstellung von der Bundeswehr, als er am Morgen meine Tür aufgerissen hatte.

»Marc, ich glaub, ich habe einen Herzfehler«, schnaufte ich und drückte meine Nase in das Gras. Marc machte Liegestütze neben meinem ausgestreckten Körper und trippelte dann auf der Stelle. Er trug ein enges blütenweißes T-Shirt und dunkelblaue Hosen, ich trug meine Schlafanzughose, sie war gelb mit roten Blumen darauf, und Marcs ausrangierte Turnschuhe, die mindestens zwei Nummern zu groß waren.

»Mädchen, du bist ja nicht mehr rot, du bist violett!«, rief Marc und befühlte meine Stirn.

»Das ist das Licht«, schnaufte ich, deutete in den Himmel, zog mich an Marcs Hand hoch und lief störrisch weiter.

Der Asphalt krümmte sich, meine Lunge wog schwerer als meine Beine. Aber ich knurrte und hieb die Füße in den Teer, rieb mich auf an meinem knappen Atem, riss die Augen auf und starrte jeden Grashalm an, beobachtete die Muskeln, die sich unter Marcs Hemd abzeichneten, die glatte Rinde der Bäume, spürte meinen Pulsschlag im ganzen Körper, bis die fragilen Fasern der Welt sich langsam wieder um mich schlossen. In der Ferne, unter der aufgehenden Sonne, lief uns eine schmale Gestalt entgegen. Ich zwinkerte.

»Oh bitte nicht«, stöhnte ich und hielt mich an einem Baumstamm fest.

»Was ist?« Marc tänzelte um mich und den Baum herum.

»Da kommt Nick«, wimmerte ich und drückte mein glühendes Gesicht gegen die Rinde.

»Das ist ja wunderbar, Schatz. Das letzte Mal trugst du ein Laken, heute Schlafanzughosen und ein vergilbtes Hemdchen. Er wird sich sofort in dich verlieben!«

Eine Minute später schaute Nick verwundert in mein purpurnes Gesicht, dann auf meine riesigen Schuhe. Er trug ein Netz mit Orangen. Seine Augen waren rotgeründert. Er nahm seine Brille ab und fuhr sich über das Gesicht. »Ich war gerade auf dem Weg nach Hause«, sagte er.

Er roch nach Whisky und Bier. Das erklärte noch nicht die Orangen. Eine fiel aus dem Netz und zerplatzte zwischen seinen Füßen. Das überreife Fruchtfleisch schimmerte auf dem Gras. Nick achtete gar nicht darauf, schaute in den Himmel. »Ist es nicht ein herrlicher Morgen?«

»Ja«, sagte Marc, »und wir drei gehen jetzt frühstücken, sonst bricht Lisa hier noch zusammen.«

Nick lief voran, Whisky und Freude in den Beinen. Ab und an tropfte eine weitere Orange aus dem Netz, ich las sie auf, roch an dem glitzernden Fruchtfleisch. »Lisa, don't be a nerd!«, flüsterte Marc und ich ließ die Orangen fallen.

Ein Café mitten im Park öffnete gerade. Wir bestellten Rührei mit Schinken und Toast, starke Kaffees und Orangensaft. Das Morgenlicht legte sich zwischen uns auf den Tisch wie eine schlafende Katze. Ich hatte mir vorgestellt, dass wir uns mühsam durch eine Unterhaltung graben würden, aber obwohl ich Nick kaum kannte, schwiegen wir gemütlich wie Sandkastenfreunde und hielten unsere Gesichter in die Sonne. Das Rührei war butterweich, der Kaffee pechschwarz.

»Und was hat es mit den Orangen auf sich?«, fragte Marc. »Bekommt man die neuerdings in Kneipen zum Whisky?«

»Die hat mir jemand auf der Straße geschenkt«, lachte Nick, »einfach so.«

Ich stellte mir vor, wie Nick eine schlafende Straße hinaufläuft, gar nicht auf das Mädchen achtet, das ihm entgegenkommt, ein Netz mit reifen, schweren Orangen in der Hand. Das Mädchen hat lange braune Haare, trägt ein Kleid und einen offenen Mantel, geht an ihm vorbei und Nick riecht die Orangen erst, als sie schon schwer in seiner Hand wiegen und das Netz ihm in die Finger schneidet. Er dreht sich um, aber das Mädchen geht rasch weiter, die Augen auf die Straße gerichtet, als hätte eine heimliche Übergabe stattgefunden, als sollten Drogen geschmuggelt werden, Falschgeld, Juwelen, Papiere, Zigaretten, Seidenstrümpfe.

»Ja«, lachte Nick, »genauso ist es gewesen«, und roch an einer der Orangen, lehnte sich zurück, schloss die Augen.

»Ich geb morgen ne Party«, murmelte er. »Kommt ihr?«

Ich blies den Rauch einer ersten Zigarette in den Morgen. Sie schmeckte bitter und wunderbar.

*

»Hab ich in dem Kleid einen dicken Hintern?«

»Ich weiß nicht, geh mal vor«, sagte Marc und blieb stehen.

»Jetzt ist es eh zu spät«, sagte Marc. »Aber wenn du sitzt, sieht es toll aus.«

Wir liefen die Cleveland Street runter, Busse rauschten an uns vorbei und wirbelten Staub auf, Taxen hupten. Endlich bogen wir in eine der schmalen Wohnstraßen von Redfern. Palmen und Büsche wucherten aus den winzigen Vorgärten in die Gassen. Die Fassaden blätterten von den Häusern, die schmiedeeisernen Balkone rosteten, in den Vorgärten stapelten sich ausrangierte Gerätschaften.

Nicks Wohnungstür stand offen, die Dielen knarrten unter unseren Füßen. Von der Haustür zur Hoftür lief ein schmaler Streifen Kunstrasen durch die ganze Wohnung wie ein roter Teppich. Zwei Beamer warfen die Bilder von sirrenden Wespen an die Wände.

»Wenn Sie auf eine Wespe treffen«, bedeutete eine samtige Männerstimme, »verschließen Sie mit beiden Händen ihre Ohren, klemmen Sie den Kopf zwischen die Beine und verharren Sie einige Minuten absolut regungslos. Wiederholen Sie leise: ›Mein Ohr ist keine Blume. Mein Ohr ist keine Blume.‹ Wespen haben tendenziell eine kurze Aufmerksamkeitsspanne, ist die Wespe nach einigen Minuten noch nicht …« Über dem Sofa hing ein Grastableau. In der Form des Schriftzuges GRASS ROOT ARTISTS wuchs Gras in einem hölzernen Rahmen. Der Fernseher auf dem Couchtisch zeigte Nick, während er die Formen baute, Gras säte, und im Zeitraffer das wachsende Gras. In der Mitte des Raumes stand ein aufgeklappter Aktenkoffer, in dem auf rotem Samt ein Stück ausgestanzter vertrockneter Rasen lag. An dem Griff des Koffers hing ein Schild, wie man es am Flughafen bekommt. Unter Destination stand *Danger Museum.*

»Was ist denn hier los?«

»Das ist Nicks *Homezone*«, sagte Marc. »Heute ist die Finissage. Nachher versteigert Nick das Stück aus dem Danger Museum.«

»Den vergammelten Rasen?«, fragte ich verwundert.

»Das ist kein vergammelter Rasen, das ist Kunst, die Spuren des Verfalls trägt«, grinste Marc. »Zu jeder neuen Ausstellung gibt es ein Stück im Danger Museum, das Nick so lange mit sich rumträgt, wie die Ausstellung läuft, am Ende wird es dann versteigert.«

»Hey!«, rief Nick, der durch die Hoftür ins Haus kam. »Riecht ihr den Frühling?«

Er legte den Kopf in den Nacken und roch an den Projektionen der grasenden Kühe, die gerade die Wespen ersetzten. Ich wollte meinen Kopf in den Nacken legen und an ihm riechen. Ich drückte ihm die Blüten in die Hand, die ich auf der Straße aufgelesen hatte. Nick küsste mich auf die Wange, wir stießen uns die Nasen an. Marc hatte es aufgegeben, mich so zu begrüßen, clumsy and hopelessly german nannte er meine Versuche.

»Great, your Heimatmuseum«, sagte ich.

Wir folgten Nick und dem Kunstrasen durch die Küche hinaus in den Garten. Marc öffnete zwei Flaschen VB mit dem Feuerzeug.

»For a hard earned first, you need a big cold beer«, deklamierte Sudden Smith den Victoria-Bitter-Slogan. Ich hatte nur einmal den Fehler gemacht, ein Foster's zu bestellen. Es hatte einen ähnlichen Effekt, als hätte ich mich rülpsend über den Tresen gelehnt, mit Schirmmütze und Kamera bewaffnet, in einen zerfledderten Stadtplan gewickelt, und vorwurfsvoll erwähnt, ich hätte auf dem Weg vom Flughafen in den Pub weder Dingos noch

Beuteltiere erspähen können. Ansonsten wurden noch Bestellungen von Toohey's New akzeptiert, aber das konnte ich nicht aussprechen.

Marc ließ sich seufzend in einen Liegestuhl sinken, ich lief Nick hinterher, als wäre er ein Reiseführer, von dem ich mir erhoffte, in die Geheimnisse seiner Behausung eingeweiht zu werden.

Durch das Gras zog eine ziemlich imposante Landschildkröte.

»Wer ist denn das?«, deutete ich auf ihren Panzer, der gerade im Rhabarber verschwand.

»Das ist Mars«, sagte Nick und rührte in der Bowle. »Er ist genauso alt wie ich. Ich habe ihn zur Geburt bekommen. Mein Bruder hat Saturn und meine Schwester Venus. Cheesy, isn't it?« Ich schlug cheesy in meinem Wörterbuch nach. Käsig, hmm, das konnte es wohl nicht sein.

Nick schichtete Holz auf dem Grillplatz auf. Ich trat meine Zigarette auf dem Boden aus, klaubte sie sofort wieder auf, warf sie zwischen das Holz und schaute angestrengt in die Äste des Apfelbaumes, bis Nick seine Augenbrauen wieder sinken ließ.

»Filthy habbit, all this smoking«, murmelte Nick und drückte mir eine mindestens zehn Meter lange Lichterkette in die Hand.

Ich stieg auf einen Stuhl und warf sie über ein paar Äste.

»Was hat es denn mit dem Koffer auf sich?«, rief ich zu Nick hinunter.

»Das Danger Museum ist die letzte freie und mobile Instanz«, erklärte Nick so eifrig, dass in mir der Verdacht aufkeimte, es kämen nicht häufig fremde Menschen zu seinen Vernissagen. »Früher hatte ich einen Van, in dem ich Ausstellungen gemacht habe. Ich habe ihn auf irgendeinen Parkplatz am Highway gefahren oder auf ein Feld. Dann habe ich auf meinem Webblog eine Schnitzeljagd veranstaltet, das Ziel war der Van. Das war das ursprüngliche Danger Museum, denn der Van war nicht mehr zugelassen. Seit er kaputt ist, gibt es den Koffer. Ein mobiles Museum, effektiv und billig, perfekt sozusagen!« Nick holte Atem.

Die Lichterkette bildete einen Klumpen, der zwischen den unteren drei Ästen des Baumes feststeckte. Ich schaltete den Strom ein.

»Schön«, sagte Nick und blinzelte mit hochgezogenen Augenbrauen.

»Danke«, sagte ich. »Das ist sehr freundlich von dir.«

Ich sprach, als hätte ich Heftzwecken auf der Zunge: Das ist sehr freundlich von dir, könntest du mir bitte den Weg erklären, ich bin verloren gegangen. Ich verstehe das nicht, entschuldige bitte. Ich denke, deine Augen sind sehr schön. Ich denke, deine Augen sind groß und weit. O Gott, wie erbärmlich.

Ich ging zum Gefrierschrank und holte zwei Beutel mit Eis, lud sie mir auf die Schultern. Im Fernseher lief jetzt ein Video von Nick, der am Hafen entlangging, Passanten in Gespräche verwickelte, ihnen den Inhalt des Koffers zeigte. Ich beobachtete ihn in aller Seelenruhe, ohne Sorge haben zu müssen, dass er mich dabei erwischte. Schon jetzt fühlte ich mich in Nicks Gegenwart wie ein Schmetterlingssammler, der mit ausgefeilten Netzschwüngen einer seltenen Art hinterherlief. Aber von Interaktion hatte ich erst mal genug. Der Fernseher war das perfekte One-Way-Ticket für meine frische Sehnsucht. Der Fernseh-Nick lachte mich an, als hätte ich etwas sehr Originelles gesagt. Ich lächelte zufrieden zurück. Ein perfekter kleiner Augenblick. Das Kondenswasser der Eisbeutel rann mir die Arme herunter. Eine Hand fuhr mir über die Schulter, wischte einen kleinen, kalten Bach auf. Ich fuhr herum.

»Ach entschuldige, ich dachte, du wärst eine Skulptur, bei Nick darf man immer alles anfassen.«

Ich erkannte die samtige Stimme, welche die Wespen anmoderiert hatte.

»Lisa, das ist Ben, mein unmöglicher Freund, ignorier ihn einfach!«, rief Nick aus der Küche.

Ben lehnte an der Wand und strahlte mich breit an mit all seinen Zähnen.

»Lisa, soso. Wo kommst du denn her und wo willst du hin, mit all dem Eis?«

»In die Bowle«, sagte ich.

Ben lachte. »That's hot!«, sagte er, »da nehm ich doch auch mal nen Schluck.«

Ich wurde wieder rot. Ich beschloss, den Rest des Abends lieber geheimnisvoll stumm zu bleiben oder mich nur noch nach sorgfältiger Überlegung auf dem Papier zu verständigen.

Ben griff nach den beiden Beuteln und ging hinaus. Ich setzte mich neben Marc in einen Liegestuhl und schlug *unbeholfen* nach: awkward, clumsy, nerdy. Marc grinste, strich *unbeholfen* aus und schrieb *Lisa* daneben. Ich schloss die Augen, während es dunkel wurde und Nick das Feuer anzündete.

Ab und an drückte mir Marc ein neues Glas Bowle in die Hand, und ich öffnete die Augen erst wieder, als ich leicht betrunken und der Garten voller Stimmen war.

Mir gegenüber saß ein Mädchen am Feuer und starrte in die Flammen. Als unsere Blicke sich trafen, riss sie ruckartig die Mundwinkel hoch, so vehement, dass ich das Gefühl hatte, der Rest ihres Gesichtes fiel, während die Mundwinkel stiegen. Fledermäuse flatterten um den Baum mit dem Lichterkettenklumpen. Darunter saßen Nick und Ben. Nick war noch schöner, als ich ihn in Erinnerung hatte, seine langen Beine falteten sich vor ihm auf wie eine Ziehharmonika. Die Dunkelheit war eine Sonnenbrille, durch die ich ihn unbemerkt beobachten konnte. Nick sah überall hin, nur ich schien ein Lisaförmiger Schatten zu sein. Ein Loch, das in seine Gartenparty gestanzt war. Wenn ich mir vorstellte, dass alles im Garten, was Nick ansah, hell wurde, dann war eigentlich das ganze Gebiet hell erleuchtet, außer mir. Jedenfalls zieht er damit meine Konturen nach, dachte ich und verstand jetzt auch, warum Bens Blicke auf meinem Gesicht hafteten, auf meinen Brüsten. Ich versteinerte in meinem Liegestuhl, zog den Bauch ein, schob die Brüste vor, hob die breitgesessenen Schenkel dezent an, jeden Körperteil, den Ben streifte, modellierte ich unauffällig neu.

»Du guckst ja so komisch«, sagte Marc. »Ist dir schlecht?«

Ich atmete vorsichtig zurück in meinen platten Bauch und fühlte mich langsam besser. Marc drückte mir einen Joint in die Hand. »Vergiss Nick, der klebt an seiner Ex wie ne Briefmarke. Hat sich ganz dem Kummer verschrieben«, raunte er. Der Liegestuhl und ich, wir waren langsam aus einem Guss. Man müsste mich schon ablösen, und selbst dann war nicht gewährleistet, dass mein Körper nicht einfach zurückblieb, für immer in Nicks Garten herumlümmelte und wartete, dass mein Bild im

Garten so selbstverständlich wurde wie der Baum oder das Gras. Selbstverständlicher als eine Erinnerung an eine Ex.

»Ich glaub, ich werf mich mal ins Getümmel. Da sind so ein paar Leute, die ich lange nicht, naja –«, setzte Marc fast entschuldigend hinterher. »Du kommst klar?«

»Geh schon«, sagte ich bemüht selbstlos und strich Marc zu allem Überfluss über den Kopf. (Geh schon???)

Ich saß zwischen lachenden Menschen mit gesunden Zähnen, das Meer schlug gegen die Hafenmauern, nur wenige Kilometer entfernt. Gestern hatten wir dort am Hafen gesessen, der Mond mischte sich mit den Lichtern der Stadt, die Wasseroberfläche glänzte grün, rosa, weiß und golden in der Nacht. »Wunderbar«, hatte Marc gesagt und ich hatte genickt, mein Hals zugeschnürt in einer plötzlichen Angst.

Ich nippte an meinem Glas und befragte Fischli & Weiß: *Wächst das Unbehagen von selbst?*

Ben und Nick fingen an zu tanzen, barfuß im Gras. Nick schwenkte seine langen Glieder und lachte, Ben stampfte mit den Füßen und kniff die Augen zusammen. Nick bewegte sich, als hätte er kein Gewicht. Vor meinen Augen wuchs er, stieß mit dem Kopf durch den Lichterklumpen und ragte bis in die Baumkrone. Seine Arme wie Äste. Ich hielt meine Augen weit auf ohne zu zwinkern. Ich atmete gierig den Duft des Feuers und der schweren Blüten, meine trockenen Augen brannten, ich klammerte mich an meine satte Melancholie in dieser fröhlichen Plastikwelt.

Ben nahm meine Hand und pflückte mich aus meinen Träumen, wie man ein Radieschen aus der Erde ziehen mochte. Seine Hand war warm und fühlte sich irgendwie vertraut an. Ich wünschte mir, er würde mir die Erde abputzen und mich meiner Bestimmung zuführen. Ganz einfach.

Er lachte und zog mich unter den Baum. Der Baum senkte sein Blätterdach über Nick, Ben und mir. Das Gras war warm, die Musik weich, ich lehnte mich gegen den Wind und ließ mich treiben. Ben fasste mich um die Hüften, und ich sah Nick an, dessen Kopf in der Baumkrone verschwand. Bens Hand lag fest auf meinem Bauch. Auf sein Handgelenk war ein Schmetterling tätowiert und in meinem Bauch schlug eine alte Motte mit den Flügeln.

*

Der Frühling mit seinen sonnigen warmen Tagen und den lauen Nächten hatte sich zurückgezogen. Der Sommer fuhr in die Stadt, legte sich heiß und klebrig auf Lenkräder, die unter den Händen brannten, auf Häuserdächer, auf Wiesen, die rasch verdorrten, und sorgte dafür, dass ich jeden Gedanken vergaß, bevor ich ihn zu Ende gedacht hatte.

»Weißt du, ich komm gerade aus dem Ashram. Drei Wochen lang habe ich entweder Fußböden geschrubbt oder stillgesessen und die Augen geschlossen. Das gibt einen ganz anderen Zugang, Lisa. Es ist unglaublich. Unser Bewusstsein schöpft unsere Wahrnehmung, aber ebenso bestimmt unsere Wahrnehmung unser Bewusstsein. Das ist echt komplex.« Ob Elias jetzt so ein oranges Wickelding trug? Für seine Cordanzüge war es bestimmt zu heiß.

»Luise ist in Afrika«, sagte ich.

»WAS?«

»Luise ist in Afrika.«

»WO?«

»In A-«

»Ich hab dich schon gehört. WO in Afrika?«

»Ich weiß nicht. Das ist doch so ein großer Kontinent.«

»Was bitte macht Luise in Afrika?«

»Was bitte machst du in Indien? Was mache ich in Australien? Sind wir alle total bekloppt geworden? Haben wir kein eigenes Zuhause?«

»Nu sag schon!«

»Irgend so ein Projekt. Entwicklungshilfe. Oma wusste auch nicht so genau. Es sei ihr zu eng, hat sie gesagt.«

»Und Oma ist jetzt alleine zu Hause?«

»Naja, Thomas ist ja noch da.«

»Das soll wohl n Witz sein!«, knurrte Elias.

»Elias, Thomas kann nichts dafür, dass er so viel arbeiten muss. Der Mann ist Arzt, der rettet Leben!«

»Lisa, Thomas rettet keine Leben, der zupft kleinen Kindern die Polypen raus.«

»Trotzdem.«

»Was suchen wir eigentlich alle?«, seufzte Elias, ein ganzer Ashram schwang in seinen Worten mit, dann legten wir auf.

Es sind 36 Grad, schrieb ich eine SMS an Wilma, der Teer klebt mir an den Füßen.

Zwei Wochen später flatterte eine Postkarte durch den Briefschlitz.

Du kannst mich mal. Der Kater ist entwurmt, dick und hat dich schon lange vergessen, Kuss Wilma.

Ja, Bs Kater hatte ich tatsächlich auch vergessen. Wilma

hatte ihn irgendwann, zusammen mit etwas Müll, rausgetragen.

An einem Samstag rief Nick mich an. »Was machst du?«

»Nichts«, sagte ich und schaute auf die gepackte Strandtasche, »gar nichts.«

»Ich will eine Ausstellung anschauen, kommst du mit?«

»Klar«, sagte ich und räumte die Tasche wieder aus.

Die Sonne biss vom Himmel herunter, ich wartete darauf, Risse im ausgetrockneten Firmament zu sehen. Nick lief durch Licht und Schatten auf mich zu, einen grünen Hut auf dem Kopf. Er trug ein rotes T-Shirt mit gelben Streifen von seiner Ex. Es war zu kurz. Ich schluckte und kramte nach dem Buch, das er mir geliehen hatte.

»Es war gar nicht schwer!«, sagte ich und meinte das Englisch.

Nick lächelte und wühlte in seiner Tasche, holte einen kleinen Stempel heraus.

IMPROVED stand auf meinem Handgelenk, in leuchtenden Lettern.

»Unter welchem Stern steht unser Tag?«, fragte Nick.

Ich schlug das kleine schwarze Buch auf: *»Soll ich Niedertracht, Hass und Missgunst säen?«*

Nick lachte. »Na dann mal los!«

Es roch nach feuchtem Holz und Beton. Wir stiegen eine dunkle Treppe hinauf. In der Galerie war es kühl und staubig. Wäscheleinen waren kreuz und quer durch den Raum gespannt, tropfende Fotos hingen an silbernen Papierklammern. Auf Podesten standen Pappkartons, runde Hutschachteln, winzige Kästchen. In der Mitte des Raumes war eine Dunkelkammer aufgebaut. Nick wählte einen Waschmittelkarton, ich eine Hutschachtel. In der muffigen Enge der Dunkelkammer schnitten wir Fotopapier, er eckig und groß wie sein Persilkarton, ich rund wie meine Hutschachtel. Wir klebten das Papier in die Rückwand der Schachteln, hielten mit dem Daumen das kleine Belichtungsloch an der Vorderseite zu und liefen ins Freie. Nick hockte vor einem Baum und stützte das Kinn auf die Hand.

Ich musste durch keinen Sucher schauen, keinen Auslöser drücken, nur den Finger von dem kleinen Loch nehmen, also zählte es im Grunde nicht, redete ich mir ein. Es war keine Fotografie.

»Beweg dich nicht!«, rief ich. »Ich zähle bis 90, und nicht atmen!«

Die Sonne stürzte Nick über die Schultern. Ich hielt die Hutschachtel in beiden Händen. Noch nie hatte er seinen Blick derart lange unverwandt auf mich gerichtet. Ich fing seinen Blick, als wäre er ein seltener Käfer.

»Fotografiert ein Objekt aus gleichem Abstand mit drei verschiedenen Brennweiten«, hatte der Dozent an der Uni gesagt und ich hatte B fotografiert.

»Chaos und Ordnung«, hatte der Dozent gefordert. Perfekt, hatte ich gedacht und B fotografiert.

»Fotografiert Vögel, studiert ihren Flug, ihre Formationen«, hatte der Dozent gesagt und ich hatte B fotografiert. Manchmal hatte B auch mich abgelichtet. Dann hatte ich mich in die digitale Bildbearbeitung gekniet. Wichtig war, dass B und ich im gleichen Winkel in die Kamera schauten. Wenn ich die Bilder übereinanderlegte, fielen B meine Haare über die Schultern und seine Hände lagen zufrieden über meinen Brüsten. B lächelte zufrieden, wenn er die Bilder anschaute. Der Dozent war nicht so begeistert von meinen Nymphenwesen. Sie sahen noch nicht echt genug aus. Aber daran war mir gar nicht gelegen. Ich genoss es, hinter B zu verschwinden wie ein Geist.

Seit B fort war, hatte ich nicht mehr fotografiert.

Ich lehnte mich an den Baum.

»Achtung!«, rief Nick und gab die Linse frei. Der Baum lag glatt in meinem Rücken. Ich schloss die Augen, Nicks Blick dreifach auf mich genäht.

»Ich kann das nicht«, sagte ich in der Dunkelkammer.

»Ich denk, du hast Fotografie studiert?«

»Abgebrochen«, sagte ich. »Abgebrochen.«

»Lisa, du musst nur dein Papier in die Schale schmeißen und dann wieder rausfischen. Das wirst du wohl können.«

Wie sollte ich Nick erklären, dass es um diesen kristallinen Zustand ging, der mich befiel im herrlichen Geruch der Chemie, ein Gleißen in allen Dingen, das imstande war, meinen mühsam gesponnenen Kokon aufzubrechen. Dass ich aber auf meiner melancholischen Lust beharren wollte, dass ich nicht daraus ausbrechen würde, es war die einzige Sicherheit, die ich noch hatte.

Melancholie war höchstens sexy, wenn man sie ausstrahlte. Jammern hingegen (to whinge/to wail/to moan, Marc hatte mich schon mit jedem Wort bedacht) war äußerst unsexy. Ich verzichtete daher lieber auf eine Führung durch mein Innenleben. (»Hier sehen Sie Lisa, etwas jünger und schlanker als heute, über den Entwickler gebeugt, völlig selbstvergessen in der sicheren Annahme, dass alles, was ihre Linse erfasst, zu Gold wird. Hier sehen sie B, entschuldigen Sie bitte, ich wische ihm kurz den Staub ab – verhaltenes Husten aus der Reisegruppe –, das rote Kleid trug er an dem Abend, als er Lisa kennenlernte, die kurzen Haare straff nach hinten gekämmt. Hier sehen Sie noch mal Lisa, sie liegt auf dem Boden im Fotolabor, lächelt und raucht. Das ist übrigens nicht erlaubt, das Rauchen meine ich.«)

»Aye, Sir«, sagte ich stattdessen zu Nick und schlug die Flip-Flops zusammen.

Wir zogen unsere Papiere durch die Flüssigkeit, bis unsere Umrisse unter der roten Dunkelkammersonne auftauchten. Ich sog den warmen Duft der Chemie ein und dachte an die Bilder von B, die unentwickelt in meinem Koffer lagen.

»Nick?«, brach ich das Schweigen.

»Lisa?«, antwortete Nick und grinste mich belustigt und abwartend an.

»Nick, könntest du mich bitte küssen?«

Die Konturen seines Gesichts waren weich, als er erstaunt die Augen aufriss und die Kammer sich um uns schloss, als er zögernd seine Brille in die Haare schob wie ein Visier, als seine Lippen wie tastende Fühler auf meinen landeten. Sein Kummer schmeckte genauso wie meiner. Für einen Augenblick hoben sie sich gegenseitig auf, und tatsächlich umfasste er für einen Moment mein Gesicht mit beiden Händen, mein Gesicht löste sich ab von Furcht und Unbill, für einen Moment hielten wir die Gesichter ineinander verborgen. Für einen Moment gab es staubige Straßen für uns, weite Landstriche, Wind in den Haaren und lange Nächte mit leisen Worten.

Als wir hinausgingen, saß die Sonne schon knapp über dem Horizont. Nick wirkte draußen immer größer als drinnen, noch weiter von mir entfernt. Wir standen ratlos auf der Straße.

»Ja dann …«, sagte Nick und räusperte sich. »Dann werd ich mal.«

Einen Moment lang war alles richtig gewesen. Von jetzt an lief alles falsch. Ich wusste es, aber ich wollte es auskosten, ich wollte genau wissen, wie falsch alles war, es so deutlich auf der Zunge spüren wie verbranntes Toast.

»Linn?«, fragte ich nach seiner Exfreundin.

»Ja«, sagte Nick.

Ich nahm Nicks Hand und er reagierte kaum, seine Finger lagen leblos zwischen meinen. Ich dachte an B, mit dem ich nachts durch die Straßen gelaufen war, nachdem wir uns gegenseitig in einer Kneipe aufgelesen hatten. Sein rotes Kleid flatterte mir gegen die Beine. Ich hatte seine Hand genommen, da kannten wir uns gerade 3 Stunden, aber unsere Hände hatten sich ineinandergefügt wie die letzten Teile in ein großes Puzzle.

Auf dem Sofa küsste Nick mich wieder. Ich war so nervös, dass ich sogar mit Akzent küsste, mein förmliches Schulenglisch war mir in die Lippen eingebrannt, und ich suchte angestrengt nach Worten, bis mir wieder einfiel, dass ich ja gerade küsste und nicht sprach. Wir küssten so ratlos wie zwei, die das Küssen nachahmen, einer blassen Erinnerung nachstöbern.

Wir zogen uns aus und dann wussten wir nicht mehr, was wir miteinander tun sollten. Nick betrachtete mich genau. In der Hitze bekam ich eine Gänsehaut und verschränkte die Arme über den Brüsten.

»Was machst du?«, fragte ich.

»Dich anschauen«, sagte Nick, aber seine Augen waren so glatt, es lag eine so feste Schicht über ihnen, dass ich Schlittschuh auf ihnen hätte laufen können. Ich verstand, dass er das Geheimnis bewusst zerstörte. Ich hatte mich gewundert, dass Nick mich so zielstrebig auszog, es passte so wenig zu meiner langsamen Liebe, die Nick als ein Wunder begriff, das ich wie ein Memoryspiel aufdeckte, während er jede mögliche Entwicklung im Keim erstickte. Linn stand in seinen Augen und eine vehemente Entschlossenheit, keine Unvorhergesehenheiten hinzunehmen. Mit raschen Bewegungen deckte er alle Karten auf, es gab keine Paare.

»Wir müssen ja nicht«, sagte er schließlich und sah erleichtert aus.

Er ging nackt in die Küche, beschmierte Toast mit Butter und Himbeermarmelade. Wir krümelten zwischen die Polster, Nick lachte, »Lisa, du kannst dich entspannen, ich guck schon gar nicht mehr hin«.

»Ja«, sagte ich und versuchte mit der Zunge einen Himbeerkern zwischen den Zähnen hervorzudrücken.

Das Anziehen war fast noch peinlicher als das Ausziehen. Beim Ausziehen war Nick jedenfalls noch beteiligt gewesen, hatte jeden bloßgelegten Teil meines Körpers mit seinen Händen wieder bedeckt.

Umständlich nestelte ich an meinen Klamotten herum. Eigentlich wollte ich nur auf der Sofakante sitzen, Arme und Beine heben, während Nick mir meine Kleidungsstücke überstülpte.

»Machste mal den Reißverschluss zu?«, fragte ich und drehte Nick meinen Rücken zu.

»Natürlich«, sagte Nick und zog höflich und mit langen Fingern an dem Reißverschluss, berührte dabei kein Stückchen Haut von mir. Dann trug er die Teller in die Küche.

Auf dem Tisch lag ein großes braunes Ahornblatt. Der Sommer hatte die glatte Schicht abgetragen, nur das Skelett war zurückgeblieben. Ich hob es auf und drehte den Stiel in meiner Hand. Das Licht fiel durch die filigranen

Verästelungen. Ich schloss die Seiten meines Notizbuches über den zarten Knochen des Blattes, die Tür hinter meinem Rücken und lief die Straßen hinunter, plötzlich leicht, als hätte sich auch meine Haut abgelöst, als hätte ein langer Sandsturm meine Knochen geschliffen, als bliebe nur noch meine Essenz.

Der Mond stand fett über der Straße, die Krater traten deutlich hervor. Der Asphalt schluckte sein Licht, wie eine schwarze Zunge lag er zwischen den Häusern. Die Straße wirkte breiter als am Tag. Als wären die Häuser zurückgewichen.

Ein alter Mann saß in einer Bushaltestelle, den Kopf in den Nacken gelegt, und sang. »Hear all the women weeping«, sang er, »they're weeping for their men.«

Ein Auto fuhr vorbei.

Ein Stern fiel.

Auf der Straße lag ein Foto.

Es war ein winziges Schwarz-Weiß-Bild, nicht größer als ein Passfoto. Ein Mädchen war darauf zu sehen, es trug ein gepunktetes Kleid, wie ich eines hatte, saß an einem Tisch, die langen, lockigen Haare über die Schulter gelegt. Genau die gleiche Frisur und Länge, wie ich sie noch vor ein paar Monaten gehabt hatte. Bevor ich nach Australien kam. Dieselbe runde Gesichtsform. Aber Einzelheiten waren auf dem winzigen Teil nicht auszumachen. Gepunktete Kleider und lange Haare gab es wie Sand am Meer, auch in der Kombination. Aber was mich dann doch ziemlich mitnahm, war, dass dieses Mädchen die Zigarette im selben leicht belämmert wirkenden Winkel hielt, wie ich es manchmal tat, wenn ich gedankenverloren war. Den Arm angewinkelt, als wollte ich ihn neben mir abstellen, die Hand herunterhängend, wie ein lebloses kleines Tier. Solche Bilder hatte ich immer zerrissen, wenn sie mir in die Hände fielen. Anscheinend hatte ein namenloses australisches Mädchen dasselbe Problem. Es war ja nicht gut möglich, dass ein einzelnes Foto von mir in Deutschland nun hier in der Crown Street, Sydney, New South Wales, Australien, Anderes Ende Der Welt, im Dreck lag. Dennoch, es war das gleiche Gefühl wie ein Foto von mir anzusehen. Dieselbe Mischung aus innerem Lächeln und erbarmungsloser Unzufriedenheit.

Der Mann stand auf und ging, sein Gesang wehte hinter ihm her wie ein Schal.

Der Mond zog über Sydney, der Asphalt war noch warm, Nick würde noch Stunden an der Tastatur haften, aber meine Welt vibrierte. Vorsichtig setzte ich Fuß vor Fuß, als könnte die Straße wie Glas unter mir brechen.

*

Ich stand lange unter der kalten Dusche, bis mein Körper ganz taub war und sich anfühlte wie aus Stein. Marc klopfte an die Tür.

»Pinkel doch in die Blumen«, murmelte ich ins Wasser.

Ich streckte meine Zunge heraus, hielt sie in den prasselnden Regen.

Marc hatte den letzten Kaffee verbraucht. Ich rührte hilflos mit dem Löffel in der leeren Dose herum, dann gab ich es auf und ging auch aus dem Haus.

Es war so heiß, dass die Leute nicht an der roten Ampel warteten, sondern unter der Markise am Eckcafé. Eine junge Mutter redete sanft auf ihren Sprössling ein. »Freunde schlägt man nicht«, sagte sie. »Und Freunde beißt man auch nicht.« Der Junge starrte auf die rote Ampel, als wollte er sie als Nächstes beißen.

Ich setzte mich an einen Tisch an der Straße und bestellte Milchkaffee. Im Milchschaum zeichnete sich ein hellbraunes Muster ab, ein Baum mit feinen Ästen. Mein Chef hatte versucht, mir das beizubringen. Aber ich bekam nur braune Kaffeekleckse hin, nie so filigrane Streifen. »Das soll Australien sein«, hatte ich mich einmal lahm verteidigt, wenn er nach einem prüfenden Blick in meine Tassen den Kopf schüttelte. Am Nebentisch saßen zwei alte Männer in karierten Hemden.

»Fucking beautiful day, eh?«, sagte der eine.

»Fucking beautiful day, mate«, stimmte ihm der andere zu.

»Bloody beautiful day for a fucking birthday. Seventy-fuckin' five, mate!«

»Well done, mate!«, brummte der andere und schlug ihm auf die Schulter.

Wenn es doch so einfach wäre. Die Jahre wie Meter abmessen.

Ich schlug mein Notizheft auf, suchte das Foto, schrieb In Der Dämmerung, Mit Bloßen Füßen darunter. Es war leicht zerkratzt durch den Straßenbelag. Ich untersuchte es mit Marcs Briefmarkenlupe. (Marc hatte eine Briefmarkenlupe!) Das Mädchen saß an einem runden Tisch, im Hintergrund war ein Tresen mit einer altmodischen Kasse zu sehen. Dieses verdammte Mädchen hatte nicht nur dasselbe Kleid an wie ich und dieselbe Frisur, sondern auch die gleiche Statur und dieselben kräftigen Augenbrauen, die eher untypisch waren für Rothaarige. Das war auch kein Wunder, denn es war mein Gesicht.

Ich schloss die Augen und tastete nach dem breiten

verschnörkelten Armreif mit dem dicken roten Stein, den Oma mir geschenkt hatte. Dann atmete ich tief ein und schaute wieder durch die Lupe. Der linke Arm des Mädchens lag auf dem Tisch, ich musste nicht lange suchen, die Erhebung des Steins war deutlich zu sehen. Das verfluchte Ding war über 100 Jahre alt und ein Familienerbstück. Ein verdammt deutsches Familienerbstück. Und ich war mir ziemlich sicher, das Café, in dem sie saß, war in Australien zu finden. Das Mädchen lachte mich an.

An der oberen Bildecke sah man Teile eines Kronleuchters und Neonröhren. Eine seltsame Mischung. Das wäre mir aufgefallen. An der Wand dahinter hingen Plakate.

Ich war mir sicher, ich hatte diesen Ort noch nie gesehen, war nie dort gewesen.

Ich starrte meine Hände an wie Fremdkörper. Als könnte ich bis auf die Knochen schauen.

Sind die Ränder der Wirklichkeit diffus?

Plötzlich schienen mir die Straßen wie Kulissen, und durch leere Fensterhöhlen würde ich direkt in die Wüste blicken.

Ich stieg in den nächsten Bus und lehnte meine Stirn gegen die klebrige Scheibe. Mein Chef lief ausgreifend durch das fast leere Café und wischte sich den Schweiß von der Stirn. Er sagte nichts. Er demonstrierte nur seinen Stress. Seine fahrigen Bewegungen wirkten verzerrt, die Stimme des Kochs schnitt durch den Dunst. Ich war 2 Stunden zu spät. Als ich die erste Bestellung auf den Block kritzelte, sah meine Handschrift schon wieder anders aus als gestern. Hatte ich keinen Charakter?

Jede Bewegung stieß auf Widerstand. Das Melograno war ein leckgeschlagenes Aquarium in einer Plastikwelt.

Ich arbeitete mich mühsam gegen die Strömung des abfließenden Wassers und wartete auf den Moment, wo eine große Hand mit einem Netz nach mir fischen würde.

Als der Koch mich wieder anschrie, ging ich aufs Klo und masturbierte. Ich wusste nicht genau, wieso. Es war besser, als ihn anzuschreien, es war besser, als vor ihm zu weinen.

Ich dachte daran, wie der Alte sang, als ich das Foto fand, wie beiläufig sich meine Neugier anfühlte, als ich es aufhob.

Die Kapsel, die sich um meine Gedanken schloss, als ich erkannte, ohne zu begreifen.

Als ich kam, hielt ich mich am Waschbecken fest. Ich starrte in den Spiegel und betete um Wolkenbrüche, Schwärme von Salamandern, Autorennen am Strand, splitterndes Glas. Genau in diesem Moment hatte sich jemand verlaufen, genau in diesem Moment küsste jemand, gab es einen Kurzschluss, fiel jemand, sang jemand, und nur diese kleine Kapelle der Lust, zu der das abgerockte Toilettenhäuschen plötzlich wurde, bewahrte mich vor der Auflösung.

Ich ging zurück ins Melograno, und der Sex begleitete mich wie eine knisternde Wolke. Die kokette Scham verdrängte die Furcht und half mir über die nächste Stunde. Ich wollte mit jedem schlafen, mit dem lachenden Schauspieler am Ecktisch, sein kantiges Gesicht, die grauen kurzen Haare, mit der Frau mit den weichen Wimpern und dem müden Mund, mit dem jungen zerzausten Schotten auf der Straße. Ich hielt die Fasern meiner Lust lose in der Hand wie Drachenschnüre, sie waren das Einzige, auf das ich mich noch verlassen konnte.

Ist meine Unentschlossenheit die schönste Erfahrung meines freien Willens?

Der Koch hackte Zitronenmelisse. Der Geruch, der durch das Café wehte, ließ mich für einen Moment vergessen, wie sehr er mich hasste. Es waren nur wenige Schritte zum Strand. Wenige Schritte, während derer das Melograno hinter mir verdampfte und der Himmel sich über mir schloss. Nach der Arbeit grub ich meine Zehen in den Sand, und die Hitze umklammerte mich rücksichtslos. Eine Hitze, so vehement, dass sie jede Vorstellung von Kälte ausschloss.

Ich legte mich in den Schatten und sah die Häuser von Coogee Beach in der Sonne schmelzen. Ein Mann kroch aus seinem Auto mit drei Hunden. Ich winkte ihm zu, wir riefen etwas, ohne ein Wort zu verstehen, aber man musste einfach lächeln, wenn der Himmel so weit aufgerissen war, dass es fast schon wehtat. Es war der perfekte Tag, Dinge zu vergessen, der beste Tag, hinter geschlossenen Lidern zu verweilen, sich selbst in der hohlen Hand zu tragen. Das Licht war weich, und obwohl nichts so war, wie es sein sollte, hatten die Dinge einen speziellen Schimmer. Nick hatte sich seit 10 Tagen nicht gemeldet. Jeden Tag hielt ich das Foto in die Sonne und ließ meine Gedanken ausbleichen.

»Was ist Verführung für dich?«, hatte Ben gestern Abend gefragt, als der Regen über dem Hafen stand, und ich stotterte und starrte auf den tätowierten Schmetterling auf seinem Handgelenk. Dicke Regentropfen liefen mir aus den Haaren über das Gesicht, aus dem Rock die Beine herunter. Ben trank Tomatensaft, seine Blicke wie Katzenzungen auf meinem Gesicht. Der Regen schlug in das Hafenbecken. Der Stuhl war kühl an meinen nassen Beinen. Es roch nach Bratfett und Kaffee. Die gelbe Farbe auf dem Tisch war rissig. Ich fuhr mit den Fingern die Fugen nach. Die Tropfen fielen von meinen Augenbrauen direkt auf die Tischplatte.

»Lass uns gehen, Lisa«, sagte Ben, und wir liefen zurück in den Regen, in dem es nicht auffiel, dass ich seinen Blicken, seinen Worten auswich. Der Regen umhüllte mich wie ein Kostüm, in dem ich jemand anderes sein konnte. Am Hafenbecken drückte Ben mich gegen das Geländer und schaute mich herausfordernd an. Ich hätte es einfacher gefunden, meinen Rock hochzuschieben und sofort hier mit ihm zu vögeln, als ihn zu küssen. Ich drehte mich um, schaute hinunter in das aufgewühlte Hafenbecken, braune Algen schwankten in der Strömung.

Ben biss mich in den Nacken, der Regen schlug auf uns herab. Er bog mir den Arm auf den Rücken und bohrte mir seine Zunge in die Handinnenfläche und ich fühlte mich, als hätte ich seine Zunge direkt in meinem Schoß. Ich beugte mich über das Geländer, winzige Fische hasteten durch das Wasser, Ben fuhr mir mit der Hand zwischen die Beine, ich dachte an den Schmetterling, der sich jetzt dort auf und ab bewegte, das tröstete mich, denn ich war erschrocken über die fast gewalttätige Lust, die mit einem Mal in mir aufbrach. Ich schloss die Augen, der Schmetterling schlug mit den Flügeln. So plötzlich, wie er angefangen hatte, kurz bevor ich kam, zog Ben seine Hand zurück, zusammen mit den Wolken, die sich schlossen und den Rest des Regens für sich behielten. Die letzten Tropfen schlugen Ringe auf dem Wasser. Ich starrte einem auslaufenden Schiff hinterher.

Die Hunde rannten ins Wasser, auch die Bäume schienen näher ans Ufer zu rücken. Ich schlug mein Notizbuch auf: *Ben und ich wandern durch den gelben Abend, den Kopf voller Fledermäuse. Ben tanzt durch das Wohnzimmer, fasst mich nicht an. Ich treibe auf der Couch, sehe ihm zu aus wunden Augen.*

Die Sonne trieb mir so ziemlich alles aus den Poren, ich drückte mein Gesicht in den heißen Sand. Mein Gesicht, auf dem noch immer der Regen lag, während die Minuten sich um mich öffneten und schlossen.

*

Nicks Augen waren weit und dunkel, als wir uns am Hauptbahnhof trafen, ich noch voller Schlaf und er in Eile. Er reichte mir eine alte Kamera in einem Koffer über die Absperrung hinweg, dann war er, »take care«, wieder fort. Er hatte mir nicht gesagt, dass es eine Kamera sein würde. Er wolle mir *etwas* geben.

Take care. Warum sollte ich das selber machen? Er musste die Kamera nicht mehr halten, er hätte jetzt eine Hand frei für mich.

Auf der Treppe stieß Nick mit einem alten Mann zusammen, der vom Bahnsteig herunterkam, und verlor seinen Hut, auf den der Alte im nächsten Moment drauftrat. Der Mann entschuldigte sich wortreich und tätschelte Nicks zerdrückten Hut wie einen Hund. Vielleicht könnte auch ich mit ihm zusammenstoßen, die

Kamera fallen lassen und hoffen, dass er drauftrat. Aber das würde wohl nicht reichen. Ich sah Nick hinterher und hielt die Kamera von mir weg wie einen Köder, nur für den Fall, das ein paar Kids in der Nähe waren, die ihr Taschengeld aufbessern wollten. Von mir hatten sie keine Anzeige zu befürchten.

Nick wusste, dass ich nicht mehr fotografieren wollte.

»Warum?«

»Ich weiß nicht«, hatte ich einmal zu Nick gesagt. »Es erschreckt mich. Man wird das alles nicht mehr los. Jedes Bild ist wie eine Tätowierung.«

»Irgendwann lösen sich die Bilder von dir ab, Lisa. Bilder sind anders als Erinnerungen. Sie werden fremd.«

Der alte Mann ging vorsichtig weiter. Seine Augen suchten den Boden ab, als fürchtete er, erneut auf einen Hut zu treten. Seine Füße folgten nur zögerlich, als würden sie seinen Augen nicht trauen. Er murmelte leise vor sich hin und hielt die linke Hand vor der Brust geballt. Ich stellte mich ihm in den Weg und wir stießen zusammen.

»Sorry, Darling«, sagte er. »Was für ein Tag heute.«

»Ja«, sagte ich. »Manche Tage sind so.«

Kurzentschlossen hockte ich mich in eine Fotokabine und nestelte ein paar Münzen heraus.

Ich starrte auf meine Hände. Ich sah den Pulsschlag unter meinen Fingernägeln, eine leichte rhythmische Veränderung der Rötung. Unter meinen Fingernägeln schlug mein Herz.

Als Elias und ich noch so klein waren, dass wir schnell wuchsen, hatte Luise uns einmal im Jahr zum Fotografen geschleppt. Der Fotograf war ein großer Mann mit einem schweren Bauch, den er herumtrug wie einen guten Freund. Er befeuchtete einen riesigen, feingezinkten

Kamm mit Spucke und kämmte erst mir, dann Elias die Haare glatt die Stirn herunter. Auf den Fotos glänzten unsere Haare von der Spucke des Fotografen, und Elias schaute hinter seinen Brillengläsern aus dem Foto heraus wie ein Fisch aus dem Aquarium. Nachdem Elias und ich ausgezogen waren, gingen wir sogar wöchentlich. Am Morgen aßen wir von geblümten Tellern und wärmten den Kaffee unter einer gehäkelten Haube. Am Abend mischte Elias Gras und Tabak in Omas Zuckerdose, drehte sich die Discokugel über den Porzellankatzen, Wilmas Netzstrümpfen und den Jimi-Hendrix-Postern. Wilma wohnte überall und nirgends, aber ziemlich oft bei uns. Jeden Samstag gingen wir drei zum Fotografen. Der Fotograf bekam langsam graue Haare, schleppte mittlerweile seinen Bauch mit sich herum wie einen Sack Kartoffeln und wagte es nicht, den Kamm zu zücken. Sein Kamm ragte aus der Gesäßtasche, klein und zinkig. Auf den Fotos sahen wir sehr verwegen aus und ein bisschen lächerlich. Wenn wir Thomas, Luise und Oma besuchten und die Fotos herumgaben, strich Oma mit den Fingern über die Bilder, »ihr seid aber schmal geworden«, als würde sie uns erst auf den Fotos erkennen, obwohl wir doch direkt vor ihr saßen.

Ich blieb in der Kabine sitzen, bis die Bilder draußen in den Schacht fielen und das Trockengeräusch verklungen war.

Die Fotos waren noch warm. Ich sah weder verwegen aus noch lächerlich. Ich sah aus, als ob sich nichts hinter meiner Haut verbarg. Als wären meine Augen die leeren Fensterhöhlen einer Filmkulisse. Als wäre mein Gesicht nur für den Augenblick des Auslösens entstanden, hätte sich verdichtet aus einem Gedanken und dann aufgehört zu existieren. Ich holte das Foto zwischen den Seiten meines Notizbuches hervor. Es wirkte realer als dieses noch warme Bild, das ich jetzt in der Hand hielt. Sudden Smith summte die Titelmelodie der Truman Show.

Fremdness schrieb ich quer über die Bilder. Ich kaufte Briefumschläge und eine Briefmarke und schickte die Fotos an Elias. Also an Omas Adresse. Elias würde sicher vor mir zurückkommen. Ich konnte mich gerade noch zurückhalten, *fragile* auf den Umschlag zu schreiben oder *handle with care*.

Ich wanderte nach Hause, trug eine Kamera in einem Koffer und Nicks Augen unter meinen Lidern. Dieser zerstreute Blick, der sich nur langsam auf meinem Gesicht scharf stellte, als hätte mein Gesicht zu wenig Konturen und der Autofokus würde suchend daran abgleiten. Ein leichter Wind wehte mir die Abendsonne ins Gesicht, das Gewicht der Kamera in meiner Hand, trotz allem fühlte sich das gut an. Manche Typen rauchten nur deshalb so viel, weil sie sonst die Hände gar nicht aus den Hosentaschen bekamen, ungefähr so ging es mir mit der Kamera. Ich lief die Elisabeth Street hinauf, während Nick in einem Zug saß, auf dem Weg nach Melbourne, schon wieder mit Wichtigerem beschäftigt als der Liebe, aber für diesen Moment hatte ich alles, was ich brauchte. 1 Kilo Kamera, der Wind, der mir das Kleid gegen die Beine wehte, die Männer von Surry Hills, die Bier auf der Straße tranken, die ansteigende Straße vorbei an Pubs und Cafés, der Geruch der Eukalyptusbäume, das letzte bisschen Schlaf in meinem Hinterkopf.

*

Nick hackte Zwiebeln und Knoblauch, schnitt Pilze und Auberginen, schüttete rote Linsen ins kochende Wasser. Ich pflückte die Rosmarinblätter einzeln vom Zweig und roch an meinen Fingern, schnitt die Chilischoten in Scheibchen und las die Kerne heraus. Eine große Hilfe war ich nicht. Wir aßen auf der Bank hinter dem Haus und zündeten Kerzen an, die der Wind sofort wieder ausblies. Nick saß eine Armlänge von mir entfernt, ich müsste den Arm nur ausstrecken.

»Museen taugen nichts«, sagte Nick. »Man sollte Bilder einfach auf die Straße legen. Man sollte auf der Kunst einfach herumlaufen.«

»Das gab es doch schon. Auf Bilder schießen, Skulpturen bauen, die sich selber zerstören und so«, murmelte ich friedfertig.

»Nein«, sagte Nick. »Ich meine kein Statement. Ich meine Anwendbarkeit. Wenn niemand im Museum ist, wird die Kunst nutzlos. Die Kunst braucht einen Ort, an dem sie Einflüssen ausgesetzt ist, egal, ob sie jemand anschaut oder nicht.«

Wenn Nick sich für etwas begeisterte, brach sein Gesicht auf und das Licht fiel in die entlegensten Nischen seiner Haut.

»Ich mag Museen«, sagte ich. »Ich werde dort immer müde. Am liebsten hätte ich ein Bett im Museum. Mitten zwischen lauter sturen Skulpturen. Das muss ein unvergleichlicher Schlaf sein.«

Nick trug die Teller ins Haus und kam mit einer Flasche Wein wieder.

»Was, glaubst du, ist Realität?«, fragte ich ihn, während die Fledermäuse aufwachten und über den Bäumen Kreise zogen.

»Weiß nicht, alles, was wir sehen, alles, was wir tun, der Teer in deinen Lungen.«

Er lachte sein kleines Lachen, von dem er glaubte, dass es sich gemein anhörte, bei dem ich aber immer an das Geräusch denken musste, das Katzen machen, wenn sie über Dielen laufen.

»Ich muss dir was zeigen«, sagte ich lahm und fühlte mich, als würde ich einen Text aufsagen, den ich immer wieder geprobt hatte, seit das Foto vor mir auf dem Asphalt gelegen hatte und die Nächte kürzer wurden. Aber Nick griff so begierig nach dem Foto, als hätte ich ihm eine von Allan Kaprows original *Instructions* hingehalten, oder, weniger artefaktisch, dafür lustiger, ich hätte ein paar von Miranda Julys *Assignments* von ihrer Webseite learningtoloveyoumore ausgewählt und wir würden den Rest des Abends damit verbringen, uns Strampelanzüge zu nähen oder Assignment 13 zu folgen (Recreate the moment after a crime). Kurz, alles entfachte Nicks Neugier, alles wurde für ihn zu einem *Happening*. So wenig Nick sich manchmal für mich interessierte, für Kunst interessierte er sich immer. Das würde ich mir merken. Er zündete eine der Kerzen wieder an und hielt das Foto ans Licht. Für einen Moment hoffte ich, er würde vielleicht etwas völlig anderes sehen als ich (Menschen in Strampelanzügen, die Blutspuren von ihren Messern wischten).

»Ja«, sagte Nick. »Kann man ja nicht viel erkennen.« Er kniff die Augen zusammen. Plötzlich konnte ich ihn mir in einer anderen Zeit vorstellen, mit Monokel, über Bergen von Büchern.

»Da bin ich drauf.«

»Right, I see.«

»Ich hab's gefunden«, setzte ich nach.

Er verstand nicht. Nichts. Und als er dann doch verstand, wurden seine Augen groß und weit.

»Vielleicht hast du einen Doppelgänger?«

»Nein«, sagte ich. »Das bin ich.«

»Wie kannst du da so sicher sein?«

Jedes Handtuch war mit zwei Klammern festgesteckt.

»Ich schmeiße meine Handtücher immer nur über die Leine«, sagte ich.

Nick antwortete nicht. Er glaubte mir, obwohl das doch wirklich etwas war, das man gar nicht glauben konnte. Vielleicht schwieg er aber auch nur angesichts des Grases, das samtig in der Nacht lag, angesichts der Ordnung, die auf dem Wäscheständer herrschte, angesichts all der Schnecken, die weiß zwischen den Salatblättern leuchteten.

Wir redeten nicht mehr darüber, obwohl das doch wirklich etwas war, worüber man gar nicht genug reden konnte.

Nick hatte alles Mögliche mit den Schnecken versucht, er hatte schneckenabweisendes Kraut gepflanzt und dann entsetzt zugesehen, wie ganze Scharen furchtlos die Blätter niederwalzten. Das Unkraut bog seine Blätter unter der Last der Schnecken. Er hatte Gift gespritzt und dann aber so lange den geernteten Salat unter kochend heißes Wasser gehalten, bis die Blätter schlapp und dunkelgrün in der Spüle klebten. Schließlich war er nach Rücksprache mit einem Ökobauern dazu übergegangen, die Schnecken mit einem Stein zu zertrümmern und hinterher ihre zermalmten Leiber und gefallenen Häuser über die Beete zu streuen.

»Als Abschreckung?«, hatte ich gefragt und an aufgespießte Köpfe vor mittelalterlichen Stadtmauern gedacht.

»Nein!«, knirschte Nick oder der Stein. »Als Dünger.«

Heute hatte er keine Kraft dazu, deshalb tat ich es. Ich hockte über dem Beet und hieb auf die Schnecken ein. Nicks kalte Blicke auf meinem nackten Körper, Bens Hände zwischen meinen Beinen, mein breites Gesicht an einem fremden Ort, ich keuchte, schlug, malmte und zerstörte, bis Nick mir die Hände auf die Schultern legte, »Lass gut sein, Lisa. Sie sind alle tot«.

Ich blutete. Das war gut. Ich hatte mich schon gefragt, was unter meiner Haut noch war.

Mir tat der Rücken weh, und wir klappten zwei Liegestühle auf, legten uns Fuß an Fuß im 90-Grad-Winkel zueinander.

Ich erzählte ihm nicht von B. Ich erzählte nur von einem Raum ohne B. Nick erzählte von Linn und einem Raum ohne Linn.

Wir hatten noch nie über solche Dinge geredet, aber wir hatten auch noch nie Fuß an Fuß im 90-Grad-Winkel voneinander weggestreckt auf Liegestühlen im Dunklen gelegen. Ich sah Nicks Gesicht in der Nacht weiß schimmern. Seine Zehen ragten über meine. Wir riefen Worte durch das Dunkel. Ich erzählte von Omas Kleiderschrank, in dem sich die Kleider aller Bewohner ablagerten wie Erdschichten. Nick erzählte von den Lücken in seiner Wohnung. Ich sagte: »Es wäre eigentlich schön, wenn die Lücken greifbar wären, findest du nicht? Der staubige Abdruck eines Bildes, der flache Umriss eines Bettes.«

»Ja«, lachte Nick »und der schemenhafte Abdruck von IHR am Küchentisch.«

Er hatte den Lichterkettenklumpen wieder angesteckt,

Mars raschelte in den Beeten. Wir schwiegen, der Geruch der Melonenschalen zog mir in die Nase, sie rochen wie Gurken, das war mir vorher nie aufgefallen.

»Wie kann denn das überhaupt sein?«, fragte Nick schließlich.

»Soll ich die Wirklichkeit ruhen lassen?«, zitierte ich.

»Jetzt mal ehrlich, Lisa. Es kann nicht sein. Es ist nicht möglich«, beharrte Nick mit seiner PHD-Stimme. So klang er immer, wenn er über seine Doktorarbeit sprach, die er kurz als *Grammar of Art* bezeichnete. Wenn Nick überhaupt einen Fehler hatte, war es der, dass er alle Dinge in ein Informationsraster presste, in zwei Spalten eingeteilt. Proofed, Still to proof. Eine Spalte für Unproofed but still real gab es nicht, so etwas wurde gestrichen. Ich schaute in sein grübelndes, selbstsicheres Gesicht und wünschte mir, wenigstens einmal die pure Fassungslosigkeit darin zu sehen.

Eigentlich hatte ich Nick das Foto nur gezeigt, um ein Geheimnis mit ihm zu teilen. Ein Wunder, ein Horror, eine totale Irritation war gerade genug, um gegen seine Unverbindlichkeit anzustehen.

»Da gibt es eine Erklärung«, sagte er schließlich. Er sagte es so, wie wenn er über Thesen sprach, die er streichen müsste, weil sie nicht in seine Argumentation passten, er sich aber lieber entschloss, die Argumentationslinie zu ändern, als auf seine schlauen Thesen zu verzichten. Er lachte dann immer, als würde er gerade eine Revolution aushecken.

Obwohl es dunkel war, hielt ich mir die Finger über die Augen. Sie rochen nach Knoblauch und Rosmarin. Plötzlich wurde es sehr still, die Kerzen waren erloschen, der Garten hatte sich in eine schemenhafte Kraterlandschaft verwandelt, das ausgetrocknete Bett eines Meeres, nur Nicks Gesicht leuchtete weiß wie eine gestrandete Boje.

*

»Es ist eine Revolution!«, sagte Elias atemlos. »Ein totaler Umbruch unseres Weltbildes. Newton war echt für'n Arsch!«

»Newton?«

»Naja, in der Quantenphysik gibt es keine Materie, alles besteht aus Energie. Alle Teilchen kommunizieren miteinander!«

»Aha«, sagte ich.

Elias holte hörbar Luft, der Hörer vibrierte förmlich in meiner Hand.

»Geil, dein Interesse, Lisa.«

Wir schwiegen eine Weile. Ich stach ein kleines Loch in eine Ecke des Fotos und zog einen Faden hindurch. Dann hielt ich es am Faden in die Sonne, blies immer wieder leicht dagegen, ließ es zwischen den Staubpartikeln umhertaumeln.

»Mein Koffer ist auf dem Rückflug verloren gegangen«, sagte Elias schließlich.

»Wahrscheinlich hat er sich in Raum und Zeit verirrt.«

»Ja, wahrscheinlich.« Elias seufzte. »Als Nächstes muss ich unbedingt nach Tibet. Da gibt es Mönche, die können die Struktur von Wassermolekülen beeinflussen, einfach durch Gedanken!«

»Mist mit deinem Koffer.«

»Ja. Total. Alles ist so«, Elias fing an zu kichern, »so vergänglich!«

Wir gönnten uns eine Minute, kicherten ein bisschen und ließen das Telefonkabel durch die Finger gleiten. Ich stellte mir vor, wie er auf Omas rot-goldenem Sofa saß, die Hände auf die Knie gelegt, wie ein Schüler, den Hörer zwischen Ohr und Schulter geklemmt. Ich hatte ihn mal heimlich beobachtet, wie er mit Marc Erotica über das Telefon austauschte, genau in dieser Haltung. Und wenn er aus dem Haus ging, hängte er sich Omas Schirm über den Arm, bei jedem Wetter. Wenn ich ein Nerd war, Elias war der Schirmherr aller Spacken.

»Wilma will vielleicht wieder einziehen. Ihr Freund nervt.«

Ich dachte daran, wie ich ihr erklärt hatte, dass es nur noch B geben konnte in meinem Leben, dass ich all meine Energie auf ihn konzentrieren musste. »Du bist nicht mehr du selbst«, hatte Wilma gesagt und ihren Kaffee in die Spüle geschüttet. »Du bist zum Kotzen.« Sie hatte sich zu mir umgedreht. »Solche Freunde brauche ich nicht. Sei froh, dass ich es dir als vorübergehende geistige Umnachtung auslege.« Trotzdem hatte sie die Tür zugeknallt. Ich hatte das Wasser laufen lassen, bis der Kaffee im Ausguss verschwunden war, dann hatte ich mich auf die Bettkante gesetzt und B beim Schlafen beobachtet.

»Lisa«, warf Elias zögernd ein. »Der Anrufbeantworter. Ich müsste mal –«

»Untersteh dich!«, unterbrach ich ihn. »Denk nicht mal daran. Schalt ihn einfach aus.«

Ich stellte mir vor, wie er Bs Kleider zur Seite rückte, um seine Cordanzüge in den Schrank zu quetschen, und die Schminkutensilien von der Ablage im Bad räumte.

Mein Handy klingelte. Nick.

»Bis dann«, sagte ich zu Elias. »Möge die Macht mit dir sein!«

Ich schnitt sein Darth-Vader-Röcheln ab und ging ans Handy.

»Ich habe ein Geschenk für dich!«, sagte Nick geheimnisvoll.

2 Stunden später überreichte er mir eine kleine runde Plastikdose. Sie war mit weißem Papier ausgelegt. Ein gerollter Strang Küchenpapier, ringförmig auf dem Boden verschlungen. In seiner Mitte lag eine winzige Tomate. Sie war dunkelrot. Vom Strunk her breitete sich ein grünmarmoriertes Muster über ihrer Oberfläche aus. Ein kleiner Riss zog sich über ihre Seite. Ich sah das kristallene Fruchtfleisch unter der glänzenden Oberfläche.

»First Flush«, grinste Nick.

»Ludmilla«, sagte ich. »Das ist der perfekte Name für eine perfekte Tomate.«

Nick lachte und holte Wodka mit Cranberry für uns.

»Was ist der Plan, Lisa?«

Ich schüttelte den Kopf. Ich hatte gar nichts vor. Ich hatte gar nichts gar nichts gar nichts vor. Ich hatte noch nicht mal darüber nachgedacht, etwas vorzuhaben. Nick sah mich verwundert und nachsichtig an.

»Du musst dieses Café suchen«, sagte er.

»Ich kann das nicht alleine. Du musst mitmachen.«

»Lisa, ich hab so viel zu tun. Big Mess. Ich weiß schon gar nicht mehr, wo mir der Kopf steht.«

Ich seufzte schuldbewusst, aber unnachgiebig. Nick starrte in sein leeres Bier, seufzte, schaute aus dem Fenster, seufzte, schaute mich an, seufzte. Wir lieferten uns ein richtiges Konzert. Nick gab den Ton an, ich half mit den Echoeffekten.

»Ist meine Unentschlossenheit die schönste Erfahrung meines freien Willens?«, brach ich schließlich das Eis.

Nick lächelte zögernd.

»Soll ich die Welt mit Nichtbeachtung strafen?«, umgarnte ich ihn und sah ihn bittend an.

Nick bestellte neue Getränke und fegte mit der Handkante Krumen vom Tisch.

»Soll ich alles zusammenschlagen?«, drohte ich.

»Okay«, sagte er schließlich. »Dann bleibt uns nur eins«, er breitete meinen Stadtplan auf dem klebrigen Tisch aus und teilte die Stadt in Planquadrate. Einzugsbereiche, die er rot oder grün markierte. Rot für ihn, grün für mich. Ich trank Glas um Glas und schaute Nick zu, der gewissenhaft rote und grüne Quadrate malte, Ludmillafarben. Ob es auffallen würde, wenn ich mich einfach danebenlegte? Nick würde konzentriert meinen Körper unterteilen in Nick- und Lisa-Gebiete, dann wäre alles geklärt.

»Ich kann dir noch eine Mauer reinzeichnen, vielleicht fühlst du dich dann heimischer«, grinste er.

Nach zwei weiteren Getränken schauten wir auf ein wildes, rot-grünes Gebilde.

»Das hat keinen Sinn«, sagte ich und Nick nickte erschöpft.

»Wir schauen einfach Cafés an, die wir noch nicht kennen. By random.«

Ich nickte erschöpft.

»Ich habe mich mit Ben getroffen.«

»Wirklich?« Nick zog die Augenbrauen hoch und nahm einen Schluck von seinem Bier. »Mit Ben musst du aufpassen, das ist ein ziemliches Luder.« Dabei lachte er und grinste mich verschwörerisch und ohne jede Eifersucht an. Seine Hände lagen flach auf dem Tisch. Ich wollte sie nehmen und an meine Wangen legen.

Ich wollte ihm von Ben erzählen, bevor es Sachen gab, die man nicht mehr erzählen konnte. Ich wollte, dass er mich davon abhielt, Dinge zu tun, die man nicht mehr erzählen konnte. Ich wollte Dinge sagen, die in seiner Brust stecken blieben und stachen. Ich wollte Nick in die Augen schauen, bis sie scheuerten.

»Ich muss früh aufstehen«, sagte Nick und packte seine Sachen zusammen.

Zwischen meinen Zähnen klebte ein Stück Haut von Ludmilla.

Ich fuhr mit den Fingern die verfärbten Straßen von Sydney nach und schnippte die Asche auf den Boden.

Ich faltete den Stadtplan zusammen, nahm einen letzten, kräftigen Schluck (One for the Road) und stapfte durch die rot und grün markierten Straßen wie durch tiefen Schnee. Die Lichter der Bars blendeten mich. In der Crown Street hatte das verdammte Foto-Ding im Dreck gelegen, wer sagte mir, dass das mysteriöse Café nicht in der Belmore Street lauerte, die ich gerade leicht betrunken entlangschlich. Ich schloss die Augen und tastete mich an den Wänden der Häuser entlang, die immer enger um mich zusammenrückten. An einer Kreuzung hörten die Wände auf und ich tastete ins Leere. Ich blieb stehen. Ich konnte meine Augen nicht öffnen, ich konnte keinen Schritt mehr tun. »Marc«, rief ich ins Telefon. »Ich hab mich verlaufen.« Dann setzte ich mich in den Schnee (rotgrün), die Beine angezogen, das Gesicht zwischen den Knien vergraben, bis Marc mich an der Hand nahm.

*

Seit Nick Sydney in Planquadrate unterteilt hatte, mochte ich nicht mehr aus dem Haus gehen. Wie eine unüberschaubare Höhle kam die Stadt mir vor, mit dunklen Winkeln, in denen undefinierbare Knochenhäufchen lagen, beißende Gerüche waberten. Ich spürte den modrigen Atem der Stadt, schon morgens im Bett schlug er mir ins Gesicht. Der Stadtplan hing, mit Blue Tac an die Wand geklebt, über meinem Bett. Blue Tac hatte den Vorteil, dass seine Klebeeigenschaften auch bei feuchtem Wetter voll erhalten blieben, und den Nachteil, dass er dazu neigte, blau durchzufärben.

»What the hell is that?«, hatte Marc interessiert gefragt, als er hereinkam, um sich zu erkundigen, warum ich schon drei Tage nicht mehr zur Arbeit gegangen war.

»Kunst«, hatte ich so selbstbewusst wie möglich geantwortet und seine hochgezogenen Augenbrauen ignoriert.

»You're not that desperate, are you?«, hatte Marc geseufzt und die Tür leise hinter sich zugezogen.

Aber ich hatte alles im Griff. Ich hockte wie eine fette Spinne im Zentrum meiner virtuellen Landkarte, aß, trank und schlief und vergnügte mich damit, Fäden zwischen Tür und Fensterrahmen zu spinnen. Das war genügend Auslauf. Definitiv.

Nick kam vorbei, wir saßen im Hinterhof und aßen Orangen. Der Saft lief mir die Hände herunter.

»Ich möchte einen Ausflug machen«, sagte ich, »ich möchte raus aus der Stadt. Ich möchte auf dem Rücken liegen und den ganzen Tag Grashalme kauen. Ich möchte Bier trinken in der Mittagssonne.«

(Ich möchte geküsst werden, ich möchte, dass du Wassertropfen auf meinem Bauch verreibst, ich möchte, dass du die Augen schließt und schweigst. Ich möchte, dass zwischen uns immer ein wenig Raum bleibt, eine Handbreit für Gräser, eine Handvoll Kirschen und Bücher, die wir nicht aufschlagen.)

Nick spuckte Orangenkerne über die Mauer.

»Wirklich? Mit wem?«

Ich schüttelte den Kopf und biss grimmig in einen Orangenschnitz. Der Saft spritzte Nick ins Gesicht.

»Macht dir das Spaß?«, fauchte ich.

Nick sah mich erschreckt an, Orangensprenkel im Gesicht.

Ich schaute auf die verstreuten Blätter zu meinen Füßen, saugte den Saft aus dem Orangenstückchen, bis seine Häute aneinanderklebten.

Am nächsten Morgen hupte Nick vor der Tür. Ich schaute aus dem Fenster, Nick und Ben hockten auf der Vorderbank des Busses. Ich schrie nach Marc.

»Marc, wir machen einen Ausflug!«

Marc kam aus dem Bad, trocknete sich die Haare ab.

»Wir machen WAS?«

»Einen Ausflug. Nick hat Ben mitgebracht, jetzt bringe ich dich mit.«

»Da bin ich aber entzückt, dass du so viel Wert auf meine Gesellschaft legst«, sagte Marc und trottete in sein Zimmer.

»Marc, es gibt Schokoladenkuchen und gebratenes Hühnchen.« Ein feiner Diskant schlich sich in meine Stimme.

»Ist ja schon gut«, murmelte Marc.

Die Sonne flimmerte durch die Bäume in den Bus. Lichtflecken tanzten auf Nicks Schulter. Ich räkelte mich auf der Rückbank, nicht bereit, den Schlaf der vergangenen Nacht an diesem Morgen schon loszulassen. Manchmal bissen mich Bens Blicke im Rückspiegel, sofort schloss ich meine Augen wieder. Marc, Ben und Nick unterhielten sich leise. Ich sagte nichts, genoss es, wie die Worte um mich herumschwappten wie warmes Badewasser.

Ich schaute Nick an, der mit schlanken Fingern das Steuer hielt und konzentriert auf die Straße sah. Seine leichten Haare verhakten sich an den letzten Häusern der Stadt, dann stiegen die Bäume um uns her aus dem Boden empor, weite, verdorrte Wiesen breiteten sich aus und Nicks Haare flatterten im Wind.

»Na Lisa, unter welchem Stern steht unser Tag?«, fragte er und schaute mich im Rückspiegel an.

Ich tastete nach meinem ewigen Begleiter und fluchte.

»Zum Glück hast du einen aufmerksamen Mitbewohner, Kind!«, Marc streckte mir grinsend mein Büchlein hin. Ich schlug es auf einer beliebigen Seite auf und las vor. *»Ist das Leben ein seltsames Höhlensystem?«*

Ich drehte mir eine Zigarette, stieß den Rauch aus dem Fenster, Nick drehte sich um, warf mir einen irritierten Blick zu.

»Oh«, murmelte ich, warf die Zigarette aus dem Fenster, ohne sie auszudrücken.

»Lisa!«, rief Ben und Nick bremste scharf.

»Oh«, murmelte ich und wurde rot, die Tür klemmte, Ben musste aussteigen und sie für mich öffnen, barfuß lief ich über den heißen Teer, fing meine Zigarette, die, vom Wind getragen, über die Straße rollte. Ich drückte sie aus, trug sie zurück, durch den dürren Wald zu dem wartenden Auto, Marc, Ben und Nick drehten sich zu mir um, ich ging mit hölzernen Schritten, hielt die Kippe in der Hand wie ein Säckchen geraubten Goldes. Ich dachte an die Buschfeuer, deren Bilder regelmäßig im Fernsehen flatterten, und stellte mir den Bericht im Fernsehen vor: Ich mit rußgeschwärztem Gesicht und kantigem Akzent, Ben, der ein Beuteltier aus dem Wald rettete, der hustende Nick und Marc, der entschuldigende Gesten hinter meinem Rücken machte. Ich war froh, als wir weiterfuhren.

Der Wald lichtete sich, die Sonne brach ungefiltert in das Auto, innerhalb von Sekunden waren wir von Schweiß bedeckt, klebten die Polster an unseren Beinen. Ben seufzte und zog sich das T-Shirt über den Kopf. Marc knurrte spielerisch und leckte Ben über die Schulterblätter. Unsere Blicke hafteten an Bens breitem, glänzendem Nacken. Ben lehnte sich zurück, schloss die Augen und ließ sich den Wind über die Haut fahren.

Ich schloss meine Arme um Nicks Rückenlehne, lehnte meine Wange an das Polster, dort wo sein Hinterkopf war. Immer dort bleiben, Kopf an Kopf mit Nick. Seine Gedanken hören.

Ich konnte mir nicht vorstellen, mit Nick zu schlafen. Warum auch immer. Wenn wir zusammen waren, breiteten sich ein Lächeln und ein heftiges Begehren in meinen Zellen aus. Wenn ich mit Nick zusammen war, schloss ich die Augen und träumte von Sex mit anderen Männern.

Ben zog sich die Hose runter und reckte johlend seinen Hintern aus dem Fenster, den entgegenkommenden Autos entgegen.

»Mooning. Ein beliebtes Hobby unter narzisstischen Großstädtern«, erläuterte Nick in einer artikulierten Reisebegleiterstimme.

Marc streckte seinen Kopf aus dem Fenster, die Zunge aus dem Mund, Bens runden Hinterbacken entgegen.

»Hunting the moon. Ein beliebtes Hobby unter narzisstischen, homosexuellen, unbefriedigten Großstädtern«, erläuterte Nick.

Die Sonne breitete sich im Auto aus, schien mir auf den Bauch. Ich wand meine Hand um die Kopfstütze, kraulte Nicks Hinterkopf, wich seinem irritierten Blick aus, schaute unbeteiligt lächelnd aus dem Fenster, als wäre es nicht meine Hand, die sich da in Nicks Haare grub, als wäre eine herrenlose Hand eingestiegen, zusammen mit Marc und mir.

Auf einer Lichtung neben einem Fluss hielt Nick an. Wir rieben uns die Augen, streckten die Beine. Marc und Ben liefen sofort an verschiedene Bäume und pinkelten laut seufzend, nicht ohne vorher einen Strich in den Sand zu ziehen.

Nick und ich legten uns ins Gras, das schon voller Insekten war, jetzt kamen wir auch noch dazu.

»Manchmal weiß ich gar nicht, warum Ben mein bester Freund ist«, seufzte er und beobachtete Ben, der Marc seinen Sieg streitig machen wollte, er wäre übergetreten. Er deutete auf Marcs Fußabdruck.

»Gewöhnung«, schlug ich vor.

»Was ist mit dem gebratenen Huhn, Lisa?«

Ich kramte im Korb, holte eine Keksdose hervor. Ein Weihnachtsmann war daraufgemalt und lauter kleine Engel flatterten um seinen Kopf wie Moskitos. Ich hielt Nick die Dose hin, er griff sich ein in Chili eingelegtes gebratenes Hühnerfilet und legte sich wieder zurück ins Gras.

»Du magst Ben nicht, oder?«

»Och«, sagte ich.

Ich stellte mir vor, wie ich meine Wange in Nicks Handfläche legen und Ben zuschauen würde, wie er sich langsam ausziehen und nur für uns unter der Sonne onanieren und funkeln würde. Wie er innehalten würde, wie seine Hände sanken, und wie er dastand, lange, einfach so, bis die Sonne über ihm zersprang. Ich blinzelte und fuhr mit dem kleinen Finger Nicks Unterarm hinauf und hinunter, so zart, dass es sich kaum anders anfühlen konnte als ein Wind. Nick räusperte sich und verbarg den Arm unter seinem Kopf.

»Lisa, wegen neulich«, begann Nick vorsichtig.

Ich biss in ein Hühnerfilet.

»Ich kann gerade nicht, ich meine, ich bin nicht, ich will nicht«, stotterte Nick.

Ich biss auf eine Chilischote. Sie war nicht so scharf, wie ich es mir wünschte. Ich sagte nichts.

»Was sagen denn Fischli & Weiss dazu?«, fragte Nick leise.

Ich atmete tief ein, dann holte ich das Buch aus der Tasche: *»Gibt es heute einen ähnlich großen Irrtum wie die Vorstellung der Welt als Platte?«*, las ich vor.

»Ach Lisa«, sagte Nick.

»Findest du mich denn gar nicht, ich meine, kannst du dir gar nicht vorstellen, ich meine, was meinst du mit *gerade*, vielleicht irgendwann?«, stotterte ich.

»Lisa, bitte.«

»Na gut«, sagte ich und blätterte wieder: *Hilft Leichtsinn gegen Schwermut? Soll ich im Wald als Räuber leben?*

»Oh ja«, rief ich, »das wird schick, kommst du mit?«

»Und wo kann ich meinen Computer anschließen?«,

fragte Nick. »Das funktioniert doch hinten und vorne nicht.«

Ben und Marc ließen sich neben uns ins Gras fallen. Wir aßen Huhn aus der Keksdose und schauten der Sonne beim Wandern zu. Marc drehte einen Joint. »Was ist los, Kind?«, fragte er mich empört, als ich ablehnen wollte. Der Joint flatterte in meiner Hand wie ein junger Vogel, ich nahm vorsichtige Züge. Ben lief auf Händen durch die Wiese, Käfer krabbelten an seinen Armen empor. Marc seufzte laut, rollte sich vom Rücken auf den Bauch, drückte seine Nase ins Gras und tauchte niesend und schnaubend wieder auf, klaubte eine Ameise aus seiner Nase.

»Hast du eigentlich schon angefangen zu suchen?«, flüsterte Nick verschwörerisch.

Hierbleiben, dachte ich. Einfach hierbleiben und das Gras wachsen lassen. *Warum sind die Sterne so unordentlich verteilt?*

Es würde mir eigentlich reichen, dachte ich. Ein wenig schwimmen, Nicks Sommersprossen zählen, ab und zu ein paar Grashalme abstauben. Ich fletschte die Zähne und fraß Nick das letzte Stück Huhn aus der Hand. Ein bisschen Haut von ihm war auch dazwischen.

*

Mitten im Sommer brach ein Dauerregen los. Die Zeitung auf dem Balkon wurde nass. Die Wäsche schimmelte auf der Leine. Selbst die Geldscheine in meiner Hosentasche waren klamm. Ich kreiste in unseren vier Wänden, haftete Stunden am Sofa.

»Jetlag«, sagte ich zu Marc.

»Kind, doch nicht 6 Monate!«

Was sollte ich sonst sagen? Marc, ich leide an einer Mischung aus Liebeskummer und surrealer Identitätsverschiebung?

Kann man Müdigkeit nur mit Schlaf bekämpfen?

»Willst du mit mir schlafen?«, hatte ich B einmal aus lauter Unzufriedenheit gefragt. Ich hatte ihn öfter Dinge gefragt, auf die er nicht geantwortet hatte. Trotzdem, diese Frage fiel ihm über die Schulter aus dem Fenster und schlug auf das Pflaster im Hinterhof. Ich ging zu ihm rüber, B setzte sich auf das rot-goldene Sofa meiner Oma und rauchte (einfallendes Sonnenlicht, Lichtempfindlichkeit 400 Asa, Blende 5,6, Verschlusszeit 1/120).

Ich rührte mit dem Finger in meinem Tee, fischte einzelne Blätter heraus und legte die Tee-Leichen auf die Fensterbank. »Komm schon«, sagte ich und er folgte mir mit dem gemütvollen Blick des Stärkeren. Ich legte mich aufs Bett und B wühlte im Kleiderschrank. Er kicherte und probierte meine Sommerkleider. Ein schräg gestreiftes in Pastelltönen schlackerte um seine haarigen Beine. Seine Hüften drückten durch den dünnen Stoff. Die Streifen spannten über seiner Brust und seine Arme lagen an seinem langen Körper, so nutzlos, dass es mir eng wurde in der Brust (Blende 5,6, 1/60 Sekunde).

Vor dem Kleiderschrank wirbelten Staubpartikel in der Luft. B war unrasiert. Ich raffte mich auf und stieg in Opas alte, ausgebeulte Anzughosen. Ich befestigte die Hosenträger und stopfte sogar die langen Haare unter einen Hut.

»Schlaf mit mir«, sagte ich noch einmal.

»Ach, Lisa.« B schüttelte lächelnd den Kopf (Abblende).

Marc zog mich von der Couch, drückte mir meine Handtasche in die Hand (Geld, Telefon, Haustürschlüssel), stellte mich auf die Straße und schloss hinter mir ab.

Ich besuchte das Aquarium. Eine Röhre aus Panzerglas führte durch das Wasser. Ich legte mich auf eine Bank, riesige Rochen breiteten ihre flatternden Leiber über mir aus. An den Glaswänden hafteten Seesterne, so pink, so gelb, so rot, dass sie an Bilder in einem Kinderbuch erinnerten und ich sie am liebsten an meinen Kragen geheftet hätte. Fische mussten nicht arbeiten. Ich fragte mich, wenn ich ein kleiner Fisch wäre, wäre ein Marmeladenglas mir groß genug, ein Aquarium, ein Gartenteich, eine Seenkette in Norwegen?

Ich arbeitete fast jeden Tag im Melograno, weil es dort immer nach Thymian und Zitrone roch, ich schleppte stapelweise Teller, schrieb alles in meinen Kalender. Montag: einatmen. Sonntag: ausatmen.

Mein Chef stand immer mit gefalteten Händen am Kopf des Raumes und bewachte die Atmosphäre. Bei jeder Gabel, die mir herunterfiel, hechtete er los, und nicht selten stießen wir mit den Köpfen zusammen.

Die Luft im Melograno schlug Blasen, die Gäste waren gereizt. Ich hielt die Stirn gesenkt, als hätte ich Hörner. Eine Frau in einem langen Mantel betrat das Café und setzte sich an einen Tisch in der Ecke. Sie holte einen Taschenspiegel heraus und einen Lippenstift und zog ihren Mund dunkelrot nach. Dann nippte sie an ihrem Kaffee und brachte das Glas aufgebracht zum Tresen. »Es ist schmutzig!«, sagte sie und deutete auf den Abdruck ihrer Lippen. Mein Chef zuckte mit den Schultern und nahm ein neues Glas aus dem Schrank, schüttete vor ihren Augen den Kaffee um. Der Schaum war verschwunden, stattdessen trieb in dem Glas eine braune Brühe mit einem halb aufgelösten Zuckerwürfel. Sie raffte ihren Mantel und stob zurück in den Regen.

Ein Student, der täglich kam, bestellte seinen üblichen Espresso. Not too hot wollte er ihn immer haben und mit Zimt.

»Einen Espresso«, sagte er. »Not too hot.«

»Ja«, sagte ich. »Not too hot und mit Zimt.«

Er schaute mich an, als wäre ich ihm zu nahe getreten. Das Wasser drang langsam durch den Boden nach oben, und der Chef trug Plastiktüten über seinen Latschen.

»Darling«, sagte er besorgt, »du sollst doch nicht mit nassen Füßen arbeiten«, und hielt mir auch zwei Plastiktüten hin, orange mit dem Aufdruck des Coles-Supermarktes. Es war alles hoffnungslos verschissen. Ich schleppte mich durch die Tage wie durch tiefen Schlamm. Auch Sudden Smith hüllte sich in gereiztes Schweigen. Ich ließ mich nassregnen, verzichtete darauf, mich nach dem Duschen abzutrocknen, es hatte eh keinen Sinn. Voller Grimm wies ich den Regenschirm zurück, den Marc mir jeden Morgen hinhielt.

»Meine Haut ist wasserdicht«, knurrte ich. »Das ist das Wunderbare an den Menschen.«

Jeden Morgen fühlte ich mich, als würde die Nacht gleich anbrechen. Im Melograno goss ich voller Ingrimm Whisky in meinen Kaffee, um die Stimmung ein wenig anzuheizen, es war erbärmlich. Zum Feierabend war ich betrunken genug. Ich zog meine Bahnen durch die Viertel, manchmal mit dem ahnungslosen Marc, manchmal ohne den ahnungslosen Marc, aber im Grunde suchte ich das mysteriöse Café gar nicht, im Grunde lief ich betrunken durch die Gegend und hielt mir die Augen zu.

Sudden Smith war anscheinend der Einzige, der diese Ausflüge genoss. Er legte vor dem Sydney Tower den Kopf in den Nacken, bewunderte den Sandstein des Queen Victoria Buildings und deutete auf jede Fledermaus.

»800 Sträflinge und rund 500 Seeleute und Soldaten verließen hier ihre Schiffe«, flüsterte er ergriffen, als wir durch die Rocks stromerten. »Die Errichtung der Strafkolonie hatte für die einheimische Bevölkerung verheerende Folgen. Durch eingeschleppte Krankheiten wie Masern und Pocken wurde sie fast ausgelöscht, die wenigen Überlebenden mussten sich der englischen Herrschaft unterwerfen.«

»Übles Pflaster«, stimmte ich ihm zu und sank vor einer Kneipe, die mit Känguru-Pizza warb, in die Knie. Noch ein Wodka mit Cranberry-Saft, und ich würde nach Hause gehen.

Nick lud mich auf eine Performance ein. Der *Performance Space* in Redfern sei berüchtigt dafür, Künstler einzuladen, die irgendwie radical and edgy seien. Das passte doch. Nach der Arbeit pulte ich mich aus meinem verschwitzten T-Shirt und warf mir ein zerknittertes Kleid über. Obwohl der Bus zu spät kam, saß ich viel zu früh in der Cleveland Street auf der Treppe vor dem Gebäude, zog lustlos an einer Zigarette und vertrieb mir die Zeit, indem ich Wörter lernte.

Grimmig: ferocious, furious, grim, po-faced (pofaced?).

Inbrünstig: fervently, perfervidly. Herrlich!

»Wie geht's?«, fragte Nick, als er endlich auftauchte.

»Perfervidly ferocious«, sagte ich, ohne mich zu versprechen.

Die Performance war nicht edgy, sie war lyrisch. Während da einer rang mit Worten, den Raum mit seinen Schritten abmaß, konnte ich nur daran denken, wie es wäre, sich auf dem Holzfußboden lang auszustrecken.

Nick hockte neben mir, den Oberkörper aufmerksam nach vorn gebeugt, als würde es hinterher einen Test geben und er müsste unbedingt die volle Punktzahl erreichen. Ich drehte mir schon mal Zigaretten für die Pause vor.

Ferociously schlug ich meine Hände zum Applaus zusammen. »Ferocious ist ein Adjektiv« flüsterte Sudden Smith. »Das Adverb wäre grimly.«

Hinterher wurde es auch nicht besser. Nick schien jeden verdammten Zuschauer zu kennen.

»Lisa, das ist Kate, sie ist eine großartige Schauspielerin. Das ist Cathrin, eine einzigartige Fotografin. Das ist John, ein wunderbarer Tänzer.«

Ich dachte an das Kinderlied von dem Bäcker, dem Gärtner, dem Schornsteinfeger. Der Bäcker trägt Weiß, daran erkennt man ihn, und er backt Brot, der Gärtner trägt Grün und sät Rosen, der Schornsteinfeger trägt Schwarz und kehrt den Kamin, und deshalb hat man es warm.

»Und was machst du, Lisa? Was machst du?«

Ich stotterte, der Geruch nach Bratfett stieg von meinen Haaren auf.

»Nick, ich muss hier weg«, flüsterte ich.

»Gut, gehen wir Suppe essen« sagte Nick und verschränkte seine Arme, als ich seine Hand nehmen wollte.

»Lisa, ist irgendwas mit dir?«, fragte er, als wir Nudelsuppe aßen.

»Och«, sagte ich.

»Ist es, weil du mich? Ich meine, du weißt, es geht um Linn, das hat nichts mit dir zu tun.«

Ich sagte nichts. Wie sollte ich Nick erklären, dass ich unter Schichten lag, wie sollte ich ihm das Gewicht von Bildern erklären.

Das Gewicht meines Abbildes an einem Ort, an dem ich nie gewesen war. Ich konnte Nick nicht erklären, dass der Gedanke an mein Bild auf einem Foto, das es nicht geben konnte, ein Misstrauen in mir auslöste, meinem Körper gegenüber.

Ich verlor den Boden unter den Füßen, meine Haut wurde seltsam substanzlos, und wenn da nicht bald jemand kam und nach mir griff, seinen Abdruck auf meiner Haut hinterließ, dann würde ich mich mit Sicherheit auflösen.

Manchmal stand ich nackt vor dem Spiegel und fragte mich, wem dieser Körper gehörte. Ich fasste mir ins Gesicht und an den Bauch, tastete über die Wölbungen und Linien meines Körpers wie über das Modell einer Landschaft. Wenn Marc hereinkam, erschrak ich nicht. Es war nur ein Bild im Spiegel und ich verstand nicht, warum Marc sich entschuldigte. Erst als er mir die Hand auf die Schulter legte, begriff ich den Zusammenhang und kreuzte die Arme über der Brust.

Das konnte ich Nick alles nicht erklären, und noch weniger, dass trotzdem alles gut sein würde, wäre er nur in mich verliebt. So einfach könnte alles sein. Ich würde ein kleines Feuer machen, ein paar Fotos reinwerfen, und aus die Maus.

Das war alles ein bisschen viel, deshalb erzählte ich Nick den Stand der Suche.

»Surry Hills kannst du vergessen«, sagte ich. »Ich habe

Bier in jeder verdammten Eckkaschemme getrunken. Das Geld, das ich in Coogee Beach verdiene, vertrinke ich sozusagen nach der Arbeit wieder. Redfern ist definitiv dein Bereich. Oxford Street bin ich bis nach Paddington gekommen, dann wurde mir schlecht und Marc hatte sich schon übergeben. Naja, und die Vororte, Stichproben, weiter nichts.«

»Ich kann im Moment nicht suchen, Lisa. Es tut mir leid, ich stecke bis über beide Ohren in meiner Doktorarbeit. Ich habe einfach keine Zeit. Aber«, grinste er, »vielleicht solltest du es mal mit Kaffee versuchen statt mit Bier, für mich sieht das Ding nicht nach einer Bar aus.«

»Schon gut«, murmelte ich und sog an einer Riesenportion Udonnudeln.

»Lisa, du siehst schlecht aus, kann ich irgendwas für dich tun?«

»Nee, schon gut«, murmelte ich und biss in ein furchtbar weiches Stück Rettich.

Nick lachte erleichtert. Vor der Tür gab er mir einen Kuss auf die Wange und lief die Straße hinunter. Ich duckte mich unter einem neuen Wolkenbruch und fragte mich, wann meine Schuhe beginnen würden zu schimmeln in all dem Regen.

Marc lag auf dem Rücken, eine Moosschicht bedeckte ihn und das Sofa. Ich beobachtete die sich ausbreitenden Flechten.

»Ich weiß noch nicht einmal, ob er mich überhaupt mag oder ob er sich nur um mich kümmert«, sagte ich und nahm Marc den Joint aus der Hand. »Jedenfalls ist er nicht, will er nicht, wird er mich nicht wieder küssen.«

»Denk an das Subsystem der Liebe«, murmelte Marc. »Genuss, Verantwortungslosigkeit, Beweglichkeit.«

»Scheiße«, sagte ich auf Deutsch. »Fuck«, setzte ich nach.

»Ich hab dich schon verstanden«, murmelte Marc im Halbschlaf. »Es ist alles eine Illusion. Aber die Einsamkeit ist das auch.«

»Verdammt«, sagte ich. »Verdammt, verdammt, verdammt.«

Warum lebe ich in einem Tierkörper?

Der Bus fuhr wieder an, als ich gerade erst mit beiden Füßen auf der Straße stand. Ich ging hinunter zum Meer, setzte mich auf eine kleine Mauer. Die Luft war dick und feucht. Ich atmete durch den Mund und sie füllte meine Mundhöhle wie ein kleines Lebewesen. Als würde ich meinen Atem mit dem Meer teilen.

Ich hörte Ben nicht kommen, ich spürte erst seine raue Hand, die er über meinen Mund legte und dann auf meinen Bauch. Ich lehnte mich zurück, hörte seinen Atem und das Rauschen des Meeres. Die Lichter der Stadt lagen grell auf dem Wasser.

Wir gingen die Straße hinauf, die Schuhe in der Hand, die Bäume waren schwer von Blüten, welke Blätter und faulige Früchte klebten an unseren Sohlen. Ben drehte den Schlüssel im Schloss, und das laute Knacken hallte in meinem Bauch wieder, ich hätte in die Knie gehen können, dort vor der Tür, meinen Kopf zwischen Bens Beinen vergraben. Im Halbdunkel seines Zimmers zog Ben mich aus, fesselte mir die Arme hinter dem Rücken, band mir die Beine zusammen. Er stellte sich an die gegenüberliegende Wand, zog seine Hose aus, sein Hemd.

Das Mondlicht fiel zwischen uns, Ben bewegte seine Hand auf und ab, ohne einen Laut, ich hörte nur meinen Atem und die Grillen im Garten. Die schwere Luft lag mir auf der Haut wie ein Mantel. Ich stöhnte, und Ben ließ von sich ab, legte einen Finger auf seine Lippen. Ich hielt still, verschloss meine Lippen, fuhr nur mit der Zunge meine Zähne nach, einzeln und immer wieder. Bens Samen schlug einen Bogen durch das Zimmer, glitzerte im Mondlicht. Ben hockte sich mit gekreuzten Beinen auf die Dielen und rauchte Zigaretten, bis ich einschlief.

Am Morgen fielen wir aus dem Bett direkt ins Meer, das salzige Wasser brannte an meinen Handgelenken. Ben glitzerte in der Sonne. Als er ins Wasser lief, blieb sein Umriss auf dem Sand zurück, und ich legte mich in die weichen Mulden, die sein Körper gegraben hatte. Der Geruch von gegrilltem Fleisch zog über das Meer. Ben holte Münzen aus dem Rucksack, kam zurück mit Steaks und Pfirsichen.

Nick rief an. Seine Stimme war hell vor Aufregung.

»Ich habe den Ort gefunden.«

Ich verstand ihn nicht. »Was?«

»Den Ort von deinem Foto!«, rief er, »Es ist eine alte Milchbar in Stanmore.«

Ich sagte nichts. Wenn ich schwieg, war es nicht wahr, würde nichts passieren, könnte ich mich weiter in der Tiefe meines Körpers vergraben.

»Komm her!«, rief Nick.

»Nein«, sagte ich.

Das zweite Wort des Tages. Ich wollte, dass es auch das letzte war. Ich verscharrte mein Telefon im Sand, Ben vergrub die Knochen und die Pfirsichkerne, dann schliefen wir wieder ein.

Später zogen wir unter die Bäume, deuteten auf Vögel zwischen den Ästen, rollten uns im Schatten zusammen wie die Schlangen.

Am Abend saßen wir auf der Terrasse, aßen Garnelen und spuckten die Schalen in eine Schüssel. Wir tranken Wodka mit Grapefruitsaft. Fledermäuse flogen zwischen den Bäumen umher, die Blüten an den Ästen leuchteten in der Abendsonne.

Ich wollte mir die Knie aufschürfen auf dem Asphalt, mit dem Kopf in Bens Schoß fallen. Ben griff meine Hände, zog mich hoch, hinter ihm her in die Küche. Dort ließ er mich stehen, mitten im Raum, zwischen der Wäsche, die an Klammern von der kreuz und quer gespannten Leine hing. Ich hielt mir die Augen zu, lief blind durch die Laken. Als ich an Ben vorbeiging, packte er mich von hinten am Nacken, drückte mir den Kopf hinunter, bis ich auf dem Boden kniete, die Stirn auf die Dielen gepresst. Er zog den Reißverschluss meines Kleides hinunter, küsste mir Rücken und Nacken. Ich hörte, wie er seinen Gürtel aufmachte, das Leder aus den Ösen seiner Hose zog.

»Geh vor«, sagte er mit kratziger Stimme nach einem Tag voller Schweigen, und ich stand auf, ließ ihn zurück und mein Kleid auf dem Boden wie eine abgestreifte Haut.

Wenn Schlangen sich häuten, sind sie fast bewegungsunfähig, sie können nicht flüchten.

Ich ging bis zum Bett, ließ mich davor auf die Knie fallen und versank mit dem Gesicht zwischen den Kissen. Ich hörte nur seine nackten Füße auf den Dielen und dann den Gürtel, der durch die Luft sauste. Ich zuckte einmal zusammen und dann wurde ich ganz still. So musste es sein auf dem Mond, die Füße ganz leicht, die Erde ganz klein. Als er endlich in mich eindrang, war es, als würde er seine großen Hände im Inneren meines Kopfes falten, all die haltlosen Gedanken bedecken.

Die Nacht brach schnell vom Himmel, Bens Hand lag müde zwischen meinen Beinen.

Er schaute mich an und fuhr mir mit der flachen Hand über die Augen wie einer Toten.

*

Die Fenster waren völlig blind, das war uns schon seit geraumer Zeit aufgefallen. »Es könnte viel heller sein«, sagten wir manchmal, wenn wir vergrämt im Zwielicht unseres Wohnzimmers hockten. Auf den Straßen ließ die Sonne die Konturen der Bäume verschwimmen, während unsere Fenster sich an den Regen erinnerten. Marc rückte unten die Möbel herum und wischte die Dielen.

»Ich habe einen Joint gefunden hinter der Couch, noch wie neu!«, schrie er die Treppe herauf.

Seine Worte hallten von den Badewannenrändern wider.

»Ich habe Haare im Ausguss gefunden, massenhaft und sehr schleimig!«, schrie ich zurück.

Marc seufzte und drehte wahrscheinlich die Augen zur Decke. Bald darauf hörte das Rumpeln auf und Grasgeruch zog die Treppe herauf. Als ich mit Gummihandschuhen, einem Müllbeutel und nassem Kleid die Treppe herunterkam, saß Marc auf dem Sofa und rauchte.

Ich riss alle Fenster auf, zog die Tagesdecken unter Marc hervor und warf sie in die Waschmaschine, die im Schuppen im Hinterhof stand. Dort gab es übrigens auch eine zweite Toilette, hübsch eingebettet in die Spinnweben von Red Backs und sonstigen Tierchen. Ich warf noch ein paar Handtücher, die am Boden herumlagen, in die Maschine. Am liebsten wäre ich hinterhergesprungen. Stattdessen schäumte ich Sofakissen ein und legte sie in die Sonne, warf unsere Bettdecken über das Balkongitter, putzte die Fenster, saugte die Treppe und unsere Zimmer. Als ich aus der Dusche kam, hatte Marc Kaffee gekocht. Ich ließ mich auf ein Sofa fallen, das nun taufrisch roch. Marc stellte einen Kaffee vor mir ab und holte die Wäsche aus der Maschine.

»Du warst gestern mit Ben unterwegs!«, rief er durchs Fenster.

Die Laken bogen sich im Wind wie Fragezeichen. Ich antwortete nicht.

»Ben ist ein Luder!«, rief er. Ich antwortete nicht. Ich dachte an Nicks Stimme, die weiter in den Sand eingedrungen war, nachdem ich das Telefon eingegraben hatte. Ich stellte mir vor, wie seine Worte wie Luftblasen prickelnd unter meinem Rücken aufgestiegen waren. Mein Schweigen, das mich mit Ben verbündete, unsere wortlose gierige Allianz. Ich wünschte mir, dass er jetzt hier wäre und mein Körper einfach so über ihm zusammenbrechen könnte und er nichts tat als mit der Zungenspitze meine Lippen zu berühren, immer wieder.

Ich lief zu Fuß zur Milchbar. Ich brauchte einen Stadtplan und zwei Stunden. Der Teer war so heiß, dass er fast flüssig wurde unter meinen Füßen, die Straße flimmerte.

Ich hatte Marc zum unwissenden Komplizen meiner heimlichen Suche gemacht. Morgens hatte ich einen Finger in das Telefonbuch gehalten und einen beliebigen Café-Namen per SMS an Marc geschickt. Manchmal fluchte er, wenn er abends mit Arbeitskrawatte in einer stickigen Vorortkneipe ankam.

Nick hatte noch immer kaum Zeit zu suchen. Je mehr der Sommer voranschritt, desto stärker klebte er an seiner

Tastatur, verließ nur zum Einkaufen das Haus. Wenn ich ihn besuchte, saß er schwitzend an seinem Schreibtisch, die Haare wehten mit dem Ventilator, die Worte lagen überall auf seinem Gesicht. Ich ging dann in den Garten, pflückte Salat, Zucchini, Tomaten und Basilikum, während Nick sich langsam auseinanderfaltete und in die Küche kam. Wir tranken meist Rotwein, und ich ging immer erst nach Hause, wenn Nick die Hand wiederholt gähnend vor den Mund gehalten hatte. Ich ging erst, wenn meine Füße zu schwer waren von Rotwein und ich mich fühlte wie eine Plage. Als müsste man den Besen nehmen und mich vom Hof fegen in einer routinierten, raschen Bewegung. Und auf der Straße würde ich mir die Blätter aus dem Haar sammeln und mich trollen.

Ich lief vorbei an Geschäften mit heruntergelassenen Gittern. Ich wischte mir den Schweiß aus dem Gesicht, zog meine Schuhe aus und zog mich mühsam von Haus zu Haus. Es war, als würde ich auf einem Laufband laufen, in umgekehrter Richtung.

Als ich um eine Ecke bog, sah ich Nick in der Ferne. Der Sog an meinen Füßen ließ nach. Ich lief auf Nick zu, seine Silhouette flimmerte in der Sonne. Fast sah er aus wie eine Spiegelung, sein Körper wirkte noch schmaler, verzerrt.

In der Bar war es kühl und dunkel, der Staub lag dick auf den Tischen. Ein paar Küchentische standen vor einem schweren Tresen, dreibeinige Hocker vor der Bar. Ein verstaubter Kronleuchter ohne Kerzen hing zwischen erloschenen Neonröhren. Die Wände hinter der Bar waren bedeckt mit Regalen, in denen Kisten für Schokoriegel lagen, alle leer. Dazwischen hingen altmodische Werbeposter für Limonade und Waschmittel. Erst nachdem wir uns gesetzt hatten, bemerkten wir den alten Mann hinter der eisernen Registrierkasse. Er lehnte im Halbdunkel und antwortete nicht auf unseren Gruß. Nick stieß mit dem Bein an einen Stuhl. Es war viel zu laut. Ich klammerte mich mit den Händen an der Tischkante fest, während der Lärm nachhallte.

»Was hast du so getrieben?«, fragte Nick und ich schaufelte Worte auf den Tisch, leise, ohne die Schemen des Alten aus den Augen zu lassen, der an seiner Kasse lehnte, die Augen geschlossen. Er machte keine Anstalten, unsere Bestellung aufzunehmen, und wir wagten nicht, ihn zu stören. Ich hielt den Atem an und die Zeit rieselte mir aus den Poren, während Nick einen zerknitterten Wikipedia-Ausdruck aus der Tasche zog und flüsternd vorlas:

»The Olympia Milk Bar is a cultural icon situated on Sydney's main traffic artery, Parramata Road, Stanmore. The front window is broken, and inside it's dark and dusty. It's a shop time forgot, a relic with terrazzo and chequered lino floor, long bar, old tea urn and laminated tables and chairs. The interior of the Olympia is much like a time capsule, albeit a quite poorly lit one. Considerable folklore has built up about the aged proprietor and the unusual hours of opening of the Olympia.«

»Time capsule!«, wiederholte ich. Ich war in einer Stimmung, in der man jede Möglichkeit in Betracht zog. Nick ging nicht darauf ein.

Wir schwiegen und malten Muster in die fettige Tischplatte.

»Wir müssen uns umsetzen«, sagte Nick nach einer Weile. »Auf dem Foto hast du auf meinem Platz gesessen.«

Ich stand zögernd auf. War alles nur eine Frage der Perspektive?

Ich schaute Nick an, es fühlte sich irgendwie intim an, sich auf seinen Stuhl zu setzen. Als wäre sein Stuhl sein Körper. Nicks Wärme stieg mir in die Schenkel. »Dir ist wirklich nicht mehr zu helfen«, meldete sich Sudden Smith zu Wort.

Ich starrte auf die Eingangstür, um mich nicht an Nick festzubeißen. Ich hatte sein Gesicht so oft abgegrast mit meinen Blicken, dass seine Haut manchmal einen leicht transparenten Schimmer bekam. Es war gleißend hell draußen vor der Bar. Niemand betrat den schummrigen Raum, niemand ging auch nur daran vorbei. Der Raum hatte sich um uns geschlossen. Wir schwiegen ein langes Schweigen. Wir schwiegen ein Schweigen, das sich festsetzt und immer neues Schweigen erzeugt.

»Wir müssen auch nicht reden«, sagte Nick schließlich.

»Weißt du«, begann ich, »als Kind konnte ich mir nicht vorstellen, wie es mich, die dachte und fror und aß, nicht gegeben haben konnte.«

Und das leicht irre Erstaunen, das entsetzte Erstaunen, als ich als Kind begriff, dass die Zeit nicht anhielt, wenn jemand starb. Als hätten meine Gedanken Ränder, von denen man fallen konnte.

Nick blätterte in meinem Buch und grinste: *»Soll ich eine Untersuchung einleiten?«*

»Du wolltest mich Freitag anrufen«, sagte ich. »Du wolltest mich auf die Party mitnehmen.«

»Ich hab's vergessen.«

»Vergessen?«, flüsterte ich.

»Komm Weihnachten zu mir«, sagte Nick leise, »du hast doch bestimmt nichts vor.«

Natürlich hatte ich nichts vor, und natürlich wusste ich, dass Nick versuchte, etwas gutzumachen.

Wenn du mich einmal kennen würdest, wollte ich sagen, niemals würdest du müde werden an meiner Seite. Ich möchte dich in Salatblätter wickeln, dich mit Mehl bestäuben, wenn ich könnte, würde ich mich zwischen die Seiten deiner Bücher legen, würde dich anlächeln zwischen jedem verdammten Wort, und wenn du mich nicht endlich ansiehst, dann verfluche ich dich, dass Spinnweben wachsen über deinen Augen, Häute zwischen deinen Fingern!

Aber ich sagte nichts.

Ich stand auf und lief hinaus. Die Straße lag wie ausgestorben in der Hitze des Mittags. Ein Bus fuhr vorbei, vollkommen leer. Ich zündete mir eine Zigarette an, die Sonne stach mir unvermindert in die Augen. Eine Kakerlake krabbelte zwischen meinen Füßen hindurch in die Bar. Ich drehte mich um. Nick schaute in meine Kamera. Durch den Sucher sah ich direkt in seine Augen.

Wenn ich abdrückte, wer würde auf dem Foto zu sehen sein?

Ich stellte mir das Geräusch des Auslösers vor, den Wimpernschlag der Kamera.

B war zwei Wochen verschwunden gewesen, dann hatte er plötzlich wieder vor meiner Tür gestanden, sein Haar in geligen Furchen geordnet (Morgensonne, Lichtempfindlichkeit 100 ASA, Blende 16, Verschlusszeit 1/125).

Immer wenn es ihm nicht gut ging, kämmte er sein Haar mit Gel. Mehr Halt in seinem Fliegenhaar. Er setzte sich an den Küchentisch, das Hemd fest in die Hose gestopft, und sah mich an, als zählte er meine Sommersprossen. In Bs Bett schlief noch sein neuer Freund. B lächelte, als wüsste ich nicht, was die starren Gräben in seinem Haar bedeuteten, und fütterte mich mit Milchschaum (Blende 5,5, Verschlusszeit Viel zu lang).

Ich ließ die Kamera wieder sinken, ohne auszulösen, dann ging ich langsam in die Milchbar zurück. Der Alte beugte sich vor und sah mir aufmerksam entgegen. Er hatte Haare auf der Nase, und tiefe Falten zogen sich durch seine Wangen, als hätte er früher viel gelächelt. Seine buschigen Augenbrauen waren schwarz, seine Haare weiß. Die Lider fielen ihm schräg über die Augen.

Es war derselbe alte Mann, der in der Bushaltestelle gesungen hatte, als ich das Foto fand. Es war, als würde ich abwärts gehen, als müsste ich mit den Knien bremsen und federn, um nicht zu laufen, um nicht auf ihn zuzustolpern und zu fallen. Welche Farbe hat der Himmel, wenn ich nicht hinschaue?, fragte ich mich.

Wenn ich nicht geboren worden wäre, wer hätte dann meinen Körper? Soll ich mich betrinken? Ist der Körper mein Ort? Brennt es nur hinter mir oder auch schon vor mir?

Ein Gefühl, als würde ich etwas auf dem Boden aufschlagen und zerbrechen hören, noch bevor ich es fallen sah.

Plötzlich wollte ich nach Hause, nach Deutschland, mich in den Schnee werfen, den Himmel im Eis erstarren sehen. Ich wollte Nick die Kamera vor die Füße werfen, dass es krachte, und nach Hause laufen, bis die Tage kürzer wurden und der Hagel mir ins Gesicht schlug. Während Nick hier Spuren in den Staub zeichnete, würde ich Hasen beobachten, die Fußspuren im Schnee hinterließen. Was konnte überhaupt real sein in einem Land, in dem immer die Sonne schien, verdammt noch mal?

Der Alte sah mich traurig an und strich mir über den Kopf. In einer selbstverständlichen Geste. Als wäre ich nur deshalb gekommen. Als wäre das ein vertrautes Ritual zwischen uns.

Er wandte sich ab, und mir blieb nichts, als zu gehen. Hier war alles getan, das war deutlich.

»Bist du enttäuscht?«, fragte Nick.

»Ich weiß nicht, was ich erwartet habe.«

»Und? Was gibt es denn?«, hatte Nick mich neulich gefragt im Park, während ich noch über seine Zeichnungen gebeugt saß. Er fragte mich, als müsste ich einen Grund haben, mich mit ihm zu treffen, als wäre es nicht genug, zu zweit im Park zu sitzen, ohne zu essen, ohne zu rauchen, ohne Decken auszubreiten. Sollte es nicht genug sein, die Knie ins Gras zu graben, sich Bilder anzuschauen und zu schweigen? Konnten so nicht Stunden vergehen in diesem veganen Dasein?

»Na dann«, hatte Nick gesagt und seine Zeichnungen zusammengefegt, ohne mir eine zu schenken.

Jetzt wandte Nick sich zum Gehen, mit dem Gesicht eines Privatermittlers, der die Akte über einem Fall geschlossen hatte. Aber da war keine Akte. Da war ich. Ich stand in einem überhitzten, leergeräumten Vorort am anderen Ende der Welt und beobachtete, wie die vorüberziehenden Wolken Schatten auf Nicks Gesicht warfen. Mein Schatten fiel nur auf seine Füße. *Ist jedes Mittel recht, um meine schlechte Stimmung zu verhindern?* Ein Wunder musste her. Und zwar schnell.

*

Ben lehnte sich zurück und zündete seine Zigarette an, blinzelte auf das Wasser und fasste mir unter dem Tisch zwischen die Beine. Mit dem ersten aufkommenden Wind waren wir schon wieder fort, unsere Kippen wehten aus dem Aschenbecher und rollten über die Gehwegplatten.

Der erste Wind schlug die Wohnungstür hinter uns zu und zwang mich in die Knie, die Stirn zwischen Bens Beine gedrückt.

Beim ersten Wind fuhr ich mir mit der Hand zwischen die Beine und ließ ihn zusehen. Ich ließ mich vögeln und war durchflutet von einer wilden aggressiven Freude, jedesmal, wenn unsere Zähne aneinanderschlugen.

»Was treibst du so?«, fragte Nick, man sieht dich kaum noch.

»Och«, sagte ich und schaute auf meine nackten Füße.

Mein Körper war ein Manifest, er pflanzte Bäume in meinem Geist, überall da, wo es bröckelte und stürmte. Ich rief die Revolution aus, wenn ich an Bens Tür klopfte. Und wenn ich ihn verließ, rückten die Häuser auseinander, lächelte ich jeden an, sang ich im Rhythmus der Absätze auf dem Asphalt.

Am Mittag brach erneut ein vehementes Verlangen durch meine Müdigkeit. Ich wischte die Tische ab, trug unendlich viele Teller in die Menge verschwommener Gesichter.

Komm her, dachte ich, komm sofort her und reiß mir die verdammten Teller aus der Hand, setz mich mit dem nackten Hintern in Torten, mach mich lächerlich, verschmier Tomatensoße über meiner Brust und feg sie alle weg, all diese essenden Menschen, mit einem Streich. Leg mich über den Tresen, wisch den Boden mit meinem Haar. Sorg dafür, dass ich immer hier bleibe, hier ganz fest in mir, in meinen Fäusten, zwischen meinen Zähnen.

Am Nachmittag packte mich die Reue mit kalter Hand. Erdbeerkuchen wurden grau unter meinen Augen, die Frauen rochen beißend, ich saugte die garstigen Blicke des Kochs auf, löschte alle Nachrichten von Ben aus meinem Speicher und streute Salz in meinen Kaffee.

Am Abend trieb mich die Wut durch die Straßen, ich schlug Risse in den Asphalt, meine Knochen klirrten wie Glasspiele im Wind. Voller Hass klopfte ich an Bens Tür und schmiss ihm meinen Körper ins Gesicht, und erst wenn Bens Gürtel durch die Luft sauste, fand ich zu einer tiefen Stille. Es war wie eine Röhre, durch die ich gesaugt wurde, mit großer Geschwindigkeit, und plötzlich ließ der Luftwiderstand nach und ich war schwerelos, aber trieb immer weiter. Und dann war mir klar, was B gesucht hatte.

Ben hatte mir erzählt, dass er früher mit Marc geschlafen hatte. Das beruhigte mich irgendwie. Manchmal stellte ich mir vor, wie Marc, Ben und ich in der Sonne lagen, in flauschigem Gras, uns gegenseitig friedlich ableckten, wie eine Katzenmutter ihr Junges putzt, und all unsere banalen Schmerzen unter unseren rauen Zungen verschwanden, einfach so.

*

Marc hatte so opulent gekocht, dass ich wusste, er würde eine schlechte Nachricht für mich haben. Ich stocherte im Gemüse (ganz buttrig), schob das Kängurufleisch hin und her (ganz mager) und zermalmte die zarten Frühkartoffeln. Sogar eine Kerze hatte er angezündet, das konnte nichts Gutes bedeuten.

»Ich besuche meine Familie«, sagte Marc und ich starrte ihn an, das Bier wurde schal und klebrig in meinem Mund.

»Das ist nicht dein Ernst«, sagte ich leise.

»Kind, nur drei Tage, die wirst du wohl ohne mich auskommen.«

»Aber nicht an Weihnachten!«, schrie ich. »Du hast doch keine Ahnung!«

Ich dachte daran, wie B unter dem flimmernden Plastikbaum gesessen hatte, das Kleid über den Knien gerafft, sich herunterbeugte und Kokain von dem bunten Geschenkpapier sog, mich aus versiegelten Augen anblitzte. Ich dachte daran, wie er es mir angeboten hatte. Ich hatte gezögert und plötzlich schien B meterweit von mir weg zu sitzen. Ich hatte mich also auch über das Geschenkpapier gebeugt, und zusammen mit dem bitteren Pulver sog ich B zu mir heran. Ich dachte an den Weihnachtsmorgen, wie die Äste der nackten Kastanie gegen mein Fenster pochten, wie ich hochschreckte, nach unruhigem Schlaf, zum Fenster lief und der Schnee grau und kalt weit unter mir lag. B war noch in der Nacht verschwunden. Der Geruch des vollen Aschenbechers biss mir in der Nase. B und ich hatten es lustig gefunden, einen Plastikbaum aufzustellen und den ganzen Abend Schokoladeneis mit Kokosraspeln zu essen. Die gekochten Spaghetti, die wir wie Lametta in den Baum gehängt hatten, wirkten grau und aufgedunsen. Es war alles nicht nur lächerlich, sondern absolut erbärmlich. In dem Moment wollte ich auf das Fensterbrett steigen, warten, bis die Müllabfuhr kam, und dann springen und im hässlichen Schnee zerschellen.

»Du meinst, ich bin dann alleine zu Hause!«, schrie ich.

»Ich wusste ja nicht, dass du dir das so zu Herzen nehmen würdest!«, rief Marc und war rot im Gesicht, schuldbewusst und verlegen sah er aus. »Nick hat dich doch eingeladen.«

»That's right!«, schrie ich. »Für einen Abend! Weihnachten dauert drei verschissene Tage! Fuck you!«

»Lisa!« Marc wand sich.

»Vielleicht eröffnet Nick ja sogar sein Heimatmuseum für mich, nicht wahr? Ein bekacktes Heim für bekackt einsame Ausländer!« Mir fiel das englische Wort für bedürftig nicht ein. Daher fauchte ich noch ein bisschen.

»Stell dich nicht so an«, sagte Sudden Smith.

»No worries«, knurrte ich. »Ich muss eh arbeiten«, knurrte ich. »Mach dir keine Gedanken«, knurrte ich.

Marc verschmolz mit der Couch.

Als ich aus dem Haus lief, überfuhr mich fast ein Krankenwagen, aber Gewalt war ja auch keine Lösung.

Von meinem Mobiltelefon aus rief ich Elias und meine Nummer in Deutschland an. Sofort sprang der Anrufbeantworter an. Wilma sagte: »Lisa ist leider nicht da, sie hat etwas Besseres zu tun und meldet sich nie bei ihren Freunden. Aber ihr könnt gern eine Nachricht für Elias oder Wilma hinterlassen.«

Wilma hatte Bs Stimme gelöscht.

Ich lag im Park, die Grashalme wuchsen mir ins Gesicht, die Kamera lag einen Meter von mir entfernt. Mit ausgestrecktem Arm drückte ich zum ersten Mal auf den Auslöser. Zum ersten Mal seit einem Jahr.

Ich bleckte die Zähne und lachte, so wütend war ich

über den lauten dicken Ton, den die Kamera im Gras hinterließ. Als könnte ich die Bilder essen, so viel Substanz fügte diese höllisch laute Kamera ihnen zu. Es war nicht so, dass plötzlich alle Vögel sich die Köpfe nach mir verdrehten oder der Himmel mit einem Donnerschlag applaudierte oder ein schöner Mann mir seine Telefonnummer in die Hand drückte. Aber immerhin landete ein Papagei unweit auf einem Baum, immerhin entwickelte die Luft ein leichtes Knistern, immerhin arbeitete die Sonne alle möglichen Grüntöne aus dem Gras heraus, immerhin bekam der Park mit den Wolkenkratzern dahinter plötzlich eine gewisse Tiefenschärfe, immerhin war meine Haut endlich eine ernstzunehmende Grenzlinie zu den anderen Dingen um mich herum.

Ich stellte die Linse so ein, dass die Grashalme scharf belichtet wurden und mein Gesicht dahinter verschwamm.

B und ich waren aus dem Bus vor dem Friedhof gestiegen. B trug die Blumen, die ich auf das Grab des Opas legen wollte. Er hielt die Blumen in der linken Hand. B hielt alles in der linken Hand, was große Kraft verlangte. Er trug sein blaues Kleid. Mir zuliebe. Es war eigentlich viel zu kalt (Bedeckter Himmel, Lichtempfindlichkeit 200 ASA, Blende 16, Verschlusszeit 1/250).

B legte die Blumen auf das Grab (Blende 8, Verschlusszeit 1/500).

Ich verbarg mich hinter ihm, fuhr mit den Händen unter seinen Mantel, unter sein Kleid und wärmte mir die Finger an seinem Bauch. B und ich zuckten gleichzeitig zusammen, als ich über die Striemen fuhr.

»B, er geht zu weit«, sagte ich. »Schau dich an, das hat mit Sex nichts mehr zu tun. Was macht er mit dir?«

Die Wolken rissen auf, ein Strahl fiel B direkt über die Schulter (Blende 16, Verschlusszeit 1/125). B packte mich an den Schultern, seine Augen waren kalt und glatt, seine Augen bissen mich (Autofokus), dann drehte er sich um und ging, das Kleid flatterte um seine Waden, er stolperte, fluchte, schmiss seine hochhackigen Schuhe zwischen die Gräber (Blende 22 Panorama). Ich barg seine Schuhe, wanderte mit ihnen über das Grab meines Opas, langsam durch die Blumen, die Luise jede Woche brachte. Die Pfennigabsätze stanzten Löcher in die Blüten.

Eine schlafende Fledermaus verlor den Halt, fiel vom Baum und breitete ihre Schwingen aus. Die Sonne leuchtete rot durch die dünne Haut.

»Fühlst du dich einsam?«, fragte Marc, als ich ihm eines Abends die Bilder zeigte.

»Nein«, sagte ich und lachte, »wie sollte ich mich einsam fühlen?«, und deutete auf all die Fledermäuse, die über meinem Kopf in den Bäumen hingen und schliefen.

Zwischen den Hochhäusern ging ich belebte Straßen entlang. Ich fotografierte den langgezogenen Schatten meiner Beine am Hafen, meine Silhouette in unzähligen Schaufenstern, mein Abbild in Überwachungsbildschirmen. Ich fotografierte die Transen in der Oxford Street und die Obdachlosen vor dem Hauptbahnhof. Ich fotografierte alles, was ähnlich verloren wirkte wie ich. In einem abgehalfterten Café saß ein Pärchen, rauchte und trank Kaffee. Ich presste mein Gesicht an die Scheibe und schnitt ein paar Grimassen. Niemand schämte sich der Liebe im Angesicht des Elends anderer. Ich wünschte mir, für das Küssen würden ähnliche Gesetze gelten wie für das Rauchen. Der Mann hatte ein Buch vor sich liegen und hielt die Hand des Mädchens, als wäre sie ein kranker Vogel. Ich verbarg meine gefletschten Zähne hinter einem Lächeln und streichelte die Kamera wie einen rauchenden Colt.

»Fühlst du dich einsam?«, fragte Marc am Abend.

Aber das war es nicht. Es war mehr so, als könnte ich in die Kamera leichter hineinschauen als in einen Spiegel. Als bräuchte ich eine Linse zwischen mir und meinem Gesicht. Als könnte ich mich meiner nur vergewissern, wenn meine Züge reglos hinter die glänzende Haut des Fotopapiers gebannt waren.

»Nein, wie sollte ich?«, sagte ich und deutete auf die Silhouetten unzähliger anderer Passanten in den Schaufenstern.

Ich zündete mir eine Zigarette an und zog Marc von der Couch und in eine Kneipe an der Ecke. Mit jedem Wodka wurde meine Stimme lauter.

»Schatz, schrei doch nicht so!« Marc rieb sich die Ohren und dann die Augen, drückte seine Zigarette aus.

»Das kannst du mir nicht antun!«, schrie ich.

»Doch Lisa, ich bin müde«, sagte Marc, stand auf und ließ mich sitzen, seinen Wodka halb ausgetrunken.

Es störte mich nicht, dass der Barmann die Stühle auf die Tische stellte und zu fegen begann. Ich wünschte mir nur, dass er vielleicht auch für mich den richtigen Platz hätte. (Stühle auf die Tische, Aschenbecher leeren und stapeln, Zapfhähne in ein Glas mit Spüllösung, übriggebliebene Lisas in die Schublade unter der Kasse, Tische von der Straße reinholen, Licht aus, abschließen.) Ich schrieb kryptische, aber inbrünstige Nachrichten an alle, die ich kannte, und rief nach Wodka. Der Barmann wischte die Zapfhähne ab und schüttelte den Kopf. Auf Umwegen schlingerte ich nach Hause.

Ich schaffte es bis in den Flur. Ich stieß die Haustür mit dem Fuß zu, streckte mich auf den Dielen aus und presste meine Hände auf das Gesicht. Ich drückte meine Finger so fest auf die Augäpfel, dass ich bunte Prismen hätte sehen müssen, aber da war nur B.

Ein Blatt wehte auf Bs Stirn, blieb durch den Wind dort haften. Als es doch fiel, war ich erstaunt, dass kein Muster zurückblieb, so wie es mich wunderte, dass meine Augen keine Muster hinterließen in seinen, dass niemand mich auf B sehen konnte, war ein verdammtes Wunder. So oft war ich seine Mundwinkel nachgefahren, dass die Ecken gerundet sein müssten (Blende 8, 1/250). B sammelte die Haare aus meinem Mund, die der Wind dort hingetrieben hatte. Das Licht fiel kreuzweise zwischen den Häuserblöcken ein, scharf gebündelt zwischen den Wolken.

Wir rannten weiter, warfen Blicke nach oben, wo die Fassaden unter den Wolken zusammenrückten, der Wind schlug uns fast die Mäntel vom Körper, putzte uns die Zähne blank. B blieb wieder stehen, inmitten des Sturms, legte den Kopf nach hinten (Blende 16, 1/125). Ich zog sein Gesicht zu mir und küsste ihn auf den Mund, nahm seinen Kopf in beide Hände, drückte meine Nase gegen seine. B küsste mich nicht zurück, kühl und rissig lagen seine Lippen unter meinen (Eyes Wide Shut).

Die Dielen lagen kühl und rissig unter meinem Gesicht. Ich roch das Holz und fragte mich, ob sie wirklich halten würden oder ob ich einsinken würde wie in ein Moor. In einem Jahrhundert würde man mich finden, ein mumifizierter Holzwurm.

Ich hörte Marcs Zimmertür und die Klospülung, dann spürte ich seine Hand auf meiner. »Komm«, sagte er. »Du kannst bei mir schlafen.«

Aber das reichte mir nicht. Er hätte mich über die Schultern werfen und durch die Wüste tragen müssen, mindestens. Sonne und Hagel müssten uns jagen und Tiere müssten uns beißen. Er hätte mich füttern müssen und kämmen, und nachdem er mich dreihundertmal in den Schlaf gesungen hätte, könnte ich vielleicht wieder aufstehen. Marc seufzte und warf mir eine Decke über.

*

Der Weihnachtsmorgen begann mit 33 Grad. Ich duschte und setzte mich auf den Balkon, hängte meine Haare über das Geländer zum Trocknen. Das hätte ich jedenfalls getan, wären sie lang genug gewesen. Wären sie lang genug gewesen, wäre vielleicht noch jemand daran emporgeklettert in letzter Minute, mit einem Kuchen in der Hand und Christbaumkugeln hinter den Ohren. Lichterketten und Girlanden hingen an allen Balkonen.

Ich schlug *bedürftig* nach. Needy. Süß eigentlich. Und das Substantiv? Tatsache: Neediness! Ich fühlte mich gleich viel besser.

Fremdness, Neediness, es war alles so stimmig. Hätte ich ein eigenes Café, ich würde es Neediness nennen.

Darunter stand *Bedürftigkeitsgrad*: Poverty level. Was hatte das nun damit zu tun. What the fuck. Ich strich es durch und schrieb *dimension of neediness* daneben.

Im Briefkasten lag eine Karte von Thomas und Luise. Viel Schnee war darauf und ein Hase mit Mütze.

Marc war am frühen Morgen in seinem Auto verschwunden, meine Arbeitskleidung hing gebügelt an einem Kleiderhaken in der Küche.

Wie um mir zu beweisen, dass es ein aufregender Tag werden würde, schlüpfte ich in einen Rock und dann in meine Arbeitsbluse, ohne mir Unterwäsche anzuziehen.

Der Bus war leer und ich setzte mich immer wieder um. Jeden verdammten leeren Platz besetzte ich.

»You're right, darling?«, rief der Busfahrer über die Schulter.

»Sure«, sagte ich und blieb direkt hinter ihm sitzen, bis die Möwen über dem Meer auftauchten.

»Catching Virgin Mary, right?« rief er mir hinterher, bevor die Türen des Busses sich ächzend schlossen. Er hatte recht. Es war 11:30, genau die richtige Zeit. Zudem Weihnachten. Ich seufzte und machte mich auf zum Dolphins Point. Bisher hatte ich mir das Spektakel immer versagt. *Sacred sight draws pilgrims* hatte der Sydney Morning Herald am 24. Februar 2003 getitelt. Der Artikel hing an Marcs Kühlschrank. Bei sonnigem Wetter tauchte Maria täglich pünktlich zwischen 11:30 und 12:00 am höchsten Punkt der Küste auf. Ein Foto zeigte sie lässig an den weißen Zaun gelehnt, Segen ausströmend. Der Einwurf des Herald, eine optische Illusion läge nahe, klang seltsam unengagiert. Es konnte nicht schaden, dachte ich mir, einen Abstecher zu machen.

Ich war nicht allein. Menschen drängelten sich auf der Beach Street, zu viele für meine speziell dünne Weihnachtshaut. Sie fotografierten und wisperten begeistert, warfen mit Blumen und hielten Amulette in die Sonne, um sie mit frischem Segen aufzutanken. Irgendwann war ich an der Reihe. Ich drehte Omas Armreif in der Hand und schaute zum Zaun. Es war alles recht hell. Der Himmel, der Zaun und der menschliche Umriss am Zaun, von mindestens 30 Augenpaaren abgegrast wie ein abgeliebter Teddy. Trotzdem. Ich wünschte mir innigst, ich hätte eine Unterhose angezogen. Eine Frau neben mir weinte. Ich schaute auf meine Füße und grübelte, von welchem Siechtum genau ich jetzt um Erlösung bitten sollte. Ich wollte nicht gierig erscheinen. In der zweiten Reihe erklang ungeduldiges Räuspern. Ich blinzelte, zündete mir eine Zigarette an und lief zum Melograno.

Alle tranken Kaffee, aufgekratzt und jetzt schon erschöpft. Sie bestellten Toast ohne Butter, aber mit Vegemite, um sich auf die fetten Tage vorzubereiten. Kunstschnee war über die Tische gestreut. Ein Weihnachtsmann kam stündlich hereingeschlichen, riss sich Kunstbart und Mantel vom Leib, drückte beides wortlos in meine Hand und nahm eine kalte Cola entgegen.

Der Koch hatte frei, die Pfannen glänzten kalt über dem Herd. Ich stand an der Kaffeemaschine, der Espresso floss dick und schwarz in die Gläser, die Milch in der Kanne drehte sich. Erst bildete sich nur ein dünner Schaumkranz auf dem Kaffee, dann stürzte die Milch durch den Kaffee hinunter wie schwerer Schnee. Der Stoff des Rockes rutschte hin und her auf meinem nackten Hintern.

»O Tannenbaum …«, sang der Weihnachtsmann mit breitem Akzent und lächelte mich liebevoll an.

»Schön«, krächzte ich. »Beautiful.«

»Geh nach Hause, Darling«, sagte mein Chef und drückte mir eine Karte in die Hand. Sehr viel Schnee war darauf und ein Känguru mit Mütze. Drinnen waren 10 Dollar. Neediness, dimension of neediness, level of poverty.

Am Nachmittag flogen die Fledermäuse zwischen den Bäumen umher. Betrunkene Kerle schwammen im Wasser, mit Weihnachtsmannmützen auf dem Kopf. Zwischen den Badelaken steckten Plastikbäume mit glitzernden Kugeln im Sand. Familien saßen um heiße Grills herum. Rauch und der Geruch nach Fleisch zogen über das Meer. Ich holte mir ein Steak an einem Stand, Pfirsiche im Gemüseladen und Wein aus dem Bottle Shop. Die Pfirsiche waren blutiger als das Steak. Ich drückte den Korken mit dem Daumen in die Flasche, der Wein schwappte mir über die Hände. Ich stellte mir vor, wie Ben vor mir stehen würde, mit strengem Blick. »Warst du artig?«, würde er fragen und drohend eine Plastikrute aus dem Spielzeugladen schwenken.

»Aber ja«, würde ich hauchen, schon auf meinen Knien. Er würde mich hochreißen, an den Weihnachtsbaum binden, die stacheligen Äste würden mich in ihre Arme schließen. Er würde mich mit einer Plastikchristbaumkugel knebeln und mir den schneeweißen Hintern versohlen. Ich kicherte so verstohlen, als wäre meine Fantasie direkt auf den Horizont projiziert worden, die Väter würden stirnrunzelnd ihre Würstchen auf dem Grill umdrehen, die Mütter den Kindern die Augen zuhalten, und ich müsste die angemessene Scham zur Schau stellen.

Aber irgendwas sollte man tatsächlich nach dem Horizont werfen. Er war von einer betäubenden Reinheit. Kein Fetzchen Wolken, nirgendwo. Am liebsten hätte ich meine Zigarette im Himmel ausgedrückt. Ein schönes, dickes Loch reingebrannt.

Die Familien packten ihre Handtücher und Tannenbäume ein und verließen den Strand. Zehn Minuten später war es stockdunkel. Als hätte es eine Absprache gegeben und ich wäre beim letzten Meeting nicht dabei gewesen. Immerhin gingen ein paar Lichterketten an und tränkten den Ozean in pinkfarbenes Licht. Wenn meine Füße jetzt das Wasser berührten, sie verwandelten sich sofort in Plastik. In dem Moment, wo das Wasser mir über dem Kopf zusammenschlüge, würden all meine Gliedmaßen erstarren, und ich triebe auf dem Wasser, eine pink ausgeleuchtete Schaufensterpuppe mit dicken Beinen, den Mund in einem ewigen Lächeln erstarrt.

Ich wusste gar nicht, warum ich so einen Aufriss machte, ich hatte doch echte Perspektiven.

Es nützte nichts, noch immer blieben zwei Stunden, bis ich zu Nick fahren konnte. Noch zwei Stunden hier im Sand unter diesem riesigen schwarzen Himmel mit den bunten Lichtern, die auf dem Wasser glänzten wie Plastikblumen. Fledermäuse kreisten über dem Meer. Die Dunkelheit griff mit langen Fingern nach mir, kroch von allen Seiten unter meine Haut.

Draußen war Schnee gefallen, drinnen nicht. Es war verheerend gewesen, so mit B auf dem Küchenboden zu sitzen, während draußen der Schnee fiel. Er drückte auf das Dach, es sank auf uns herunter. Die Kälte schob die Mauern um uns herum zusammen und wir hockten mit dem Rücken an der Heizung, Tag für Tag. Es war verheerend, es war warm, es konnte nicht mehr anders sein. Alles schrumpfte, und wir machten uns so klein wie möglich. Die Eiszapfen wuchsen wie Efeu, und manchmal hatte ich Angst, dass sie einfach so durch die Wände wachsen würden, sich durch die Heizung in unsere Rücken bohrten. Manchmal starrte ich so lange auf meine Hand, bis sie mir fremd wurde, dann schaute ich lieber auf Bs Hand, die wurde mir nie fremd. »Was wäre«, fragte ich, »wenn ich ein Junge wäre?«

»Vielleicht würdest du gerne Schokoladeneis essen«, sagte B. »Und vielleicht würdest du Lars heißen und vielleicht hätte ich mich in dich verliebt.« Ich schaute B an und dachte darüber nach, wie leicht man alles verlor, und dass man auch manchmal Sachen verlor, ohne es zu wissen, einfach weil man eine Entscheidung traf, die andere Entscheidungen ausschloss. Oder weil alles anders kam. Wie unglaublich befriedigend war es dagegen, Geld zu verlieren oder den linken Schuh oder ein Haargummi oder die Arbeit.

Im Spiegel sah ich die Eisblumen auf der Fensterscheibe über uns. Das Licht war dünn und klar, Bs Haut sah grau aus. Ich hatte drei Paar Socken an, sie rippelten auf und waren fleckig.

»Jetzt bist du dran«, sagte ich zu B in das Schweigen, nachdem er auf den Boden gerutscht war und einfach so dalag, als wollte er sich nie mehr bewegen. Als die Zimmerdecke ihm auf die Brust drückte. Als die Heizungsrippen mir Striemen in den Rücken brannten.

»Wenn ich einfach so liegen bliebe«, sagte B, »und du einfach so sitzen bliebest, vielleicht würde Moos auf mir wachsen.«

»Weiter«, sagte ich.

»Nein«, sagte B. »Die Heizung würde ausgehen, und die Eisblumen würden in die Küche wuchern.«

»Weiter«, sagte ich.

»Die Küche würde in reinem Kristall erstarren, all der Schmutz wäre kalt und weiß.«

»Weiter«, sagte ich.

»Unsere Bewegungen erzeugten ein leise klirrendes Geräusch, selbst das Schließen der Lider machte Töne wie von ganz kleinen Glocken.«

»Weiter«, sagte ich.

Ich dachte an Sterne, raue Gesteinsbrocken, die sich von einem zerklüfteten Zentrum wegbewegten.

Ich trank den letzten Schluck Rotwein aus der Flasche und sprang auf. Wenn ich zu Fuß ginge, würde ich vielleicht genau zwei Stunden brauchen. Ich warf die Pfirsichkerne ins Meer (Assignment 36 von Miranda July: Grow a garden in an unexpected spot). Mein Pfirsichbaum würde den Ozean aushebeln, trockenlegen, verwüsten. Mindestens. Oder es gab einen Fisch, der sich gerade eben an dem Kern verschluckte. Dann würde daraus eben nichts.

Ich zog meinen nassen Bikini aus und meine Arbeitskleidung wieder an. Ich hatte nichts zum Wechseln mit und keine Unterhose. Ohne Unterhose zu Nick. Das war nicht verrucht, das war einfach nur unangenehm.

Die Hitze lag drückend in den Straßen, stieg vom Teer wieder auf, warf ihre weiche Haut von den Häuserwänden auf mich zurück.

Die Häuser kauerten in den Straßen wie kleine pelzige Tiere.

B und ich waren auf das Land gefahren. Blätter mit frostigem Pelz an den Rändern lagen überall herum wie kitschige Weihnachtsdekoration. Über die Augen nahm ich diese kalte feuchte Erde auf, sodass ich schon am Abend in meiner Erinnerung meinte, die kalten, schwarzen Klumpen wirklich in der Hand gehalten zu haben.

Hier zwischen den schmelzenden Häusern der Stadt erinnerte ich die Falken, die über dem Feld kreisten, das blasse Blau des Himmels und die starren Winterbäume, die scharf wie Scherenschnitte auf der Weide standen, so lebendig wie die satte, feuchte Erde an meinen Fingern, die ich nicht angefasst, und die kalte Luft, die ich zwischen den Zähnen eingesogen hatte.

Ich strich mir den Sand von den Armen und lief weiter durch die Nacht. Niemand war auf den Straßen. Ich starrte auf den Teer, der unter meinen Schritten davonrann, dachte nur an den nächsten Schritt. In meinem Kopf schwammen Goldfische im Kreis, ohne Erinnerung. Was Virgin Mary jetzt wohl machte. Vermutlich hatte sie Auftritte rund um den Erdball. Verabredungen mit dem richtigen Lichteinfall. Und pünktlich um 11:30 stand sie dann wieder in Coogee Beach auf der Matte. Immer mit der Sonne zu reisen hatte unbestreitbare Vorteile, rein geistige Existenz auch. Sie hatte sozusagen das best of best. Ich nahm mir zumindest ein Taxi, als die Trunkenheit nachließ und die Verwirrung in den Straßen zunahm.

Vor Nicks Wohnung zog ich meine Bikinihose wieder an, sie war fast trocken, aber der Sand klebte höllisch. Die Haustür stand offen. Ich fiel in seine Wohnung wie in warmen Kuchenteig. Nick lag auf dem Boden, seine Gesicht mit Kohle in schwarze Karos unterteilt. Neben ihm lagen ausgebreitet große Papierbögen, sein Gesicht darauf gezeichnet, bestimmt zehnfach vergrößert.

Ich setzte mich dazwischen und zog die Beine an. Am liebsten wäre ich ihm mit der Hand über den Bauch gefahren, in kleinen Kreisen dem Nabel zu. Ich liebte es, wie seine Bauchbehaarung am Nabel einen Strudel bildete, Wasser, das aus der Badewanne floss.

Nick setzte sich auf und wischte sich mit Watte die Kohle aus dem Gesicht. Jetzt sah ich auch das feine Raster, das unter der Zeichnung lag.

»Sorry, Miss, can I have another coffee please, half soy, half cream and not too hot«, rief er und schaute grinsend auf meine gestreifte Bluse.

»Was machst du?«, lenkte ich ab.

»Ich zeichne mich«, sagte er. »Ich werde 15 Meter groß sein, ich werde es laminieren und vors Haus hängen, neben das Namensschild.« Nick hatte sich ein wenig inspirieren lassen. Die neue Ausstellung hieß: *Darf ich zu Recht eingebildet, eitel und zufrieden sein?* Ich wünschte, Nick wäre fertig mit seiner Zeichnung. Ich könnte mich ausziehen und in das raschelnde Papier einrollen, einpuppen in 15 Meter Nick.

Der Ventilator lief auf vollen Touren, aber er tat nichts weiter, als die Luft umzurühren. Nicks Laptop lag mit einem Seil verschnürt auf dem Tisch.

»Just to make sure«, sagte er und lachte. Er hatte sich eine dreitägige Pause verordnet.

Er lief in die Küche, holte einen Sack Eis aus dem Gefrierschrank und füllte eine kleine Plastikwanne damit.

Wir hockten auf dem Boden, zwischen den großen Papierbögen, die Beine angewinkelt, die nackten Füße in der Wanne mit den Eiswürfeln, und aßen Avocadobrote.

»Gibst du mir das Salz?«, fragte ich.

Nick sah mich ganz eigenartig an. Als ginge ein warmer Wind durch seine Augen, und für einen Moment war mir, als würden wir über einem Abgrund sitzen und mit den Beinen baumeln.

Er griff in den kleinen Salztopf neben sich, streute Salz erst auf mein Brot, dann langsam auf mein Haar, als wäre es Schnee. Ich biss in das Brot und schaute Nick in die Augen.

»Nie bist du mir nah genug«, sagte ich leise, »nie bekomme ich genug von dir.«

Nick lächelte irgendwie traurig und strich mir sanft das Salz vom Kopf. Seine Hand blieb an meiner Wange liegen, als das Salz mir die nackten Arme hinunter auf den Boden rieselte.

Wir klaubten Eiswürfel zwischen unseren Zehen heraus und schmissen sie in die Wodkagläser.

Wir lagen quer über den Dielen, die Bögen mit Nicks Portrait raschelten im Ventilatorwind. Ich wollte ewig hier bleiben, keusch zwischen fliegenden Blättern liegen und schweigen.

Ich verband die Mückenstiche auf meinem Arm mit Kugelschreiber. Kepheus und der große Bär (Assignment 9: Draw a constellation from someones freckles). Nick hatte einen Brokkoli auf dem Bauch und eine ganze Milchstraße auf dem rechten Arm. Ich brauchte eine halbe Stunde, um mich vom Handgelenk zum Ellenbogen hochzuarbeiten.

Als der Mond langsam wieder sank, gähnte Nick, pflückte Rosmarin für mich im Garten und brachte mich zum Bus. *Wem nützt der Mond?*

Drei Busse sollten noch fahren, keiner kam, und mitten in der Nacht ging es sich nicht besonders gut alleine durch Redfern.

»Dann komm doch wieder nach Hause«, sagte Nick.

Nach Hause summten meine Füße auf den Gehwegplatten, *nach Hause* rauschten meine Haare im Wind.

»Mit dem sandigen Monster kommst du mir nicht ins Bett!«

Nick deutete mit langem Finger auf meine Bikinihose, er lag schon in der rosa Frotteebettwäsche, zwei Teetassen dampften auf den Dielen.

Zögernd zog ich an den Bändchen.

»Wait, wait.« Nick sprang auf, wühlte in seinem Schrank und hielt mir eine seiner Unterhosen hin.

In der Nacht drückten wir die Stirn aneinander und küssten uns sacht und leise, bis wir einschliefen, die Lippen noch halbgeöffnet. Der Rosmarin trocknete in meiner Tasche.

*

Nicks dünne Beine schauten weiß aus den aufgekrempelten Hosen. Er lief so aufgeregt neben Ben her, als ob er ihn seit Jahren nicht gesehen hätte. Ich ging hinterher. 2 Meter Abstand. 15 Meter Nick auf Papier. War das alles? War mehr nicht drin?

Eine weiße Katze mit blauen Augen lag in der Sonne und räkelte sich unter unseren bewundernden Blicken. Nick schwenkte einladend den Picknickkorb. »Komm, hüpf rein!« Die Katze drehte gelangweilt ihr Gesicht in die Sonne. Ja, dachte ich. Mach ich.

Momente waren alles, was ich von Nick bekommen würde. Momente mit breiten Fugen dazwischen. Ich schob mir die Sonnenbrille auf den Kopf und ließ mir das Licht in die Augen beißen, bis sie tränten. Der Wind trocknete alles mit einem müden, routinierten Zug.

»Reiß dich zusammen«, zischte Sudden Smith. »Don't be a nerd!«

»Was soll das heißen?«, zischte ich zurück. »Ich bin verliebt.«

»Was?«, fragte Nick und drehte sich um.

Noch immer lief ich in dieser blöden Uniform rum, ich schwitzte. Keine Küsse am Morgen.

»Nick?«

»Lisa.«

»Bin ich ein Nerd?«

»Natürlich.«

»Mist.«

»No, that's good! Since the revenge of the nerds!«

Nick breitete eine große weiße Decke aus. Wir hockten im Schneidersitz, aßen Oliven und Schokolade, tranken kalten Zitronentee. Nicks weiße Haut reflektierte das Sonnenlicht. Ben streckte sich lang neben Nick aus, bot seinen knorrigen, starken Körper selbstbewusst unseren Blicken.

»Na Lisa?«, fragte Ben, »how does your poor german organism take all that sun?«

Ich warf eine Olive nach ihm, Ben schnappte sie aus der Luft und lutschte so inbrünstig an ihr herum, dass ich mich beherrschen musste, mich nicht einfach auf ihn zu werfen. Ben leckte sich anzüglich die Lippen und ich war wie in Feuer getaucht.

Nick grinste mich an.

»Ben ist ein Luder«, sagte er. »Ben kann seine Lenden nie im Zaum halten. Wenn er nicht so viel vögeln würde, hätte er vermutlich einen kleinen Holzkasten, in dem er unermüdlich Schmetterlinge aufspießen würde.«

Ben warf eine Handvoll Sand nach Nick und grinste gutmütig.

»Gut, dass jedenfalls du ihm widerstehst«, fügte Nick hinzu.

»Och«, sagte ich.

Verdammt, dachte ich, verdammt, verdammt, verdammt.

Wie gut ist mein Versteck?

Ben stand auf und lief ins Meer, die Muskeln unter seiner Haut bewegten sich wie Algen unter Wasser. Ich wollte ihm in die Schultern beißen, mit der Zunge sein Rückgrat hinunterfahren, meine Hände fest in seine Hinterbacken krallen, meine Nase in seinem Nabel vergraben. *In der Nacht drücken wir die Stirn aneinander und küssen uns sacht und leise, bis wir einschlafen, die Lippen noch halb geöffnet. Der Rosmarin trocknet in meiner Tasche.*

Verdammt, verdammt, dachte ich und kühlte meinen lodernden Körper unter Flüchen.

In seiner Badehose wirkte Nick so nackt, dass es mich blendete. Ich warf Hände voll Sand auf ihn, Nicks Proteste vergingen unter meinen entschlossenen Fingern wie Staub im Regen. Ben kam tropfend aus dem Meer zurück, eine Alge klebte ihm an der braunen Brust, als wollte sie ihn umarmen. Meine Hand ein Stundenglas über Nicks Körper, gleichmäßige Sandstraßen zogen sich über seine Arme und Beine. Ben war da effektiver, mit beiden Händen begrub er Nick unter dem heißen Sand. Als endlich ein halber Meter zwischen uns war, legte ich mich auf den Nick-förmigen Berg, drückte ihm meinen Abdruck auf, wie ein Siegel.

Fliegt alles auf?

»Litter Boule?«, fragte Ben und Nick warf mich ab. Wir hatten zu tun. Ben warf die silberne Kugel in den

Sand, wir schmissen unsere bunten Plastikkugeln hinterher und sammelten auf dem Weg über den Strand Snickerspapiere, Zigarettenkippen und leere Flaschen auf. Eine Schneise der Reinheit tat sich hinter uns auf. Unter diesen Bedingungen war es mir egal, dass meine Würfe so schlecht waren, dass es nur eine genetische Erklärung dafür geben konnte, wie Ben laut grübelte.

Am Abend gingen wir in eine winzige Strandbar. Mächtige Gestecke aus Plastikblumen hingen an den Wänden, bedeckten die Tische. Wir tranken Wodka aus schmalen Metallbechern. Ich kuschelte mich in einen zerfransten Sessel wie in einen Bärenbauch und schloss die Augen. Nicks und Bens Stimmen perlten an mir herunter wie Regen auf einer Scheibe. Manchmal kitzelte mich einer von beiden mit einer Plastikblume unter der Nase. Dann öffnete ich meine Augen einen Spalt und schaute ihnen zu. Zerzaust saßen sie zwischen Bergen von Plastikblumen, kicherten und tranken. Es war alles gut. Wir waren sorglos betrunken und schön und wuchsen mit einer Leichtigkeit in die Nacht, die mich mit einer gewissen Ehrfurcht erfüllte. Wir waren leuchtende Prismen in einem Kaleidoskop. Ich drehte es, und die bunten Kristalle purzelten durcheinander, formten immer neue Bilder von Nick, Ben und mir zwischen grell leuchtenden Blüten.

Mit nackten Füßen wateten wir durch die Gischt. Der Mond stand schwer am Himmel. Ich griff nach Nicks Hand, Ben griff nach meiner. Hier unter diesem riesigen Himmel waren wir zu dritt gerade gut genug. Warum steigt die Fallhöhe proportional zum Glück?

Ben riss sich Hemd und Hose vom Körper und stürzte sich in das pechschwarze Wasser, Nick und ich hockten uns in den weißen Sand, sahen Ben auf- und untertauchen.

Direkt neben mir lag etwas im Sand.

Ich krallte mich in Nicks Arm, wie ein Greifvogel seine Finger in die Beute schlägt.

»Was ist?«, flüsterte Nick.

»Nick, da liegt ein Foto im Sand, genau neben mir, heb es bitte auf«, flüsterte ich.

Nick riss begeistert die Augen auf und klatschte in die Hände, wie meine Oma, wenn der Briefträger kam. Strahlend nahm sie dann Rechnungen und Werbeprospekte entgegen.

Ich hielt mein Feuerzeug in den Wind, schützte die Flamme mit einer Hand. Nick hielt das Foto in das Licht.

Auf dem neuen Bild saß ich wieder in einem Café. Hinter mir hing eine Tafel an der Wand. Etwas stand darauf in krakeliger Schrift. Ich lachte, ein Mann saß neben mir. Ein fremder Mann, der meine Hand hielt, als wäre sie ein kranker Vogel.

Ich ließ das Feuerzeug los, als hätte es mir die Finger verbrannt.

»So, Lisa, dann hast du ja wieder was zu tun«, lachte Nick aufgeregt.

Ich ließ mich zurückfallen in den warmen Sand und schaute zum Mond hinauf. Mit weit offenem Mund schrie er in den Himmel. Ich fragte mich wirklich, was am Gesicht des Mondes beruhigend sein sollte.

»Wir haben zu tun«, flüsterte ich. »Ich mach das nicht allein.«

Bevor Nick widersprechen konnte, legte ich ihm meine Hand auf den Mund und schloss die Augen.

*

Am Morgen schlug Nick den Laptop noch vor seinen Augen auf und fegte mich mit einem entschlossenen Besenstrich vor die Tür. Die Fotos hatte ich neben seinem Bett liegen lassen.

»Lisa, du folgst einfach dem alten Plan«, hatte Nick gesagt. »Ruf mich an, wenn du was rausfindest.« Die Blicke, die ich ihm zuwarf, prallten an der Rückseite des Bildschirms ab, Nick hatte sich so tief über die Tasten gebeugt, dass ich nur seinen Schopf sehen konnte. Ich griff hinein und zupfte ihm zwei Haare aus. Verstört sah Nick auf. So hatte ich doch noch eine Sekunde Zeit, meinen Grimm bei ihm abzuladen, dann knallte ich die Tür zu. Ich sehnte mich nach Pfützen, in die ich springen konnte, nach Schlamm, der an mir hochschlug.

Kurz vor meiner Haustür kam mir der Alte aus der Milchbar entgegen. Er schwenkte seinen Spazierstock, als würde er tanzen, und lächelte mich an. Mitten in der Hitze gefror ich zu Eis, der Haustürschlüssel klirrte im Schloss. Die Wohnung schlug mir so weit und leer entgegen, dass ich zurückwich, die Wohnungstür wieder hinter mir zustieß und die Straße hinaufrannte, dem abfahrenden Bus gegen die Scheibe hämmerte. Der Busfahrer hielt und öffnete mürrisch die Türen.

»Das ist aber kein Benehmen, Fräulein.«

Der Bus kroch durch verstopfte Straßen, aber ich zappelte mit den Füßen und raste dem Meer und Bens Armen entgegen. *Warum braucht die Erde für um die Sonne genau ein Jahr?*

»Warum erzählst du Nick nicht von uns?«, fragte Ben. Er sah müde aus.

»So ist es doch viel aufregender«, sagte ich so anzüglich, dass er meine Verzweiflung nicht bemerkte.

Ben ließ sich auf die Couch zurücksinken und schaltete den Fernseher an. »Ben, bitte.« Wenn Ben mich nicht sofort vögelte, würde ich einfach auseinanderfallen und Möwen würden meine verstreuten Teile im Flug aufpicken. Ich legte ihm eine Hand in den Schritt. »Ben, bitte«, sagte ich.

Ich sah, wie ich vor seinen Augen schrumpfte. Klein und nichtig wurde ich unter seinen Blicken. Dimension of neediness, es war mir egal, all meine Türen schlugen im Wind und wenn Ben sie jetzt nicht sofort schloss, würde ein Sturm hineinfegen und alles in Trümmer reißen. Ich riss seinen Reißverschluss auf, den Knopf von der Hose.

»Lass mich, Lisa!«, rief Ben. Ich beugte mich über ihn. »Lisa, hör auf!« Ben griff mir wütend in die Haare. »Lisa, du kannst nicht alles haben, was du willst!«, schrie Ben und riss mir den Kopf in den Nacken. Meine Halswirbel knackten. Hätte er mich in die Waschmaschine gesteckt, auf 90 Grad und extralange Schleudern gedrückt, er hätte mich nicht glücklicher machen können. Aber selbst dann hätte ich noch darum gebeten, mich zu bügeln und möglichst klein zusammenzufalten.

*

Ein paar Tage schaltete ich mein Telefon aus und rollte mich im Schatten der Bäume im Hyde Park zusammen oder hockte zu Füßen der gigantischen Captain-Cook-Statue. Ich trank Rotwein direkt aus der Flasche, die Hitze tat ein Übriges. Das Rascheln der Blätter hielt mich in einem Dämmerzustand. Lief ein Müllmann an mir vorbei, tat ich mein Bestes, wie etwas auszusehen, das man unbedingt auflesen musste. Es klappte nie.

Vielleicht war ich tatsächlich unsichtbar geworden. So unsichtbar wie die Obdachlosen vor dem Hauptbahnhof. Das klappte wie geschmiert in einer Stadt wie Sydney, die ständig die Ärmel hochgekrempelt hatte und die Muskeln spielen ließ. Man musste nur am helllichten Tag aus einer Flasche trinken, die in eine braune Papiertüte gehüllt war, und man erregte nicht mehr Aufmerksamkeit als ein graues, zertretenes Kaugummi auf dem Asphalt.

Captain Cook hatte ein Bein leicht vorgestellt, die geöffnete Hand in den Himmel gestreckt. Unter seinem angebeugten Bein fehlte nur der Drachen, den er getötet hatte. Bereitwillig nahm ich den fehlenden Part auf mich.

»James bloody Cook«, fauchte Sudden Smith. »1788 erreichte die erste Schiffsladung mit britischen Sträflingen die australische Küste. Die meisten hatten nicht mehr getan, als ein Stück Brot zu stehlen. Ziel war die Ausdünnung der britischen Unterschicht.«

Ich stopfte Sudden Smith in die Hosentasche, drückte meine Zigarette am Sockel der Statue aus und wanderte angetrunken die Elisabeth Street auf und ab. Die Stadt sah aus wie eine überbelichtete Fotografie. Die hellen Häuserwände warfen gleißende Reflexe in meine Augen. Es war wie blind sein, nur heller.

Eines späten Nachmittags saß Nick auf der Terrasse des Melograno. Das tat er manchmal. Er besuchte mich zum Feierabend, dann kochte ich ihm einen Kaffee, der cremiger nicht hätte sein können. Nick trank seinen Kaffee, ich rauchte eine Zigarette, Nick wedelte sich den Rauch aus dem Gesicht und ich tat so, als sei der Wind schuld, dass der Rauch immer direkt in sein Gesicht wehte. Wir hatten also schon ein gemeinsames Ritual, da konnte die Liebe eigentlich nicht mehr weit sein. Nachdem ich einen Finger in seinen Kaffee getaucht, in den Wind gehalten und die Schultern gezuckt hatte, »Nordost, da kann man nichts machen«, zeigte er mir seine neuen Zeichnungen. Er warf sie meist achtlos auf den Tisch und wandte sich der Sonne zu.

Karge Figuren, schwarz-weiß, spartanisch umrissen mit leuchtenden blauen Augen. Krumme Figuren, denen ein Riss vom Scheitel bis zur Sohle lief, die in verschiedene Richtungen auseinandertrieben. Rennende Figuren zwischen Autos und Zügen, mit breiten Narben am nackten Rücken, als hätten sie irgendwann zuvor einmal Flügel gehabt, und andere, die nackt in einer Menschenmenge standen und einen roten Regenschirm in die Sonne hielten. Es gab immer ein farbiges Detail.

Die Zeichnungen waren das Fenster, durch das ich hineinschauen konnte, wenn wir uns mal wieder fremd waren. Wenn wir sorgsam Worte tauschten wie Waren, abgewogen und verpackt.

Dieses Mal hatte er keine Zeichnung dabei.

»So, Lisa«, sagte er. »Was hast du jetzt vor?« Etwas Metallenes lag über seiner Stimme, die sonst nach Gras klang, durch das der Wind strich. Grashalme mit kleinen Metallkappen, die klirrend aneinanderstießen.

»Wie geht's Mars?«, lenkte ich ab.

»Gut. Langsam. Schildkrötig. Wie willst du –«

»Und deinen Eltern?«

»Sorry?«

»Wie geht's deinen Eltern?«

»Naja, gut. Natürlich. Was weiß man schon davon.«

»Und deiner –«

»Lisa, was willst du von mir? Das ist verrückt, du zeigst mir diese Bilder, und dann verpisst du dich. Glaubst du, ich löse das für dich?«

Nick hatte ganz leise gesprochen, aber seine Hand zitterte, sein Gesicht brach auf.

Ich starrte ihn an. »Nick, was ist los? Ich dachte, du findest das aufregend?«

»Lisa, ich scheiß auf Aufregung. Ich hab genug um die Ohren! Was hast du jetzt vor?«

»Naja«, sagte ich. »Ich dachte, wir fangen wieder an zu suchen?«

»Es wird dich freuen zu hören, dass das überflüssig ist. Ich kenn den Laden. Jeder kennt ihn. Der Laden ist eine verdammte Legende.«

Nicks Stimme wurde laut. So kannte ich ihn gar nicht. Es war, als müsste ich barfuß durch diese Mistdinger gehen, durch dieses Gras und all das bekloppte Metall.

Nick klatschte zwei Schwarz-Weiß-Fotos auf den Tisch, vergrößert auf 13 mal 18 mit weißem Rand. Er atmete heftig (Assignment 6: Make a poster of shadows).

Ich starrte auf mein rundes Gesicht, auf meine Sommersprossen, auf meine langen Haare, die ich vor fast einem Jahr abgeschnitten hatte. Nick stand auf, stützte beide Hände auf den Tisch und beobachtete mich, als wollte er Messungen an mir vornehmen. Ich starrte zu ihm hoch wie zu Captain bloody Cook.

»Naja, eine Lupe brauchen wir jetzt nicht mehr«, sagte ich schwach.

»Lisa, ich hab zu arbeiten! In drei Tagen eröffnet die neue Ausstellung in der Homezone, my PHD is a bloody mess, I am a bloody mess, ich hab alle Hände voll zu tun«, sagte er eisig.

»Na, zum Vergrößern bist du ja noch gekommen«, bemerkte ich grimmig.

Ich wünschte, ich hätte nichts gesagt. Nicks wütende Augen stanzten Löcher in die Luft, in denen ich am liebsten verschwunden wäre. Es war seltsam, dass wir nicht einsanken, der Stuhl und ich, so schwer waren wir, so weich der Asphalt. Der Himmel drückte den Spatzen auf die Köpfe und sie flogen trotzdem einfach so rum. Ich starrte auf das erste Foto. Mein breites sommersprossiges Gesicht.

Ich schob das obere Bild beiseite.

Ich betrachtete den Mann auf dem Foto. Sein kantiges Gesicht, die lange Nase, die stark gewölbten Augenbrauen. Er hatte kurze Haare, die ungekämmt nach allen Seiten abstanden, seine Augen funkelten spöttisch. Seine Wangen waren unrasiert, das Hemd ein wenig zerknittert. Er mochte 35 sein, vielleicht ein wenig älter. Er hielt eine Zigarette in der linken Hand, ein aufgeschlagenes Buch lag neben ihm.

Wir teilten völlig selbstverständlich einen Raum. Wir sahen aus, als hätten wir eine lange Geschichte.

Ich sah Nick an. Sein verschlossenes Gesicht. Ich verstand ihn nicht. Ich verstand nur, dass das Meer gegen die Küste schlug und die Felsen auswusch, bis wieder ein Stück Land herunterbrechen würde.

»Assignment 67: Repair something«, flüsterte ich.

Verdient die Wirklichkeit dieses Misstrauen?

»Ich glaub dir ja, dass du das glaubst«, sagte Nick vorsichtig und sah mich mit seinem PHD-Blick an (still to proof).

»Was ist denn das jetzt für eine Psychokacke?« schrie ich (angered, enraged, frantic, fourious).

Ich drückte meine Kippe in Nicks Schokoladenkuchen aus, warf ihm die Fotos in den Schoß und rannte die Straße hinunter, den Wind im Rücken. *Ist alles hoffnungslos und verschissen?* »Und außerdem sitze ich Südwest«, schrie Nick mir hinterher.

Es war schon gut, dass meine Lunge schmerzte, ein paar Bremsen quietschten und die Schwerkraft sich bemerkbar machte, aber das reichte nicht. *Werde ich von einer Hexe geritten?* Ich wollte ein Felsbrocken sein auf dem Meeresgrund, durch Tausende Kubikliter Wasser am Expandieren gehindert. Aber es gab auch noch andere Möglichkeiten. Ich rannte zwischen den Regalen des Baumarktes hindurch, bis ich einen Mitarbeiter sah. Ich steuerte auf ihn zu wie ein Frachtschiff auf den Hafen.

»Entschuldigen Sie, haben Sie –«

»Hello, Darling«, unterbrach er mich.

»Oh, sorry, hallo, wie geht's denn so?«, schnaufte ich.

Er wischte sich den Schweiß von der Stirn und stützte sich auf einer gelben Tapetenrolle mit roten Blumen ab.

»Verdammt heiß heute, was?«, eröffnete er Teil A, die unverbindliche Konversation.

»Yip, verdammt heiß«, stimmte ich zu und knirschte mit den Zähnen.

»Oh ja, verdammt heiß«, wiederholte er.

Ein Schild auf seiner Brust bat, FRAG MATTHEW, darunter lächelte mich ein zweiter Matthew an, etwas jünger, etwas mehr Haare, etwas schlanker, weniger Schweiß. Matthew war dieser Typ Mann, dem man entweder ermutigend die Haare aus der Stirn streichen oder den man unbeherrscht anschreien wollte. Ich lächelte ihn an. Er machte mich rasend. Matthew lächelte schmal zurück.

»Womit kann ich dir helfen?«, eröffnete Matthew Teil B, das Verkaufsgespräch.

Dass man mir nicht helfen könne, sagte ich, aber ein starkes Seil könne man mir verkaufen. Matthew schlurfte los, durch Gänge, lang wie die Milchstraße. Vor einer Reihe von Spulen blieb er endlich stehen (ich hatte unterdessen noch eine SMS an Nick geschrieben: *Du kannst mich mal, guten Appetit, in Liebe, L.*) und fuhr mit dem Finger über die Seile und Ketten.

»Das hier sind die Stärksten«, sagte er und gab mir ein paar Seilenden in die Hand zum Fühlen. Prüfend ließ ich sie durch die Finger gleiten. »Ja, ich nehm das hier«, entschied ich mich schnell für ein kratziges Hanffasergemisch. »10 Meter bitte.«

Matthew rollte Meter um Meter ab, nahm routiniert Maß an seinem Arm. Matthew hatte alles im Griff. Er rollte das Seil ein, heftete einen Zettel dran und reichte mir die Rolle. Im nächsten Bottleshop kaufte ich eine Flasche Wodka und eine Flasche Grapefruitsaft. Dann rannte ich die Straße hinauf, ein Stück des Seils hatte sich wieder abgewickelt und schleifte über den Boden, *Bin ich gefangen in einem Geflecht?*, ich hämmerte mit beiden Fäusten an Bens Tür.

Es dauerte 3 Jahre, bis Ben öffnete, das Telefon am Ohr.

»Hang on a sec«, sagte er zu mir. »Nick, sorry, gotta go, call you back«, und legte auf.

»Da bist du ja wieder.« Er schaute mich lange an, mein verschwitztes Gesicht, die dicken Augen, das Seil und den Wodka in meinen Armen.

»Da haben wir ja was vor!«, grinste er ein wenig spöttisch und biss in einen Apfel. Er sah aus, als drehte er einen Werbespot. Ich hasste ihn. Er stand immer noch breit in der Tür, mit nacktem Oberkörper, und kostete meine Hilflosigkeit aus. Ich drückte mich an ihm vorbei in die Wohnung und ließ mich aufs Sofa fallen.

Ben nahm mir den Wodka aus dem Arm und ging in die Küche. Ich lief ihm hinterher, strich ihm um die Beine, drückte mein Gesicht gegen seinen Rücken.

»Du bist sauer, oder?«, fragte ich. Meine Wange lag fest an seinem Schulterblatt, eine glatte Insel. Warum war da nur Platz für meine Wange, warum konnte ich nicht ganz – dort, an seinem Schulterblatt?

»Nein, Lisa. Nicht sauer. Ich hab's nur über, irgendwie.« (überdrüssig: weary, sick, tired)

Er gab mir ein Glas, und ich lehnte mich mit meinem Rücken an seinen, widmete mich dem Wodka in einer berauschenden Geschwindigkeit. Dann wickelte ich das Seil auf und schlang es uns um den Bauch, so fest, dass ich unsere Rippen knirschen hörte.

»Lisa, was willst du eigentlich?«, fragte Ben.

»Nichts mehr sehen«, sagte ich.

»Nichts mehr denken«, sagte ich.

(Dass du mich mit beiden Händen packst und unter die Pappeln wirfst. Dass du deine Hand auf meine Augen legst. Dass du schweigst in mir, dass dein Schweigen meins wird, dass sich Zärtlichkeit wie Gewalt anfühlt und Schmerz wie Zärtlichkeit. Dass nur mein Körper übrig bleibt und nur die Erinnerung an die silbrige Unterseite der Blätter von Pappeln.)

Wir standen in der Küche, Rücken an Rücken, fest zusammengebunden. Ich knöpfte mein Kleid auf bis zur Taille.

»Lisa, du bist in Nick verliebt«, sagte Ben. »Es ist mir

egal, aber ich habe keine Lust mehr auf deine Spielchen. Steh zu dem, was du tust, verdammt.«

Ich ließ meinen Hinterkopf an seine Schulter sinken, schloss die Augen und schob mein Kleid hoch. Der Stoff seiner Jeans war kühl.

Ich spürte das Salz, das aus Nicks Hand auf mein Haar und meine Arme gerieselt war.

»Stell es dir vor«, sagte ich. »Stell dir vor, wie sich feuchte Erde anfühlt, unter einem Oleander, der Geruch von Regen. Stell dir vor, wie sich dein Körper in die Erde drückt, wie ich dich mit meiner Zunge berühre, ganz leicht und immer wieder.«

»Stell es dir vor«, sagte Ben. »Stell dir vor, wie ich im Bus ganz dicht hinter dir stehe, ein Fremder. Wie du dich nicht bewegen kannst in dem Gedränge. Stell dir vor, wie ich deinen Rock hochschiebe und in dich eindringe, ohne dass du mein Gesicht sehen kannst.«

Ben ging rückwärts auf die Wand zu, schob mich vor sich her und presste mich mit seinem ganzen Gewicht gegen die kalte Mauer. Ich hob meine Hände und ließ sie über den Putz fahren.

Stell es dir vor, dachte ich, weil er es nicht verstehen würde. Stell dir vor, wie du meine Lippen kaum berührst, mich immer wieder mit der Zunge anlockst und nur dein Blick mich an das Laken fesselt.

Ben drückte stärker, meine Brüste schmerzten.

Stell es dir vor, dachte ich. Dass die Vorstellung deiner Berührung ein größerer Reiz ist als die Berührung selber. Dass die Küsse so leicht sind, dass sie fast schmerzen.

Die Luft wich mir aus den Lungen. Ben drückte mich mit aller Kraft gegen die Wand, seine Ellenbogen bohrten sich schmerzhaft in meinen Rücken. Dann löste er plötzlich den Druck und wickelte das Seil ab. Ich lehnte mein Gesicht an die Mauer und atmete tief und schnell.

»Du bist einfach feige, Lisa. Du und deine verdammte Lust.«

»Was bist du, Ben, ein Sexualpsychologe?«, flüsterte ich.

Ben riss mir den Kopf in den Nacken und griff mir an die Kehle. »Was weißt du eigentlich von mir, Lisa?«, fragte er lauernd. Seine Hand fühlte sich riesig an. Sie fühlte sich an, als würde sie nicht zu Ben gehören, als wäre sie ein ausgehungertes, wütendes Tier.

Ben hatte mir erzählt, dass er sich selber schlug, um rauszufinden, wo die Schmerzgrenze war. Er hatte mir vorgemacht, wie er sich verrenkte, um seinen eigenen nackten Hintern zu erreichen, und ich hatte meinen Kaffee über die Bettdecke gespuckt vor Lachen.

»Was ist daran so lustig?«, hatte Ben gefragt. »Sex is a science, Lisa. Ein ganz kompliziertes Gebilde!«

Ich hatte nicht gelacht, weil ich es lustig fand. Ich hatte gelacht, weil ich ihm plötzlich vertraute. Ich hatte gelacht, weil ich mir auf einmal alles erlauben konnte. Coming over, hatte ich ihm am nächsten Tag geschrieben. And don't you dare talking to me. Ben hatte mir schon in der Tür die Augen verbunden, kein Wort gesprochen und mir den Mund zugehalten, obwohl ich gar nicht vorhatte, auch nur ein Wort zu sagen. Und dann hatte er sich so ausgiebig um mich bemüht, dass ich am nächsten Morgen selbst den Koch anlächelte.

Jetzt brach Ben die Regeln. Ich trat gegen sein Schienbein. Mit einem Knurren ließ er mich los, griff nach seinem Glas und schmiss es gegen die Wand.

Ich hielt die Augen geschlossen, tastete mich durch

seine Wohnung bis zum Schlafzimmer und legte mich auf die kühlen Dielen. Ben setzte sich auf meine Hüften, keine Erde gab unter mir nach. Er hob meinen Kopf, verband erst mir die Augen, dann sich selbst.

Ich tastete nach seiner Brust. Ben kniete sich über mich und bedeckte meinen Körper mit seinen leichten Küssen. Ich vergrub mein Gesicht in seinem Bauch, zwischen seinen Beinen, wir kugelten durch den Raum, verkeilt wie kämpfende Kater, bissen und knurrten. Ich krallte mich an seinen Arschbacken fest, schnappte nach seiner Zunge und hielt sie zwischen den Zähnen, wie eine Beute. Ben stieß mich zurück, ich kroch davon, er griff nach mir, ich biss in seine Hand. Er griff meinen Knöchel, ich hatte das Bett erreicht und zog mich hoch, absolut schiffbrüchig. Ben ließ mich los. Es war ganz still, nur unser Atem durchschnitt die Dunkelheit. Ich hörte, wie er sein Tuch abnahm, und drehte mich auf den Rücken. Ben band meine Handgelenke locker zusammen und schlang das Seil um die Bettpfosten.

»Nine more meters to go«, flüsterte ich.

»No hurry«, sagte Ben. »We get there«, ließ das Seil auf den Boden fallen und drang langsam in mich ein.

Ich war nicht mehr ich selbst. Ich war nur noch ein gieriger, verzweifelter, schmerzender Körper. Ich rannte mitten im Unwetter in Metall gewickelt über das freie Feld und wartete darauf, dass mich der Blitz traf. Der Himmel riss gerade auf, als Ben mir die Augenbinde vom Kopf zog und seinen Blick fest auf meinen presste. Etwas Lauerndes und Berechnendes lag in seinem Blick. Er wich von mir zurück, drehte sich um und ging hinaus, ich hörte eine Schranktür auf und zu gehen. Als er zurückkam, hielt er eine Kamera in der Hand.

»Ben, was soll das?«

Ben legte eine Hand auf meinen Schoß.

»Du hast die Wahl.« Er zog seine Hand wieder zurück. Ich knurrte.

Ben drang wieder in mich ein, ich stöhnte laut auf und Ben drückte auf den Auslöser. Ich kniff die Augen zusammen und drehte den Kopf weg, sofort zog Ben sich wieder aus mir zurück.

»Schau mich an, Lisa. Sonst lass ich dich hier einfach liegen.« Wieder fuhr er mit leichtem Druck über meinen Schoß. Er hatte den Moment genau abgepasst. Genau den Moment, an dem mein Tierkörper über mir zusammenschlug. Ich riss meine Augen weit auf und starrte ihn an, voller Hass und Lust. Ben vögelte mich und drückte immer wieder auf den Auslöser.

Als ich kam, blitzte er mir direkt ins Gesicht, die Linse nur eine Handbreit von meiner Nase entfernt. Der Raum wurde weiß. Bens holziger Geruch mischte sich mit Bs Teerosenduft.

B hatte mir gegenübergesessen. Er drückte seine Zigarette aus und fuhr sich mit den Fingern durch die Haare. Bewegungen wie in Zeitlupe. Sein Gesicht war so grau wie sein Hemd. Die Worte lagen ihm schwer auf der Zunge. Mehrmals setzte er an, verhakte sich dann wieder in einem Gedanken. Ein rosa Halbmond ging auf seinem geschwollenen Auge auf, trug einen violetten Hof. »Schmink das andere«, sagte ich nach einer Weile. »Es sieht fast aus wie dein Lidschatten.« B blickte auf, er lächelte und warf den Löffel hinter sich wie ein leergetrunkenes Glas Schnaps. Dann zog er einen Taschenspiegel aus der Hosentasche, Lidschatten aus dem Rucksack und schminkte sein unverletztes Auge (Lichtempfindlichkeit

1600 ASA, Blende 5,6, Verschlusszeit 1/60). Sein graues Hemd war zerknittert, in der Brusttasche zeichnete sich eine zerbrochene Zigarette ab, er zwinkert mir mit dem heilen Auge zu. »Ich liebe ihn trotzdem, weißt du?«, sagte er fast verträumt. Ich sprang auf, riss das Hemd hoch über seinem Rücken, drückte mit dem Finger auf die Striemen. B schrie mich an, seine Brauen waren weit hochgezogen, seine Augen aufgerissen. Meine Teetasse kippte um, der Tee lief über den Tisch und sickerte in eine Scheibe Toast. Der Toast färbte sich matt braun, B hatte die Tür hinter sich zugeschlagen.

Nachdem Ben mich losgebunden hatte, stand ich auf und schlug ihm mit der flachen Hand ins Gesicht, immer wieder. Nach jeder Ohrfeige wurde Bens Grinsen breiter, ein Grinsen darüber, dass ich das lose Seil einfach hätte abschütteln können. Ich hätte einfach aufstehen können.

Ich ging die Straße hinunter, die Füße lagen tief im Teer. Es waren nicht meine Füße, es waren nicht meine Hände, die noch unter den Schlägen brannten, es war nicht meine Lust, die ruhig und satt unter der Wasseroberfläche trieb. Und es war nicht meine Erinnerung, die B und mich immer dichter zusammentrieb, als wären wir eine Person, androgyn und verwischt.

Ist mein Lügengebilde ein Meisterwerk an Innovation und Statik?

Bier und Scherben auf dem Boden. Ich griff nach jedem Getränk, das ich zwischen die Finger bekommen konnte. Wütend wand ich mich in der Nacht.

Um 12 zündeten wir Wunderkerzen an und sangen. Marc nahm lächelnd Glückwünsche, Küsse und Kokain entgegen.

»Naughty, naughty!«, sagte er gerührt zu Ben. »Du weißt doch, dass ich das nicht vertrag!«

Nick schenkte Marc das neue Objekt aus seinem Danger Museum. Es war ein kleiner Tip-Kick-Fußballer.

»Du hast die neue Ausstellung doch erst eröffnet«, sagte Marc. »Was wird jetzt aus dem Danger Museum in den nächsten Wochen?«

Nick grinste und reichte ihm einen Kassenbon.

Ganz oben stand statt des Geschäftsnamens Danger Museum mit Nicks Adresse und Telefonnummer. Darunter stand als Verkaufsdatum Marcs Geburtstag. Item: Tip Kick Soccer Man.

»Einfach die Quittung unterschreiben!«, sagte er, reichte Marc einen Kugelschreiber und hielt ihm den leeren Koffer als Schreibunterlage hin.

Marc unterschrieb, und Nick legte den Kassenbon in den Koffer.

»Thanks mate, really appreciate!« murmelte er noch gerührter und klopfte Nick unbeholfen auf die Schulter.

Ich schenkte Marc einen Gutschein, dass ich ihm alle Sexszenen übersetzen würde, die Rosa von Praunheim jemals geschrieben hatte, nahm ihm seinen Cocktail aus der Hand und schaute hinauf zum dicken fetten Mond.

Schon am Nachmittag hatte Marc Berge von frischen Früchten und Wodka in den Hinterhof geschleppt und mir verboten, Lichterketten aufzuhängen. Ich hatte dafür Berge von Laub zusammengescharrt und die Gartenstühle abgewischt.

Ben, Nick, Linn und eine Freundin waren die ersten gewesen. Linn. Was machte die auf einmal hier, noch dazu in meiner Wohnung. Irgendwie hatte ich immer gedacht, sie wäre so etwas wie ein Abziehbild der Sehnsucht, aber nun stand sie im Hof, so dünn wie Nick, mit zerzaustem, schwarzem, dichtem Haar und einem herzförmigen Gesicht. Sie sah süß aus, sie lachte selten, schob ständig ihre Brille zurecht und unterhielt sich mit ihrer Freundin. Nick streifte unruhig um sie herum, trank Bier und trat von einem Bein auf das andere. Dann war Jonas gekommen, Marcs Ex, zusammen mit einer ganzen Traube hübscher Jungs und einem schwarzhaarigen Mädchen, Charly. Marc bekam fast einen Herzinfarkt. »Ich wusste gar nicht, dass du wieder zurück bist!«, rief er und fasste sich erst an die Brust, dann Jonas ins Gesicht.

»Na klar«, sagte Jonas lässig. »Schon ein paar Wochen.«

Marc war verloren, das sah man sofort. Er stürzte sich auf den Wodka, verkrümelte sich in der schummrigsten Ecke des Hofes, knabberte die Melonenstücke bis auf die harte grüne Schale hinunter und beobachtete Jonas und die Jungen wie ein Tier, das in der Falle sitzt und trotzdem hofft, dass der Jäger es übersieht.

Nick und ich hatten uns seit unserem Streit nicht mehr gesehen, Ben und ich hatten uns seit unserem Streit nicht mehr gesehen. Also setzte ich mich erst mal zu Marc in die Ecke, trank und schwieg.

Ich ließ Nick nicht aus den Augen. Er redete jetzt mit Linn. Sein Gesicht wirkte ganz weich, wenn er mit ihr sprach, fast, als ob es auf sie zufließen würde. Linn, die immer wieder auf ihre Füße starrte, Nick, der auf ihrer Haut Krumen suchte (Assignment 56: Make a portrait of your friend's desires).

»Come on, Lisa«, mahnte Marc. »Let it go.«

»Selber!«, raunzte ich.

Dann schwiegen und starrten wir weiter, bis Ben rüberkam, meine linke Hand nahm, Marcs rechte und an uns zog.

»Los!«, rief er übertrieben aufgekratzt. »Was seid ihr denn für Gastgeber?«

»Lass DU mich bloß los!«, fauchte ich. Aber ich stand auf.

Marc zuckte nur mit den Schultern, trank sein Glas Wodka in einem Zug aus, zündete zwei Zigaretten an, rollte mit den Augen und tauchte im Getümmel unter. Mittlerweile war der Hof bevölkert mit Leuten, die ich noch nie gesehen hatte, und ich war mir fast sicher, Marc auch nicht.

»Lisa, das ist Linn«, rief Nick, als ich gerade an ihm vorüberging.

Es klang, als hätte er es schon den ganzen Abend sagen wollen und nur auf den seltsamsten Moment gewartet. Linn war in ein Gespräch mit Ben vertieft, Marc zog an meiner Hand. Ich blieb stehen, Nick tippte Linn auf die Schulter.

»Linn, das ist Lisa.«

»Oh, sooo nice meeting you!«, sagte wir gleichzeitig und küssten uns auf die Wangen. Linns Wange war ganz weich.

»Lisa, wait!«, rief Ben und hielt mir einen halb heruntergerauchten Joint hin. Meine Hand brach aus der Luft herunter, schnappte den Joint. Ich kicherte und stieß Marc in die Rippen. »Hast du das gesehen?«

»Was?«

»Na, wie ich den Joint gefangen habe, wie ein Raubvogel die Maus!«

»God, you crazy german«, Marc schüttelte den Kopf.

»Das ist nur die Verzweiflung«, flüsterte ich in sein Ohr.

Marc stürzte sich mitten in einen Pulk von Jungs und begann zu tanzen, ich heftete mich an seinen Rücken und ließ mich treiben. Zu zweit waren wir gerade betrunken genug.

Ich sah förmlich die Blicke wie Schnüre durch die Luft gehen. Marc beobachtete Jonas, Jonas starrte Ben an, Ben fixierte mich, ich heftete meine Blicke wie üblich auf Nick, Nick schaute Linn an, Linn schloss die Augen. Cut.

Ich tanzte weiter, zog noch einmal an dem Joint und steckte ihn dann Marc zwischen die Lippen. Gläser zerschellten auf dem Boden, Marc drehte die Musik immer weiter auf.

Um 12 reckte er seine Arme in die Luft und schrie: »Küsst mich, gratuliert mir, liebt mich!«

Das taten wir. Jonas gab ihm einen langen feuchten Kuss auf den Mund, und Marc war so überrascht, dass er rückwärts stolperte. Ich fing ihn auf, hielt ihn im Schwitzkasten und steckte ihm meine Zunge ins Ohr. »Yuk«, schrie Marc, strampelte sich los und wischte sich am Ohr herum.

»Du wolltest doch, dass wir dich lieben!«, rief ich und rannte mit weit rausgestreckter Zunge hinter ihm her. Wir kicherten und rannten im Kreis, bis Jonas ihn packte (wie ein Raubvogel die Maus, dachte ich wieder) und Marc einen neuen langen Kuss verpasste.

»Sagen wir, es ist dein Geburtstagsgeschenk«, sagte er und lächelte verführerisch.

Der Rauch der Wunderkerzen stand in der unbewegten Luft.

Charly tanzte neben mir, sie roch, als wäre sie gerade erst aus der Badewanne gestiegen, ganz duftig und warm. Sie wiegte sich in den Hüften, ihre langen weichen Haare flogen immer wieder in mein Gesicht und ich bekam das Gefühl, dass sie das mit Absicht machte. Sie lächelte nicht, sie schaute mich nur aus halbgeschlossenen Augen an und kam immer näher. Ohne nachzudenken fasste ich sie an den Hüften und schloss die Augen. Wir tanzten, jede für sich, und doch spürte ich, wie die Luft sich zwischen uns langsam auflud, ganz dick und schwer wurde die Luft und innerhalb meiner Lider schloss ich meine Augen noch einmal. Ich roch Charlys Haare, ihr süßes Parfum, den Rauch ihrer Zigarette. Ich stellte mir vor, mein Gesicht an ihrem glatten, glänzenden Kleid hinuntergleiten zu lassen, immer wieder von vorn wie eine Platte mit einem Sprung. Ich fühlte förmlich den kühlen Stoff auf meiner Wange.

Marc tippte mir auf die Schulter: »Picknick! Komm, Lisa, das Essen wird kalt!« Marc zog an mir, ich an Charly. Ben fächerte Koks vor uns auf. Strahlenförmig breiteten sich die Lines von der Mitte des Tisches aus.

Charly setzte sich neben mich, ihr Oberschenkel lehnte an meinem, mein ganzes Bein kribbelte. Ben gab jedem einen Strohhalm, überließ Marc den Vortritt und beugte sich dann selber über den Tisch. Dann lehnte er sich an die Wand und lächelte. Sein breites Gesicht wirkte ganz ruhig, als hätte er im Zentrum seiner Kokainsonne das Nirvana gefunden. Ich drehte einen gelben Strohhalm zwischen den Fingern.

Seit B hatte ich das verfluchte Zeug nicht mehr angefasst. Neben Ben lehnte jetzt eine ziemlich schöne Frau mit langen, schwarzblau gefärbten Haaren. Ich überlegte nicht lange. Hier war es anders. Hier kokste man mit kunterbunten Strohhalmen, nicht mit knittrigen Geldscheinen, das reichte mir. Als ich wieder auftauchte, kribbelte meine Nase, mein Bein kribbelte noch stärker, ich fühlte mich wunderbar. Marc hob beide Arme wie einer, der einen Kopfsprung vom Beckenrand macht, und tauchte wieder zwischen die Jungs.

Charly baute sich vor mir auf, wiegte sich in den Hüften, grinste herausfordernd auf mich herab. Ihr kurzes Kleid spannte an den Schenkeln, und ehe ich mich versah, fuhren meine Hände ihre Beine herauf, bis zu ihrer Unterhose, die glatt war wie ihre Schenkel. Charly lachte und beugte sich zu mir herab. Sie küsste mich leicht auf die Lippen und drängelte sich zwischen meine Beine.

»Wie kommt es, dass du mir bisher entgangen bist?«, flüsterte sie.

Federleichtes kleines Australien, Glimmer, Glitter und Glückslose auf der Straße, Plastiktüten, die sich im Wind drehen. Charly setzte sich auf meinen Schoß, schnappte sich einen Strohhalm und trug einen der Strahlen ab. Wir tanzten, fest aneinandergeheftet, unsere Hände in den Haaren der anderen vergraben. Es war kaum ein Zentimeter Platz zwischen unseren Körpern, und durch diesen winzigen Luftkorridor spürte ich ihren Körper noch stärker.

Neben uns knutschten Marc und Jonas, an die Wand gelehnt knutschten Ben und die Blauhaarige. Alle anderen knutschten wohl auch, aber ich wusste nicht, wie sie hießen, Nick tanzte, Linn war nirgends zu entdecken. Als Charly mich küsste, schloss ich die Augen und versank in ihrem Mund. Ihre Zunge so weich wie ihre Lippen, ihre Zähne so glatt wie ihre Haut.

Die Sonne auf dem Tisch verlor langsam ihre Strahlen, während ihre Schwester langsam über uns aufging. Die Häuser um den Hinterhof bekamen scharfe Kanten in der Morgensonne.

Charly wurde plötzlich sehr weiß im Gesicht, erbrach sich in die Rabatten und verabschiedete sich hastig, die Haare überall im Gesicht. Ich schlug mit den Flügeln und wollte nicht aufhören zu küssen.

Ben und Marc saßen auf der Gartenbank, tranken Caipirinha und blinzelten durch ihre Sonnenbrillen. Gerade, als ich mich neben Ben gesetzt hatte, kam die Blauhaarige zurück und setzte sich auf seinen Schoß. Ich lehnte mich an Bens Schulter, wir waren doch alle eine große Familie, oder nicht. (Themrock, die ganze Stadt liebt sich, die ganze Stadt vögelt, und ihre Schreie hallen zwischen den Fassaden der Neubauten.) Ich schaute den beiden beim Knutschen zu, ich hatte Lust, der Blauhaarigen über die Wange zu streichen. Unter ihrem Make-up entdeckte ich einen winzigen Pickel, ich musste mich beherrschen, ihn nicht auszudrücken.

Jonas war verschwunden, Marc legte Tom Waits auf und sang laut und röhrend mit. Ben verschwand mit der Blauhaarigen in der Wohnung, in einer Pause zwischen den Liedern hörte ich, wie eine Zimmertür knirschend abgeschlossen wurde.

Ein blonder Typ saß Marc auf dem Schoß und knabberte an seinem Ohr. Zwei andere Typen drehten die Musik wieder voll auf und rollten knutschend zwischen den Laubresten umher. Zwei Mädchen tanzten hastig, viel zu schnell für die Musik. Ich drehte mir eine Zigarette, als Ben und die Blauhaarige wieder in der Tür auftauchten. Ben gab ihre Nummer in sein Telefon ein, dann küsste sie ihn auf die Wange und verschwand.

Ben setzte sich neben mich, er wirkte plötzlich nüchtern.

»Du bist ein Arsch, Ben. Ein richtiger Arsch.«

Ben nickte müde.

»Kann ich mit zu dir kommen?«

Er schaute mich überrascht an, blinzelte fragend in die Richtung, in der die Blauhaarige eben verschwunden war.

Nur Kokain bringt einen dazu, sich sogar im Moment der Erniedrigung sexy zu finden, zu glauben, man sei irgendwie charmant in aller Unverfrorenheit und Jämmerlichkeit, zu glauben, dass darin eine eigenartige Kraft liegen könnte.

»Bitte!«, sagte ich. »Ich möchte heute nicht alleine schlafen.«

Ben zündete sich eine Zigarette an, las die letzte Line vom Tisch, nahm meine Hand und stand auf.

»Dann komm.«

Ich lief durch den gleißenden Morgen, das Gefühl von

Charlys Schenkeln tief in meinen Händen vergraben. Ich schürfte mir die Haut ab an all diesen Häuserwänden und Kreuzungen, an diesen immer schärfer werdenden Kanten.

Im Taxi lehnte ich mich an Ben, rutschte an seinem Oberkörper herunter auf seinen Schoß, roch die Blauhaarige an ihm und schlief ein.

Ich wachte erst auf, als Ben mich aus dem Taxi zog. Ich blinzelte in die klare Morgensonne, schaute auf das Meer, plötzlich ernüchtert.

Ich schaute Ben an, als das Taxi wieder anfuhr. Ich war kristallklar, sah Bens Umrisse gestochen scharf. Ich wurde furchtbar traurig.

»Ben, ich glaube, das war keine gute Idee. Ich fahr wohl wieder nach Hause.«

Ben nahm meine Hand. »Ist schon gut, Lisa. Wir sind beide etwas schräg drauf gerade. Mach dir keine Gedanken.«

Er strich mir die Haare aus der Stirn und lächelte mich an. Ich war müde und traurig. Aber darunter pulsierte immer noch die Euphorie des Kokains, dieses Gefühl, dass im Grunde alles ganz leicht war.

Ben schob mir den Rock über die Hüften. Ich nahm seine Hand und legte sie mir breit über das Gesicht. Ich legte meine Hand über seine, presste meinen Kopf tief zwischen die Kissen. Das Kissen schlug zusammen über meinem Gesicht, es roch nach Stärke.

»Es tut mir leid wegen neulich, Lisa. Ich hätte das niemals ausnützen dürfen.«

»Mir tut es auch leid«, sagte ich. »Du hast ja recht.«

Ich wollte nichts weiter, als dass Ben mich mit seinem ganzen Gewicht in die Matratze drückte. So fest, dass niemand hätte sagen können, ob da noch eine Frau unter ihm lag.

*

Als ich aufwachte, regnete es. Ben schlief. Ich schloss die Haustür. Ikarus, noch immer betrunken, kalte Füße in nassen Sandalen. Ich gönnte mir ein Taxi. Der Fahrer sah auch nicht besser aus als ich. Ich wünschte mir getönte Scheiben, damit ich nicht sehen musste, wie alles an uns vorbeiraste, der Kontrast zu meinem inneren Stillstand war einfach zu groß. Wir schwiegen aber recht freundschaftlich, wahrscheinlich teilten wir eine ähnliche Tristesse. »Das geht auf mich«, sagte er, als ich ihm ein paar zerknüllte Scheine in die Hand drücken wollte. »Ich muss mein Karma ankurbeln.« Ich schaute in sein unrasiertes, vergrämtes Gesicht, dieses Gesicht mit Tränensäcken wie Fausthandschuhe, das sich gerade aufgeschwungen hatte, das kleine Wunder von Surry Hills in den Staub zu zeichnen. Er schien keine Dankbarkeit zu erwarten. Ich entschied mich für ein respektvolles Nicken und ließ die Tür zart hinter mir ins Schloss fallen. Als ich die Haustür aufgeschlossen hatte, saß er immer noch da und schrieb mit Edding auf die Windschutzscheibe. Dann schlug er das Lenkrad ein und ging in den Rückwärtsgang. FUCK, las ich, als er wendete. Das Auto rollte die Straße hinunter, in sanfte Melancholie gehüllt.

Marc sammelte Zigarettenstummel vom Boden. Er war grau im Gesicht.

»Na, du wildes Ding«, sagte er.

Ich nahm die leeren Flaschen und schmiss sie in eine Kiste vor dem Haus. Ein paar Fruchtfliegen waren auf den vergorenen Melonenresten gestorben. Ich fragte mich, ob sie wenigstens einen schönen Rausch gehabt hatten.

»Charly war ja ziemlich gut drauf gestern«, rief Marc mir hinterher.

»Mmpfh«, machte ich und trug die Melonenreste mit den Verstorbenen in den Abfalleimer.

»Wie war's denn noch?«, fragte ich Marc.

»Mmpfh«, machte er, während er den Wischeimer mit Wasser füllte und ihn dann entkräftet sinken ließ. Wir kochten schwarzen Tee mit viel Zitrone, setzten einen großen Topf mit Maiskolben auf und spielten Memory. Marc hatte ein zauberhaftes Memoryspiel mit nackten Jungs, bei dem er immer gewann. Dann hockten wir schweigend auf der Couch, während die Wolken verschwanden und das Licht durch die Fenster fiel, so rein wie durch Gestein gefiltertes Wasser. Aber der Boden starrte vor Schmutz. Geschirr lag in Scherben. Unsere Haare waren fettig, es war alles unglaublich trist. Wir strichen Butter über die Maiskolben und salzten kräftig nach. Marc blätterte in einer Zeitung.

»Kind, melde dich krank, wir machen Urlaub.«

Ich ließ meine Gabel sinken und starrte Marc an.

»Was?«

»Melde dich krank, wir fahren in Urlaub, du siehst beschissen aus, zwei Wochen brauchst du mindestens.«

»Kannst du mir mal sagen, mit welcher Krankheit ich zwei Wochen krankgeschrieben werde?«

»Hepatitis zum Beispiel.«

»Super Idee, Marc, dann bin ich meinen Job gleich los!«

»Dann hat dich eben ein Hai gebissen.«

»Einen Haibiss sieht man, Marc, den kann man nicht vortäuschen.«

»Na, dann kündige halt, es ist sowieso ein scheiß Job.«

»Vergiss es Marc, vergiss es einfach!«

Ich aß auf und wusch unsere Teller ab. Maiskolben mit Butter und Salz machten uns normalerweise sehr glücklich, deshalb aßen wir sie immer dann, wenn uns eine unhaltbare und meist völlig unbegründete Melancholie packte. Zumeist versuchten wir einen anständigen Zeitraum lang, das alleine auszuhalten, sogar in den Griff zu bekommen. Aber meist trafen wir uns nach einer Stunde in der Küche vor dem Gemüsefach. Wenn keine Maiskolben da waren, mussten welche gekauft werden. Deshalb strichen wir uns tapfer die zerwühlten Haare hinter die Ohren, der erste Schritt in die Zivilisation, und gingen zu zweit die Straße hinunter. Das wirklich Furchtbare an solchen Tagen war, dass uns nur einsame und traurige Menschen begegneten, zumindest hielten wir sie für einsam und traurig. Ein Mann, der nichts außer einem Päckchen Butter auf das Band legte. »Oh Gott, Marc, ich halt das nicht aus«, flüsterte ich, aber Marc starrte schon mit rotgeränderten Augen auf die Frau, die vor dem Supermarkt Zigarettenstummel auflas und ganz runterrauchte.

»Vielleicht noch ein Video?«, fragte ich auf dem Heimweg, aber vor der Tür der Videothek lag ein alter Mann im Dreck, sein weißer Bart fing den Staub, Marc rannte fast. »Wie kannst du Filme gucken, wenn andere Menschen nicht mal ein Dach über dem Kopf haben?«

Wir starrten in das kalte gesalzene Wasser, rauchten eine Zigarette nach der anderen, es brauchte ewig, aber irgendwann kam der Zeitpunkt, wo wir uns zurücklehnten und uns anlächelten, mit Maissporen zwischen den Zähnen.

Dieses Mal war die Melancholie nicht unbegründet, sie war der Afterglow einer rauschenden Nacht. Marc hatte vorgesorgt und schon vor der Party Mais eingekauft.

»Ich kann jetzt nicht weg, Marc. Ich hab zu tun.«

»Na, was denn groß, außer Teller waschen?«

»Scheiße, Marc, krieg ich mal ein bisschen Privatsphäre? Ich hab halt zu tun.«

»Okay, tu, was du tun musst, in zwei Wochen fliegen wir, reicht dir das?«

»Marc!«

»Lisa!«

Marc legte sich auf den Rücken, zündete eine Zigarette an.

Nick rief an. Seine Stimme weich wie Sand. »Lisa, komm her, wir sitzen in deinem mysteriösen Café!«

In der Sonne wurden meine Kopfschmerzen fast unerträglich. Ich schleppte mich in den Drugstore und kaufte eine Familienpackung Panadol, im nächsten Kiosk eine eiskalte Cola.

Von Weitem sah ich das Schild des Oceanic Café. Ich war schon oft daran vorbeigelaufen. Ein heruntergekommener Laden, der eines gewissen Charmes nicht entbehrte. Ich kroch meinem Schmerz hinterher die Straße hinunter und nippte vorsichtig an der Cola. Einzig und allein mit meinem Kater beschäftigt, stolperte ich unvorbereitet in die Höhle des Löwen. Genauer gesagt, auf die Schwelle zur Höhle, dann begriff ich. Ich blieb wie angewurzelt stehen. In einer Ecke saß der Alte aus der Milchbar und sah mich an. Seine Hände lagen flach über der ausgebreiteten Zeitung. Eine Frau erhob sich von ihrem Platz vor der Durchreiche und kam direkt auf mich zu, als hätte sie mich erwartet. Sie erinnerte mich an einen nassen Vogel, ihr schwarzes, von grauen Strähnen durchzogenes Haar haftete an ihrem Kopf wie nasses Gefieder. Ihre Haut klebte eng auf den Knochen.

Ich legte meine Hand auf den Holzrahmen der Tür. Er war warm von der Sonne. Die weiße Farbe blätterte ab. Und ich dachte, dass es gut wäre, wenn auch dieser Moment wie alte Farbe von mir abplatzen könne, wenn ich mir den Staub von den Schultern wischen und mich auf dem Absatz umdrehen könne, einem völlig komplikationslosen Tag entgegen. Im Gegenteil. Dieser Moment nahm verdammt viel Raum ein, es war, als würde ich durch die Linse schauen und endlich das Bild scharf stellen. Bens linke Hand, mit dem tätowierten Schmetterling auf dem Gelenk, lag an der Tischkante. Seine schwarzen Haare glänzten im Neonlicht des blauen Schriftzugs. Oceanic Café.

An den Wänden hingen Schiefertafeln. In weißer Kreide war *Today's Special* darauf geschrieben. *Scrambled eggs with chips and bacon.* Die Tische und die altweiß gestrichenen Holzbänke waren am Boden festgeschraubt. Ich starrte diese Frau an, deren zerfurchtes Gesicht langsam in einem gewaltigen Lächeln auseinanderbrach. Wie Seewasser, das aus den Ritzen der zerschlagenen Eisdecke quoll. Sie breitete ihre Arme aus und ging Schritt für Schritt auf mich zu. Jede Bewegung schien ein Echo im Raum zu hinterlassen, das zwischen den Wänden hin und her schlug. *Driftet alles auseinander?* Wie hypnotisiert starrte ich auf ihre dicken Brillengläser, in denen sich das Licht der einzigen flackernden

Neonröhre spiegelte. Sie stand vor mir, faltete ihre Hände vor der Brust und legte sie mir dann auf beide Wangen.

»Lucy!«

Ich sagte nichts, starrte sie unverwandt an.

»Lucy, mein Gott, das gibt es ja nicht. Wir dachten, du wärst –«

Ich räusperte mich. »Tja«, krächzte ich. »Long time no see.«

Heute hatte mich ein Taxifahrer umsonst gefahren und seinem Überdruss mit poetischer Präzision Ausdruck verliehen, der Alte aus der Milchbar bekam eine fast inflationäre Präsenz in meinem Leben, es schien mir mehr als vernünftig, jetzt als 3 Millionen Jahre altes Relikt der Australopithecus afarensis durchzugehen. Außerdem war Lucy auch nicht so recht beisammen. Ich mochte emotional nicht mehr ganz beieinander sein, Lucy besaß nur noch 20 Prozent ihrer Knochen. Da war ich eigentlich recht gut dran.

Die Frau strahlte. »Komm rein, Lucy!«, sie griff mit ihrer dünnen Hand nach meiner. Ihre Haut fühlte sich an wie Papier. Unwillkürlich fuhr ich mit dem Daumen über ihren Handrücken. Ich hörte ihre Haut rascheln.

Kann man sich ein leeres Universum nur begrenzt vorstellen?

»Komm endlich rein«, sagte sie in einem Ton, der jede weitere Widerrede ausschloss, und zog mit erstaunlicher Kraft an meiner Hand. Ich stemmte meine freie Hand gegen das warme Holz des Türrahmens und schaute auf meine Füße, die auf dem Asphalt standen, vor der Schwelle, auf das graue Linoleum dahinter. Es war lächerlich. Ich verhielt mich wie ein Kind, das zum Zahnarzt musste. Dabei gewann die Mutter immer, das wusste man schon vorher. Irgendwann saß man auf dem Stuhl, völlig aufgerieben von der Diskrepanz zwischen den beruhigenden Worten des Zahnarztes und der stählernen Konzentration seiner Augen. Ich gab also nach. Die Kühle des Cafés strömte in mich ein wie ein Betäubungsmittel. Vor dem Tisch des Alten aus der Milchbar ließ sie mich los. »Jon, schau doch mal, wer hier ist.« Jon schüttelte nur leicht den Kopf und sah auf seine Hände, die noch immer auf der Zeitung lagen. Die Frau runzelte missbilligend die Stirn und tätschelte mir beruhigend die Wange. »Lass den alten Kauz. Er ist vor Sorge fast wahnsinnig geworden. Das ist jetzt alles ein bisschen viel.« Ich brachte ein einvernehmliches Lächeln zustande. Innerlich sprang ich im Kreis, sabberte und raufte mir die Haare.

Nick stand auf, ließ mich auf den Platz in der Ecke. Er rutschte nicht durch. Als wüsste er, wo ich sitzen musste.

»Mensch, Lisa«, flüsterte Ben. »Ist das nicht ein oberscharfer Laden? Bless me, I've got my camera.« Er holte seine Kamera aus der Tasche und nahm den Deckel vom Objektiv. Sofort stand die Frau neben unserem Tisch. Ihr Lächeln war verschwunden. Ihr hageres Gesicht zog sich streng um Mund und Nase zusammen, ihre Augen funkelten. Plötzlich sah sie wie ein Habicht aus, nicht mehr wie ein zerzauster Rabe.

»No photos!«, rief sie. »This. Is. My. Place!«

»Okay, okay!«, sagte Ben und fing an, seine Kamera wieder einzupacken.

»No photos!«, rief sie noch mal und deutete mit ausgestrecktem Zeigefinger auf Ben.

Ihre Finger waren lang und knochig, die Gelenke geschwollen, aber ihre Fingernägel waren glatt, rund geschnitten und schimmerten rosa. Wie die Fingernägel eines Mädchens. Ben hatte die Kamera im Rucksack verstaut, den Rucksack unter dem Tisch und zeigte seine nackten Handflächen.

Sie kniff die Augen zusammen und wedelte mit der Hand, als wollte sie eine Fliege verscheuchen.

»Raus!«, rief sie in ihrer brüchigen Stimme.

»Bitte, wir sind hier verabredet«, sagte ich.

Sie winkte resigniert ab, als hätte es keinen Sinn, mir etwas zu erklären, holte einen Block heraus und nahm unsere Bestellung auf.

»Ich hätte gerne Fish und Chips«, bat Ben.

»Fisch ist heute aus«, raunzte die Frau.

»Gut, dann nehme ich nur Chips«, lenkte Ben ein.

»Das geht nicht. Ich koche nur ganze Mahlzeiten«, wies die Frau Ben zurecht.

»Gut«, seufzte Ben, »dann nehm ich das Special.«

Die Frau notierte und schaute dann zu Nick.

»Ich hätte gern Spiegelei und Chips«, sagte Nick.

»Ich mache nur Rührei«, sagte die Frau. »Mit Speck, wie sich das gehört.«

»Aber ich bin Vegetarier!«, rief Nick anklagend, völlig unempfänglich für die bizarre Schönheit dieser Diskussion (Assignment 7: Recreate 3 Minutes of a Fresh Air Interview).

Die Frau sah zur Decke, bis er einlenkte.

»Also gut«, sagte er »scrambled eggs, bacon and chips.«

»Schön«, sagte die Frau, »das ist unser Special.«

»Und für dich, Lucy, das Übliche, ja?« Damit strich sie mir über den Kopf, nahm mein Gesicht in beide

Hände und schüttelte noch einmal glücklich den Kopf, dann schlurfte sie zur Durchreiche.

Ben und Nick starrten mich überrascht an. Ich zuckte nervös mit den Schultern und schaute auf die Tischplatte. Irgendwie nervte mich das alles ziemlich. Mochte sein, dass Jon und die schrullige Alte sich schmunzelnd die Hände rieben und hinter meinem Rücken die Schleifen an einem Überraschungspaket zurechtzupften. Mir war nach ein wenig Alltag und Liebe. Nach kurzer Zeit stellte die Frau drei Teller mit Rührei, Pommes und gebratenem Speck vor uns hin und knallte eine Flasche Wasser in die Mitte des Tisches. Dann setzte sie sich wieder und schloss die Augen.

»Ich muss das unbedingt mal googeln«, flüsterte Nick und schaute sich verstohlen um. »Total schräger Laden!«

Ich fand es immer wieder bezaubernd, wie Nick seine Welt anhand von Google kartografierte. Ich wartete auf den Zeitpunkt, an dem Nick und ich uns in einem Café in Italien verabredeten, Nick würde in Redfern hocken und ich in Surry Hills, die Telefonhörer ans Ohr gepresst, die Finger an der Maus, und uns über google street view langsam aufeinander zu bewegten. Hätten wir uns am verabredeten Standort getroffen, würden wir auf Panorama View schalten und den Blick auf den See genießen.

Ben strich sich die Haare aus dem Gesicht und stocherte in seinem Rührei herum. »Es tut mir leid, Lisa«, sagte er langsam und sah von seinem Rührei auf. »Ich war gestern Nacht nicht ganz in Form. Aber du kennst mich ja auch anders.« Der Satz schlug auf die Tischplatte, über Bande an meinen Tellerrand und rollte vor Nick aus. Ich beschäftigte mich damit, das kleine gemeine Funkeln in Bens Augen zu würdigen, bevor ich mich

Nick zuwandte. Nick schaute irritiert, aber mit dem distanzierten Blick eines Forschers auf den Schmetterling an Bens Handgelenk. Ben lehnte sich zurück und verschränkte lächelnd die Arme vor der Brust wie einer, der beim Kartenspielen gewonnen hatte. Wie einer, der immer gewann, einfach weil er die Ärmel schon hochgekrempelt hatte, während alle anderen noch gar nicht wussten, dass gespielt wurde. »Du kriegst ne Menge nicht mit, Nick. Ich frag mich wirklich, woran das liegt, Mann.« Nick sah Ben an, Ben schien immer breiter zu werden und Nick immer schmaler. Als gäbe es nur einen gemeinsamen Raum für beide, als säßen sie im Kino und müssten sich einen Platz teilen. »Linn hat Nick damals meinetwegen verlassen, Lisa«, sagte Ben, ohne mich anzuschauen. Er war damit beschäftigt, seinen Körper vor Nick auszubreiten. »Ich hab sie ihm nicht ausgespannt. Ich hab keinen Finger krumm gemacht. Aber Nick hat es einfach nicht drauf.« Nick starrte auf seinen Teller und begann zu essen. Ich ertrug das brave Klappern der Gabel nicht, das trockene Schlucken, als würde er nicht Rührei essen, sondern Kiesel. Ich ertrug die hängenden Schultern nicht, das höfliche Husten, als er sich verschluckte.

Ben blies uns Rauch ins Gesicht und drückte seine Serviette ins Rührei. »Trotzdem ist er derjenige, von dem sie nie loskommen. Ich frag mich wirklich, was hier eigentlich schiefläuft.«

Als Ben auf der Straße verschwunden war, blinzelte Nick ein paar Mal, als hätte jemand plötzlich das Licht angeschaltet, und lehnte sich zurück. »Er ist einsam, weißt du?«, sagte er und schaute mich direkt an. »Vergiss es einfach, Lisa. Aber es ist doch wirklich seltsam, dass der Typ aus der Milchbar hier rumhockt. Muss der nicht arbeiten?«

Offensichtlich wollte Nick das Thema wechseln und das war mir mehr als recht. Ich hatte einen furchtbaren Kater, ich hatte einen resignierten Liebhaber, der sich noch dazu als Verräter entpuppt hatte. Ich hatte mich in ein archäologisches Fundstück verwandelt. Mir war nicht nach emotionalem Finetuning.

Ich beugte mich zu ihm, fasste ihn am Arm.

»Da hast du es, das gibt es wirklich!«

»Ich habe nie behauptet, dass du eine Cafékulisse gebaut hast, Lisa.«

Ich lehnte mich zurück, schloss die Augen und atmete tief durch.

»Also los, gib sie mir schon!«

Nick grinste und holte einen Umschlag aus der Tasche.

»Zu verantwortungsvollen Händen«, sagte er und gab mir die Fotos zurück.

Ich musste nicht zahlen. So gesehen, lief der Tag wunderbar.

*

Marc übte Kopfstand. »Das hilft bei sexueller Abstinenz«, stieß er grimmig hervor. »Du kannst ja mal in die Vorwärtsbeuge gehen, Lisa, das verbrennt Bauchfett.« Marc konnte sehr pointiert verbal arbeiten, wenn er das Gefühl hatte, alleine zu leiden. Marc trank auch nicht mehr. Und das Gras hatte er mit großer Geste in der Spüle verbrannt. Aber Jonas' Nummer hatte er nicht gelöscht. Im Gegenteil. Einen großen Teil seiner Freizeit verbrachte er damit, Jonas' Spuren in Flirtforen im Netz nachzuverfolgen. Täglich verbrachte Marc lange Minuten in Trikonasana, der Dreiecksstellung. Sie sollte den Körper strecken. Hinterher stellte er sich an den Türrahmen und ich musste einen Bleistiftstrich über seinem Kopf setzen. Der Strich wurde immer dicker. Jonas stand auf große Männer, Marc war einen Zentimeter kleiner als er. Nach einer Woche radierte er den Balken aus und kaufte sich Schuhe mit Absätzen. »Wie Prince«, sagte ich. »Klein, aber schön.« Marc öffnete die Haustür und warf die Schuhe auf die Straße. Drei Tage später hingen sie mit zusammengeknoteten Schürsenkeln über der Telefonleitung. Das Zeichen dafür, dass in der Straße ein Dealer wohnte. Fluchend schleppte Marc den Wohnzimmertisch auf die Straße, stellte einen Stuhl obendrauf und angelte mit einem Besen nach den Schuhen. Dann stellte er die Dinger in den Hinterhof, füllte sie mit Erde und drückte mit verbittertem Gesicht Tulpenzwiebeln hinein. »Die wachsen jedenfalls, wenn man es ihnen sagt.«

Ich wünschte mir klein gefaltete Gedichte, durch das Fenster hineingeschossen wie Dartpfeile. Ich ging raus und spuckte kräftig auf die Straße, kaufte Zigaretten und Tabak. »Hast du eine Idee?«, fragte ich den Kiosk. »Ja«, sagte der Kiosk. »Spuck mal kräftig auf die Straße.«

Die Stimmung war also nicht die beste und meistens verzog ich mich in das Oceanic Café.

Es roch immer nach Bratfett und Kaffee. Ich schien solche Orte magisch anzuziehen. Auf dem Tisch stand eine Glasschale mit gewundenem Rand. Der Zucker war klumpig, ein paar Brocken schimmerten gelblich. Ich saß auf demselben Platz wie jeden Tag. Die Frau stellte eine

Tasse mit schwarzem Tee vor mich hin. Der Beutel schwamm oben, aufgeblasen wie eine Boje. Ihre Hand blieb einen Augenblick auf dem Rand der Untertasse liegen, am liebsten hätte ich ihr über die glatten Fingernägel gestrichen. Ich wagte nicht, nach Kaffee zu fragen, Lucy schien dünnen Tee zu favorisieren.

»Dankeschön«, sagte ich.

Sie nickte nur. »Armes Mädchen«, sagte sie wieder. Das schien ihr Kommentar dazu zu sein, dass »mein Onkel« sich weigerte, mich wahrzunehmen. »Du hättest dich aber auch mal bei ihm melden können, Mädchen.«

Ich hatte mich an ihr Mitleid gewöhnt. Ich fand sogar, dass sie recht hatte. Genau genommen war mein Selbstmitleid so groß, dass es spielend das ganze Café erfüllte. Der Raum war voll, wenn ich reinkam. Mein Schatten saß auf jedem Platz, raufte sich die Haare, warf sich auf den Boden und trampelte mit Händen und Füßen, kauerte sich unter den Tischen zusammen und greinte.

»Ist mein Dasein erfüllt mit Heiterkeit?«, zitierte Sudden Smith, ich steckte ihn mit dem Kopf voran in den Zuckertopf.

Nick rief an. »Nerv ich dich?«, fragte er, dabei waren es nur die Eisblumen, die mir auf der Zunge lagen. Ich blätterte.

»Liegt meine Seele auf Stroh?«, fragte ich ihn.

»Ach, Lisa.« Wir legten auf und ich seufzte ein wenig vor mich hin (to sigh, to whinge, to moan).

Manchmal saß Jon an einem Tisch auf der anderen Seite. Wir beachteten einander nicht. Selbst wenn Jon und ich die letzten Menschen in einer verwüsteten Welt wären, wenn wir gemeinsam auf einer Wanderdüne hockten und langsam über den Erdball geschoben würden, wir hätten uns nichts zu sagen. Ich würde mit ein paar Förmchen spielen, Sandburgen bauen und in aller Ruhe ein paar Kakerlaken zähmen.

Ich beachtete Jon also nicht. Er las Zeitung und faltete kleine Tiere aus den ausgelesenen Blättern. Ich trank Tee. Wir waren beschäftigt. Diese kleine Hölle aus Tee und Bratfett imprägnierte mich gegen Furcht und Unbill. Aber genau genommen stimmte das nicht ganz. Manchmal linste ich aus dem Augenwinkel zu Jon rüber. Ehrlich gesagt, bei jedem Schluck, den ich aus der Tasse nahm. Manchmal räusperte ich mich höflich, wenn Jon ganz versunken in Lektüre oder Faltangelegenheiten war, und wenn er hochschaute, warf ich mich in die Pose, die das Mädchen auf dem ersten Foto eingenommen hatte. Aber Jon sah mich nie direkt an. Ich war mir auch nicht zu schade, mir ein gepunktetes Kleid zu kaufen und meine kurzen Haare zu scheiteln. Manchmal summte ich *Lucy in the Sky with Diamonds* vor mich hin. Aber nichts passierte. *Bin ich durchsichtig?*, fragten mich Fischli & Weiss.

»Was passiert dort eigentlich?«, fragte Nick eines Abends.

»Oh, einiges. Jon hat einen Hasen gefaltet, eine Katze und ein Schwein.«

»Ich verstehe das einfach nicht«, sagte er.

Es dämmerte, die Luft wurde dichter. Ich war mir sicher, ich könnte mich jetzt einfach fallen lassen, auf dem Abendwind durch die Küche treiben. Das wäre zumindest eine gute Alternative.

»Ich habs gegoogelt!«

»Und?«

Nick hielt mir den Ausdruck hin: The Oceanic Café on Elizabeth Street, opposite Central Station, has an entirely different yesteryear aura. Its creamy white timber tables and booths date perhaps from the 1920s. The place hasn't had a coat of paint since the 1950s. Two seasoned staff, mother and daughter, serve up the never changing special. Scrambled eggs, bacon and chips. They don't talk much.

A fellow worker actually ventured into the Oceanic, feeling peckish for some fish and chips but (because he WAS wearing a tie) was refused service, being informed he wasn't »our type of customer«.

Außer dem Tee wurde mir neuerdings eine Suppe serviert. Sie war Taxi-beige. Das gab mir den Rest. Wenn nicht bald etwas passierte, würde ich hier festwachsen, Altersheim-Nahrung zu mir nehmend, und irgendwann würde ein Mann hereinkommen und mich wie ein vergilbtes Plakat von der Wand nehmen, zusammenrollen und in den Papiermüll verfrachten. Die Sonne brach sich in den blinden Scheiben.

Jon hatte einen Hasen aus dem Zeitungspapier gefaltet und breitete ein neues Blatt vor sich aus. Mein Telefon klingelte.

»Lisa, wo bist du die ganze Zeit?«, rief Marc.

»In einem Ufo.«

»Dann mach, dass du da rauskommst.«

»Einfach so auf die Milchstraße? Dafür bin ich nicht ausgerüstet.«

»Ich glaube, das drogenfreie Dasein tut uns nicht gut«, murmelte Marc und legte auf. Er hatte recht. Ich bestellte ein Bier. Unsere Abstinenz hatte noch nicht mal ein Kapitel gehalten.

Jon hatte papierene Tiere vor sich auf dem Tisch aufgereiht und die Hände voll Druckerschwärze.

Ich war gerade damit beschäftigt, mein gepunktetes Kleid in Form zu zupfen und zum dritten Mal *Lucy in the Sky* anzustimmen, diesmal mit einem leicht anklagenden Unterton, als Jon aufstand und ging. Eine halbe Stunde später rief Nick an. »Du wirst es nicht glauben«, flüsterte er kichernd ins Telefon. »Ich sitze gerade in der Milchbar, Jon hat eine Swingplatte aufgelegt und tanzt! Ich glaube, er weiß noch nicht mal, dass ich da bin.«

»Jon ist in der Milchbar?«, flüsterte ich ins Telefon. »Das kann nicht sein. Er ist hier. Im Oceanic Café.« Es war nicht wirklich gelogen, fand ich. Zeit spielte in diesen beiden Zeitkapseln keine nennenswerte Rolle. Im Hintergrund hörte ich Swing. Das war für eine Weile das Einzige, was ich hörte. Als Nick wieder etwas sagte, hörte er sich an, als wäre er aufgewacht, wollte sich die Augen reiben und da war nichts mehr. Das ganze Gesicht wäre von einer glatten, nackten Hautschicht bedeckt, konturlos. Proofed, still to proof. Was hätte ich darum gegeben, ihn jetzt sehen zu können.

Ich erschrak, als die Frau mir über den Kopf strich. »Ich habe Mora gesagt, dass du wieder in der Stadt bist, aber er will nichts davon wissen.«

»Mora?«, flüsterte ich. »Mora wohnt hier?«

Die Frau zuckte mit den Schultern und rührte in ihrem Tee.

»Tu doch nicht so, Lucy. Auch wenn er etwas seltsam geworden ist, er ist noch immer mein Sohn.«

Ich bezahlte meinen Tee und ging langsam zur Tür. Auf der Schwelle blieb ich stehen, bis ich ihre Hand auf meinem Rücken spürte. Dann rannte ich los, ganz plötzlich, als wäre ich eines von diesen Aufziehspielzeugen. *Muss man die Dinge nüchtern betrachten?* Ich rannte die

Elizabeth Street hinunter und dann den Hügel nach Surry Hills hinauf. Der Teer schien meine Füße festzuhalten, die Häuser rückten zusammen, *Ist meine Dummheit ein warmer Mantel?* Ich stolperte über einen Bordstein und schlug hin, meine Knie bluteten, ich heulte, *Was macht 42 mal 87?*

Als ich die Tür aufschloss, hörte ich Marc und Jonas vögeln. Ich schaltete den Fernseher an, es lief *Little Brittain*. Ich rollte mich auf der Couch zusammen, verfolgte mit halb geschlossenen Augen den Dicken im Rollstuhl, der seinen blassen Freund die Wohnung streichen ließ.

»What colour would you like?«, fragte er.

»Red«, antwortete der Dicke.

»But you don't like red.«

»Yeah, I know.«

»Now, what colour would you like?«

»Red.«

Der Freund strich die ganze Wohnung, während der Dicke ihm teilnahmslos zusah. Mit Schweiß auf der Stirn schaute er ihn schließlich stolz an.

»I don't like it«, sagte der Dicke.

Ich kicherte, dann weinte ich. Ich konnte gar nicht mehr aufhören. Ich heulte und schluchzte wie ein Kind. Oben hörte ich Marc und Jonas synchron zum Orgasmus kommen. Ich lächelte kurz, dann schlief ich ein. *Fällt beim Fernsehen ein matter Glanz auf mich?*

»Oh, du hast Mais gekauft«, weckte mich Marc.

Jonas saß auf dem anderen Sofa und fummelte an der Fernbedienung herum.

»Nein«, sagte ich. Ich wollte mit Jonas nicht teilen.

»Aber, ich sehe hier, lass mal sehen, eins, zwei, drei,

vier wunderschöne, leuchtend gelbe, knackige Maiskolben.«

»Das ist dein Problem«, sagte ich und ging ins Bett. Als ich in meiner Tasche nach Zigaretten suchte, legte sich mir eins von Jons Tierchen in die Hand, die Druckerschwärze färbte mir die Finger.

Das war 18 Stunden bevor ich Mora begegnete.

*

Ich strich Butter auf meinen Toast, Marc sang unter der Dusche. Auf dem Küchentisch lagen die abgenagten Grieben der Maiskolben. Ich fühlte mich wie jemand, der von zu Hause weglaufen wollte und aus der eigenen Straße nicht hinausfand, immer wieder vor der eigenen Haustür landete. Ich rauchte vier Zigaretten und drückte in jedem Grieben eine Kippe aus, dann griff ich entschlossen nach den beiden Fotos, das war 9 Stunden bevor ich Mora begegnete.

Ich stieg aus dem Bus, das Meer war ganz flach und ruhig, das Melograno lag schwer in der Sonne. Das war 8 Stunden bevor ich Mora begegnete.

Ich stritt mich mit dem italienischen Studenten, schraubte den Zimtstreuer auf und entleerte ihn vollständig in seinem Espresso, das war 6 Stunden bevor ich Mora begegnete.

Ich brachte Ben einen Kaffee und frisch gepressten Orangensaft, er folgte mir auf die Toilette, wir küssten uns an die Mauer gedrückt, er fuhr mir mit der Hand unters Kleid, schob seine Finger in meine Unterhose, ich kam schnell und fing an zu weinen, das war 5 Stunden bevor ich Mora begegnete.

Ich ließ einen Stapel Teller fallen und mein Chef schrie mich an, der Koch lächelte höhnisch, ich fing wieder an zu weinen, das war 3 Stunden bevor ich Mora begegnete.

»Was hast du, Darling?«, fragte der sanfte Dauergast, als ich ihm das Falsche brachte. Ich hockte mich neben ihn, legte meinen Kopf auf den Tisch und stellte mir vor, wie das Glas zersplitterte, wenn ich die Stühle hinauswarf, wie die Messer blitzten, die ich durch die Luft schleuderte, wie sich Schlangen auf meinem Kopf wanden, während ich meinem Chef den Kopf des Koches servierte, das war eine Stunde bevor ich Mora begegnete.

Von zwei Seiten liefen wir auf das Café zu. Ich näherte mich dem Café wie einem schlafenden Ungeheur. Mora hatte den schleppenden Gang eines Menschen, der lange nicht geschlafen hatte. Ich dachte an B, wie er durch den Sand vor mir herging, plötzlich mit dem Gang eines alten Mannes. Ich blieb stehen, während Mora im Café verschwand. Der heiße Asphalt schloss sich um meine Füße und trieb mich in das Café, als hätte er eine Unterströmung.

Ich setzte mich auf den freien Platz gegenüber.

»Hallo, Mora«, sagte ich.

»Hallo, Lucy«, sagte Mora tonlos und sah nicht auf.

Ich scharrte mit den Füßen und strich mir das gepunktete Kleid über den Beinen zurecht. »Der Lappen steht dir noch nicht mal«, hatte Marc gesagt. »Nenn mir einen Grund, warum ich den Anblick plötzlich täglich ertragen muss.« Ich hatte leise vor mich hin gesummt und mich in meiner plötzlich erlangten Transzendenz gesuhlt. Eine Frau brauchte für jeden Anlass ein Kleid. Eins für die

Liebe, eins für den Verrat, eins für die Einsamkeit und eines für die metaphysische Konstruktion, in die sich mein Leben gerade zu verwandeln schien.

Ich hatte nicht darum gebeten. Ich war nicht auf Knien durch die Straßen Sydneys gekrochen in der Hoffnung, auf ein bizarres Bild zu stoßen. Viel lieber hätte ich jetzt mit Marc in der Sonne gelegen, ein schaumiges Bierchen getrunken und Memory gespielt.

Stattdessen saß ich in einem heruntergewirtschafteten Café mit dem ebenso heruntergewirtschafteten Protagonisten meines Fotos und fühlte mich, als hätte jemand die Seite mit den Lösungen aus meinem Rätselheft gerissen. Wenigstens war Jon nicht da. Wahrscheinlich vergnügte er sich in der Geisterbahn. Mora war bleich und hatte tiefe Augenringe, die schwarzen Haare wirkten stumpf, die kräftige Hände waren mit aller Kraft auf das lackierte Holz gepresst, als wären sie Tiere, die man zähmen müsste.

Schließlich stand sie auf und ging langsam zur Tür, sah mich immer noch nicht an, aber der hölzerne und leicht zögernde Gang sagte mir, dass ich folgen sollte. *Wohin steuert die Galaxie?* Wir stiegen eine Treppe neben dem Café hinauf. Die Luft war so klebrig und dicht, dass ich das Gefühl hatte, sie mit den Händen teilen zu müssen. Ich hielt den Atem an, hier flog alles rum, 3000 Jahre, Mücken und Flusen aus dem Teppich. Die Sonne schlug auf die Fenster, hämmerte gegen die Mauern, in den Flur brach nur ein karger Rest davon, gefiltert durch die schmutzigen Scheiben. Vor einer Tür blieb Mora stehen und sah mich zum ersten Mal an. »Du erinnerst dich?« Eine tiefe, aber flache, irgendwie ausdruckslose Stimme.

»Ja«, sagte ich und wollte hineingehen. Stattdessen starrte ich Mora an, das Atmen fiel schwer, die Gerüche von Jahren hatten sich in diesem Flur abgelagert. Essen und Rauch, Katzen und Bier und dann auch noch Moras Haar. Dieses stumpfe Haar, das ich bürsten wollte, bis es glänzte, in das ich mich einwickeln wollte, es zwischen die Zähne nehmen, es um meine Finger schlingen, dran reißen, eine Hängematte draus bauen.

Wir gingen durch ein Wohnzimmer, das komplett aus weißer Spitze zu bestehen schien. Weiße Tischdecken, gehäkelte Überwürfe auf dem Sofa, durchbrochene Gardinen, Puppen, mit gestrickten weißen Kleidern. Es fühlte sich an, als würde mir jemand eine Tüllgardine über den Kopf werfen. Alles war plötzlich gedämpft und rein, aber auch ein wenig staubig. Erst auf den zweiten Blick bemerkte ich, dass die weiße Katze auf dem Fensterbrett ausgestopft war.

»Du erinnerst dich an Pumpkin? Poor old thing.« Die Katze folgte mir nicht mit den Augen, nein. *Soll ich Russland überfallen?*

Die Sonne spielte verrückt auf dem Bett. Es war gleißend weiß, die Fenster waren offensichtlich geputzt. Mora schloss die Tür, setzte sich vor den Spiegel, mied meinen Blick. Ich setzte mich aufs Bett und schaute in den Spiegel. Sie hatte die Zähne so stark zusammengepresst, dass das Kinn noch stärker hervortrat, umklammerte die Packung mit den Wattepads und trug Reinigungsmilch auf. Langsam sah ich das vertraute Gesicht aus der Schminke auftauchen. Die hohen kräftigen Wangenknochen, die vollen, weichen Lippen, die knochige Nase. Bei B war der Kontrast nie so groß gewesen. Aus einer Kanne goss Mora Wasser in eine Schüssel, schäumte das Gesicht ein und begann sich ganz glatt zu rasieren. Ich dachte an B, der sich den Bart immer mit Wachs entfernen lassen hatte. An seine feuerroten Wangen und dieses Lächeln, als hätte man ihm gerade einen schweren Rucksack von den Schultern genommen.

Ich hatte das alles so was von satt.

»Lucy«, sagte Mora plötzlich. »Es tut mir wirklich leid. Was hätte ich anderes tun können.«

»Ach«, winkte ich ab. »No worries. Schwamm drüber« Dann lachte ich so falsch und schrill, dass ich Angst um den Spiegel bekam. Es hätte mich nicht gewundert, wäre er gesprungen. Mora schrak zusammen und schnitt sich tief in die Wange. Das Blut rann über das Kinn und tropfte von dort auf ihre Brüste.

»Du hast dich kaum verändert«, sagte sie. Dabei ist es 20 Jahre her.«

»Du dich schon«, sagte ich.

»Alles Attrappe.« Mora legte ihre Hände über die Brüste, als könnte ich sie ihr wieder wegnehmen. Und tatsächlich fühlte ich mich betrogen. Von B, der meine Brüste nur angefasst hatte um sich besser vorstellen zu können, wie es wäre, selber welche zu haben. Von Mora, die sich weigerte, ein zerzauster Mann zu sein, der, nachdem er eine große Portion Rühreier, Speck und Pommes verdrückt hatte, um meine Hand anhielt.

»Weißt du, Mora, Titten und Kleider machen noch keine Frau«, sagte ich, bevor ich nachdenken konnte, einfach damit ich sie nicht packte und ein Taschentuch nach dem anderen aus ihrem BH zog.

»Lass gut sein, Lucy. Du hattest deine Rache«, murmelte Mora und bedeckte ihr Gesicht mit den Händen.

Nein, das fand ich nicht. Ich hatte meine Rache nicht

gehabt. B hatte sich verdrückt und mir war nichts geblieben, als den Boden zu wischen, die Topfpflanze wieder aufzuhängen und mich ins Bett zu legen und mich damit abzufinden, dass mein Bett kein Bett mehr war, mein Zimmer kein Zimmer mehr, ich hatte auf einer Eisscholle in einer Zelle gelegen und jeden Tag rückten die Wände enger um mich zusammen. Nein, zu Rache war ich noch nicht gekommen. Ich schob also meine Brüste vor und legte die Hand an meine samtweiche, bartfreie Wange. »Weißt du«, sagte ich, »Heißwachs hilft ganz gut. Die Bartstoppeln unter dem Make-up, das sieht doch ein wenig lächerlich aus.«

»Verdammt, Lucy!«, schrie Mora und riss ihre Hände vom Gesicht wie ein Pflaster. Sie betrachtete ihre Handflächen, als müsste ihr Bart dort liegen. Nach einer Weile wischte sie sich die Reste des Schaums aus dem Gesicht, holte tief Luft und schaute mich im Spiegel an. Im Kontrast zu den großen Brüsten und dem langen Haar wirkte ihr Gesicht noch markanter, noch männlicher. Auf unserem Foto sah ich aus, als wollte ich im nächsten Moment die Hand an ihre Wange legen, an seine Wange, als hätten wir eine lange Geschichte miteinander.

»Lucy«, flüsterte sie. »Was willst du? Warum gehst du nicht wieder?«

Ich schüttelte den Kopf, ich wollte einfach sitzen bleiben, bis wir uns aneinander gewöhnt hatten, bis sich die Ränder unserer Schatten in die Wand eingeschrieben hatten. Auch wenn unsere Schatten sich näher wären, als wir es jemals sein würden.

Ich hielt das Foto von der Milchbar am gestreckten Arm in den Raum. Als wäre ich ein Baum und wartete, ob Mora sich verführen ließe und den Apfel pflückte.

Ein Sonnenstrahl brach durch das Fenster und wirbelte Staub auf.

Mora nahm das Foto in ihre großen Hände, ihre Hände mit den großen Ringen, Plastikringe aus einem Kaugummiautomaten, rot und grün und blau und gold. Ihre Hände zitterten, sie drehte eine Pillendose auf und schluckte zwei bunte Tabletten, rot und grün. Dann schaute sie auf das Foto in der Milchbar.

»Ich war schon lange nicht mehr da«, sagte sie tonlos und irgendwie resigniert. »Nicht mehr seit –«

Dinge bestünden aus Subatomen, fluktuierenden, sich ständig ändernden elektrischen Ladungen, hatte Elias gesagt. Sie verfestigten sich erst, wenn man sie beobachtete. Ich schob das zweite Foto zwischen Moras Finger. Mochte ja sein, dass sie gleich schallend lachte, sich die Haare abschnitt, die Fummel vom Leib riss und mich auf das Bett warf. Ich fand eigentlich, dass die Hoffnung an sich ein ziemlich sadistisches Konstrukt war. Es wäre viel einfacher, alle viere von sich zu strecken und sich gemütlich einer Verwirrung hinzugeben, die so viele Schichten hatte, dass es einem schon wieder ein bizarres Vergnügen bereiten konnte. Aber ich verfolgte das Prinzip Hoffnung so verbissen wie einen abtrünnigen Geliebten. Ich hinterließ Nachrichten auf dem AB, ich schrieb Briefe, unterzeichnet mit einem Tropfen Blut, ich nahm jedes Schulterzucken, jede Verleugnung als Zeichen einer uneingestandenen, bitteren Liebe. Und auch wenn die Hoffnung mich immer wieder zurück in mein Weidenkörbchen stieß und mit einem Fußtritt den Nil hinunterschickte, ich hielt das Gesicht in die Sonne und lauschte dem sanften Plätschern, ernährte mich von dem fruchtbaren Schlamm.

Ich betrachtete Mora, als hätte ich eine Lupe in der Hand und das Lichtpult unter dem Negativ angeschaltet. Ich prüfte, wie ihr das Licht über die Schultern fiel, als wollte es sie streicheln. Ihre weißen Knöchel und die weichen dunklen Haare auf ihren Beinen, die grüne Seide ihres engen Rockes.

»Das Gegenteil von Transgender wird manchmal als Biomann und Biofrau bezeichnet«, raunte Sudden Smith, »meint also Menschen, deren Geschlechtsidentität mit ihrem körperlichen Geschlecht übereinstimmt; dies trifft auf die allermeisten Menschen zu.«

Das war ja herrlich, Mora konnte sich in Schale werfen und ich war dazu verdammt, Yogi-Tee zu trinken und Zimtsandalen zu tragen.

Mora starrte noch immer auf das Foto. Sie hielt es so dicht vor die Augen, dass es ihr ganzes Gesicht verdeckte. Sie schaute auf ihre zerwühlten kurzen Haare und das zerknitterte weiße Hemd, auf die unrasierten Wangen, die flache Brust und ihre Hand auf meiner. Mit Genugtuung beobachtete ich das aufkeimende Entsetzen in ihrem Gesicht.

Jemand bekam eine Faust ins Gesicht und lachte, jemand wurde von der Strömung hinausgetragen, jemand schrieb ein Gedicht an eine Wand.

»What the flying fuck?!«, schrie Mora, schmiss die Fotos in meinen Schoß und wich vor mir zurück. Ich starrte auf das Foto von uns, die selbstverständliche Nähe, die wir ausstrahlten, als könnte uns nichts etwas anhaben. Eine Liebe mit weit offenen Augen. Vielleicht war ich etwas zu weit gegangen. Aber ich fand, ich hatte alles Recht dazu. Ich war in meine Jugend hineingetapert, mit der naiven Annahme, die erwiderte Liebe gehörte neben dem Recht auf Bildung und Arbeit zu den sozialen Menschenrechten. Aber als ich B traf, war ich den Olymp hinuntergekullert, suchte in jeder Kaschemme nach meiner zweiten Hälfte, befruchtete unterdessen die Erde wie die Zikaden, und war mittlerweile wieder in meinem Teenager-Bravo-Fotolovestory-Status angekommen, in dem ich diesem Foto auf meinem Schoß mehr Glauben schenkte als der aufgebrachten Diva vor meinen Augen. *Missbrauche ich meine Macht?*

Ohne sich umzudrehen durchwühlte Mora die Schublade des Schminktisches in ihrem Rücken. Sie war so weit weg von mir, fast flimmerte sie am Horizont. Sie sah aus wie eine Mischung aus Diva und Cowboy. Fast erwartete ich, dass sie einen Revolver aus der Schublade ziehen würde, aber es war nur ihre Brille. Wieder streckte ich meinen Arm aus. Es war, als gäbe es einen Graben zwischen uns und nur mein Arm dürfe ihn passieren. Sie starrte auf das Foto in meiner Hand, ihr bleiches Gesicht färbte sich langsam dunkler, dann rückte sie die Brille auf ihrer Nase zurecht und kam langsam auf mich zu. Sie beugte sich zu mir herunter, bis unsere Nasen sich fast berührten. Sie bleckte die Zähne und fasste mich am Kinn.

»Du bist nicht Lucy!«, flüsterte sie.

Ich schwieg.

»Wer bist du?«, zischte sie.

Ich räusperte mich, schluckte, schwieg.

»Who the fuck are you?«, schrie sie mir ins Gesicht. »You fucking freak!« Ihr Speichel legte sich auf meine Lippen.

»Ich bin Lisa«, krächzte ich mit greiser Stimme.

»Lisa?«

»Ja, Lisa. Ich weiß nicht, wer Lucy ist. Ich –«

Ich schloss die Augen, als ich Moras flache Hand auf mich zusausen sah. Kurz wurde es ganz still, dann lag ich mit dem Gesicht in Moras weichen Kissen. Sie waren warm von der Sonne. *Muss ich mir den Kosmos wie Schaum vorstellen?*

»Raus«, flüsterte Mora.

Ich setzte mich auf. Der Staub sank, der Sonnenstrahl zitterte. Der ganze Raum schien leicht zu vibrieren. Wenn ich nur angestrengt genug darauf starrte, würden sich seine Konturen einfach auflösen. Währenddessen wurden Moras Umrisse immer schärfer. Ihre kräftige Hand auf ihrem Mund. Ihre dicht behaarten Beine unter dem kurzen Rock. Sie war furchtbar schön. Die Brüche, die durch ihre Erscheinung liefen, erinnerten mich an die rissige Erde eines Flussbettes.

»Was wäre, wenn ich ein Junge wäre?«, hatte ich B gefragt und gleich selbst geantwortet: »Wir wären uns vor einem halben Jahr begegnet und du hättest mich sofort begehrt und ich hätte dich sofort geliebt. Noch am selben Abend hätten wir miteinander geschlafen, du hättest schlafend in meinen Armen gelegen und am nächsten Morgen wärst du schon weg gewesen und ich hätte mich unter den Laken zusammengerollt und nachgedacht über den Unterschied zwischen Lieben und Begehren.«

»Aber du bist kein Junge.«

»Ja«, sagte ich. »Genau. Du hast ja auch keinen Rotwein verschüttet und der Fußboden ist dreckig, und wir sind betrunken, obwohl es noch früh am Tag ist und die Sonne scheint. Was sagst du dazu, B? Wäre so nicht alles schöner?«

»Raus«, flüsterte Mora. Mit den Augen fuhr ich ihre Umrisse nach, so oft, es hätte mich nicht gewundert, wäre eine gestrichelte Linie um ihre Schultern aufgetaucht und eine aufgemalte Schere.

»Raus!«, schrie Mora. »Raus!«, schrie Mora. »Raus!«

*

Ich stolperte. Ich stolperte gegen den Küchentisch, er war durchsichtig, hinter seiner schemenhaften, nebelartigen Existenz sah ich Mora. Ich rannte Marc um, er war durchsichtig, hinter seiner schemenhaften, nebelartigen Existenz schimmerte Mora. Ich ließ Teller fallen und in jeder Scherbe spiegelte sich Mora. Ich klaubte das Rührei und die gebratenen Tomaten vom Boden, mein Chef warf mir besorgte Blicke zu und schickte mich nach Hause.

Dunkle Wolken waren über dem Meer aufgezogen, schwer zogen sie über das Wasser. Ich zog meine Füße hinter mir her und setzte mich auf den Rasen hinter der Bushaltestelle. Ein Junge hielt ein Stück Brot in die Luft und die Papageien stürzten sich auf ihn, setzten sich auf Kopf und Schultern, das Lächeln des Jungen verzerrte sich zu einer panischen Maske. Seine Mutter rannte mich um, als ich gerade wieder aufstehen wollte. Als der Bus kam, konnte ich mich kaum noch bewegen. Selbst die Füße zu heben fühlte sich an wie der Versuch, die Erde antreiben zu wollen, sich schneller zu drehen. Der Riemen meiner Handtasche schnitt mir wie Glas in die Finger. Ich warf sie in den Mülleimer. Das Handy begann zu klingeln, als es auf dem Boden der Tonne aufschlug. Ich strich mir über das Gesicht, die Haut war ganz taub.

Ich hatte mir geschworen, Ben nicht mehr wiederzusehen. Aber als ich meine Haustür aufschließen wollte und seine Stimme hinter mir hörte, war ich so erleichtert, dass ich die Augen schloss und die Stirn gegen die Tür legte. »Wir sind ja jetzt legal, sozusagen. Da kannst du mich gut mal in deinen heiligen Hallen empfangen.« Ben nahm mir den Schlüssel aus der Hand und öffnete. Als ich mich umdrehte und mein Gesicht in seinem Hemd verbarg, kam es mir tatsächlich so vor, als hätte ich es niemals geschafft, selber die verdammte Haustür aufzuschließen. Ich sah ihn nicht an. Ich nahm nur seine Hand und ging mit ihm die Treppe hinauf. Ben trug keine Unterhosen, das wusste ich zu schätzen, als ich mich auf der obersten Treppenstufe niederließ. Und er war stark. Das wusste ich zu schätzen, als er mich aufhob, die Tür zu meinem Zimmer mit dem Fuß aufstieß und mich auf das Bett warf. Ich drehte mich auf den Bauch und ließ Ben über mich hereinbrechen wie ein Unwetter. Mir war nicht daran gelegen, mir die Kapuze über den Kopf zu ziehen und mir einen Unterstand zu suchen. Neben meinem Kopfkissen lag das Foto von Mora und mir und das kleine Papiertierchen von Jon. Ich zerdrückte es mit meinem Gesicht. Ben bog mir den Kopf zurück und biss mich in den Hals, und endlich spürte ich wieder, dass ich eine Haut hatte und unter der Haut Fleisch und Muskeln und Knochen waren und keine Geheimnisse, gar keine. Ich drehte mich um und legte beide Hände an Bens Wangen.

Es war dunkel, noch nicht mal die Sterne waren zu sehen, und als Ben mir an den Hals griff und leicht zudrückte, konnte ich sein Gesicht nicht sehen. Aber als er knurrte und kam, da spürte ich tatsächlich, wie ein ganzes verdammtes Firmament in meinem Schoß aufging und für einen Moment wurde es in mir ganz hell.

*

»Weißt du«, fauchte Elias. »Ich erwarte ja nicht, dass du dich täglich nach meinem Befinden erkundigst, aber monatlich wäre schon okay.«

Ich hatte keine Ahnung, woher die Stimme kam. Gerade hatte ich geträumt, dass mir Haare wuchsen am ganzen Körper und ich mit gebleckten Zähnen durch die Straßen lief, ein einsames, Lisa-förmiges Pelzmonster. Ich entschied mich, erst die Augen zu öffnen und dann zu antworten. Marc trat unruhig auf der Stelle, schaute auf die Uhr und hielt mir den Telefonhörer ans Ohr.

»Moin«, sagte ich. »Wie geht es dir denn?«

»Ach«, knurrte Elias, »Meine letzte große Liebe ist mit der Stereoanlage und meiner EC-Karte abgehauen, Luise hat einen Malkurs begonnen und schenkt mir jede Woche ein Bild. In Pastell, Lisa. IN PASTELL. Wir hatten einen Wasserrohrbruch, meine Bücher sind völlig durchnässt und ich hatte Besuch von der Polizei, die haben den ganzen Garten mit der Sense bearbeitet. Also, nichts weiter. Alles klar, eigentlich.«

»In Pastell?«

»Afrikanische Impressionen auf DIN A 4.«

»Oh Gott, du armes Ding. Warum –«

»Lisa«, unterbrach mich Marc mit einer Stimme, die an Honig auf verbranntem Toast erinnerte. »Würde es dir etwas ausmachen, den Telefonhörer selber zu halten. Nicht, dass es mir nicht eine Ehre wäre, dem Gespräch zwischen dir und Elias zu dienen, aber –«

Ich schälte meine Hand aus der Bettdecke, Marc rannte die Treppe runter.

»Ich bin übrigens eine Biofrau, wusstest du das?«

»Natürlich Lisa, das Gegenteil von Trans –«

»Schon gut. Wenn du so viel weißt, hast du ja vielleicht noch ein paar andere Erklärungen für mich, Mister Wiki.«

Ich führte einen halbstündigen Monolog, getränkt in Adjektiven, nur unterbrochen von erst aufgeregten, dann immer betreteneren Ausrufen von Elias. Ich log nur ein wenig. Einfach um die ganze Sache etwas zu unterstreichen. Im Grunde tat ich nicht mehr, als noch ein paar Akzente zu setzen. Am Ende schwiegen wir erschöpft.

»Die spinnen, die Australier«, sagte Elias schließlich.

Ich hatte etwas mehr erwartet. Eine quantenphysikalische Erklärung der Absurdität des Zeitbegriffes und ein lächelndes Abwinken bei meinem Beharren darauf, dass eine Person zur selben Zeit nur an einem Ort sein kann. Bei Elias hörte es sich immer so an, als könnte alles überall und zu jeder Zeit gleichzeitig sein.

»Verdammt, da geht es um TEILCHEN, Lisa. Nicht um PERSONEN.«

Wir kamen nicht so recht weiter.

»Und was soll ich jetzt machen?«

»Kleb die Fotos ins Familienalbum. Dann hat Luise wenigstens die Illusion einer funktionierenden Beziehung eines ihrer Sprösslinge. Und lass Mora in Ruhe. Die kann da nichts für. Und dann trinkst du ein paar Bierchen, grillst ein paar Kängurus und machst dich endlich an Nick ran.«

Der vorletzte Teil des Planes war einfach, Nick hatte zu einem Barbecue geladen, wenn auch zu einem vegetarischen. Am frühen Abend wanderten Marc und ich die Crown Street hinunter, im Rucksack ein paar Frikadellen versteckt, die wir zwischen die Maiskolben und gegrillten Auberginen schmuggeln wollten. Ein paar andere hatten dieselbe Idee gehabt, das Gemüse lag begraben unter ausladenden Kängurufladen. Die Homezone war geschlossen. *Too warm for art* stand über die Wände geschrieben.

Nick hatte Mars einen Luftballon auf den Panzer geklebt. Neulich war er verschwunden gewesen und Ben hatte ihn vor dem Redfern Shopping Centre wieder aufgelesen, gerade als eine ältere Dame ihn in ihrer Handtasche verstauen wollte. Ich klebte auch Sudden Smith auf seinen Panzer. Ich wollte mich heute weder mit unerfüllten Sehnsüchten herumschlagen noch mit Schlimmerem, ich wollte Bier trinken und Känguru essen und meine Nase in die kräftige Abendsonne halten. Daraus wurde nichts. Nick schlug sich neben mich, mit dem unbeholfen-zivilen Gestus eines Kaufhausdetektives.

»Und? Was gibt's Neues?«

Ich seufzte, trank ein halbes Bier in einem Zug, zündete mir eine Zigarette an, schob die Sonnenbrille zurück und bedachte Nick mit einer eindringlichen Zusammenfassung der letzten Tage. Auch die wundersame Verdopplung Jons beleuchtete ich in verschiedenen Winkeln. Nick knabberte mit aufgerissenen Augen an einem Maiskolben. Als ich fertig war, sah er zum ersten Mal so aus, als bräuchte er eine Zigarette. Und ich, so knietief ich auch im Schlamm steckte, nahm mir einen Moment Zeit, die verschiedenen Blondtöne seines Haars zu bewundern, welche die Abendsonne gerade herausarbeitete wie ein Starfriseur. Ich gehörte nicht zu den Menschen, die immer gerade etwas Wichtigeres zu tun hatten, wenn es um die Liebe ging. Für die Liebe setzte ich mein Haus in Brand und wischte mir lächelnd die Asche aus dem Gesicht. Ich warf meine Autoschlüssel in den Gully (ich besaß kein Auto) und buddelte ein hübsches kleines Grab für meine Kamera (nicht dass mir das zurzeit nicht ohnehin leichtgefallen wäre). Erst als ich Nicks Schopf mit meinen Blicken abgegrast hatte wie eine hungrige Kuh, wandte ich mich wieder meinem Bier zu. Und es hätte mir auch gereicht, all diese Farben in aller Ruhe durch meine sieben Mägen zu schicken und dabei ein Nickerchen zu machen, aber allmählich hatte Nick sich wieder gefangen.

»Es muss ein Kunstprojekt sein!«, rief er mit dem Weihnachtsbaum-und-viele-Geschenke-Gesichtsausdruck, den er immer bekam, wenn er von Kunst sprach. »Ich meine, die beiden Läden sind schon bizarr genug. Ich hab mir immer gedacht, dass da was anderes dahinterstecken muss. Das hätte ich den Leutchen gar nicht zugetraut.«

»Ach so«, rief ich und schlug mir mit der Hand gegen die Stirn. »Silly me!«

Nick seufzte.

»Was soll ich jetzt machen?«

»Mora ist die Spur. Da bleibst du dran.«

Ich bedauerte es ziemlich, jetzt nicht meinen Kragen hochschlagen und eine Pfeife anzünden zu können, ich zog mir stattdessen das Kleid über die Knie und drehte eine krümelige Zigarette. Nick hatte sich entschlossen, den Watson nicht zu übernehmen. *Wird man mir alles in die Schuhe schieben?*

Der Rest des Abends verlief ziemlich normal. Ich bewunderte Ben, der mit nacktem Oberkörper dicke

Holzscheite für ein Feuer zusammentrug, ich fuhr Nick über den Rücken, immer wenn er an mir vorbeiging, ich legte mich neben Mars ins Gras und sang ihm ein Liedchen, ich betrank mich fürchterlich und fragte Marc mindestens neunmal mit angstverzerrtem Gesicht, ob er sicher sei, dass die Sonne wirklich, wirklich wieder aufgehen würde, und beschloss, in Nicks Garten zu nächtigen, um zumindest die Sterne im Blick zu behalten.

*

Der Türknauf war warm und leicht klebrig. Ich klappte den Kragen hoch und zog mir den Hut in die Stirn. Marcs Trenchcoat war der perfekte Panzer für meinen Auftrag, nur dass er zu warm war. Das weiße Hemd klebte mir an der Haut. Der Hut machte das Ganze auch nicht besser. Mit der linken Hand fuhr ich über die abgegriffenen, schmutzigen Stellen an der Tapete.

Ich drehte den Knauf, öffnete die Tür und schaute Mora direkt in die Augen. Als hätte sie auf mich gewartet, saß sie auf der Bettkante, die Hände lagen auf ihrem Schoß. Als ich langsam auf sie zuging, schlug der Teppich Wellen, blies der Wind die Vorhänge auseinander, es war alles bestens, wir waren im Auge des Orkans.

»Hast du was vergessen, oder was?«

Ich sagte nichts. Ich schwieg. Ich schwieg so tief aus meinem Körper heraus, dass die Luft um mich hart wurde wie Glas. »Noch mal«, hatte B gesagt, und ich hatte mein Gesicht an seinem Hinterkopf verborgen und meine Haare über seinem Kopf ausgebreitet. B wurde dann ganz still, so still wie man ist, wenn man sehr zufrieden ist. Er ordnete mein Haar über seinem Kopf und dann kicherte er. Als ich ihm die Fotos von uns geschenkt hatte, verzichtete er auf diese schlichten Vergnügungen. Er begnügte sich damit, über die Oberfläche des nackten B-Lisa-Wesens zu streichen.

Mora trug ein schlichtes schwarzes Kleid und leichtes Make-up. Die Haare hatte sie hochgesteckt.

»Ist das für dich normal? Bei fremden Damen reinplatzen und sie anstarren?«

Ich beschränkte mich darauf, an meinem mitgebrachten Coffee-to-go (schwarz) zu nippen und den Zeigefinger an die Nase zu legen. *Soll ich mich der Forschung zur Verfügung stellen?*

Irgendwie fand ich die behaarte Mora eindrucksvoller als diese aparte Schönheit, die jetzt vor mir saß. Mora mit ihrem Rock und den kräftigen, behaarten Beinen strahlte eine Schönheit aus, die wehtat, die einen schmerzhaften Riss durch meinen Körper laufen ließ. Es war eine Schönheit, zu der man Stellung beziehen musste, die man nicht einfach mit den Augen konsumieren konnte.

»Hallo? Jemand zu Hause?«

Ich schüttelte den Kopf. Ich war damit beschäftigt, Moras Alter zu schätzen. Mitte dreißig, vielleicht Ende dreißig, wenn man das Make-up abzog. Außerdem war es als Ermittler nicht meine Aufgabe, zu reden. Meine Aufgabe war es, zuzuhören. Ich sammelte Indizien. Jede Kleinigkeit konnte bedeutsam sein. Leere Teller lagen neben dem zerwühlten Bett (1), Zigarettenkippen (2) schwammen zusammen mit Resten von Rotwein in Kaffeetassen (3).

Theorie: Mora hatte seit meinem letzten Besuch das Zimmer nicht verlassen.

Schlussfolgerung: »Das Chaos ist ein Zustand vollständiger Unordnung oder Verwirrung und damit der Gegenbegriff zu Kosmos, dem griechischen Begriff für Ordnung«, zitierte Sudden Smith.

»Ich muss zur Arbeit«, sagte Mora heiser, als hätte sie lange geschwiegen. Und tatsächlich war mir in dem Moment, als hätte nie jemand von uns etwas gesagt, als wären dies die ersten Worte, die sie an mich richtete, ein lange gereifter Beschluss. Als hätte es auch eine andere Möglichkeit gegeben. Sie stand auf und löste sich mühsam vom Bett, mit einem kleinen Ruck zum Schluss, ich musste an das Geräusch denken, das Äpfel machen, wenn man sie pflückt, und an das Erzittern, das durch den Baum geht, an das zupfende Geräusch, das Radieschen machen, wenn ihre Wurzeln reißen (1).

»Lass mich in Ruhe, Mädchen«, sagte Mora. »Wer immer du auch bist. Hier gibt's nichts für dich. Hier gibt's noch nicht einmal etwas für mich. Ich hab lange genug gesucht. Hier, schau.« Sie hob das Laken hoch und zeigte mir die blanke Matratze. »Nix als Flöhe für Mora. Willste einen abhaben?« Sie machte einen Kussmund und lockende Handbewegungen Richtung Matratze. »Komm, hopp, gib der stummen Tante einen Kuss!« (2) Mora griff ihre Handtasche. Ich griff mir die halbvolle Flasche Wein und zuckelte hinter ihr die Straße hinunter.

Theorie: Die Zielperson leidet unter Lethargie und Flöhen.

Irgendwie packte ich die ganze Sache nicht richtig an. Ich schlenderte columboesk hinter Mora her, gab mir alle Mühe, meiner Haltung etwas Grüblerisches zu geben, es existierten aber keine Gedanken in meinem Kopf, die ich gekonnt hin und her schieben konnte. Mein

Gehirn glich den deutschen Bahnstrecken im Spätprogramm.

»Hat man dich ausgesetzt oder was?«, unterbrach Mora ungeduldig meine Gedanken zwischen Wildeshausen und Delmenhorst.

Ich dachte an den Mülleimer mit meinem Telefon und dem sonstigen Kram, aber das war so pathetisch, dass ich den Gedanken sofort wieder strich. Pathetic hieß nicht pathetisch. Ich benutzte es immer falsch. Pathetic hieß mitleiderregend. Ich hatte mitleiderregend schon ausgestrichen im Wörterbuch und dramatisch, emotional danebengeschrieben.

An einer roten Ampel verharrte ich geduldig neben Mora. Sie schaute zum Himmel und seufzte tief. Ich dachte an den Japaner, der seine Irrwege durch die Stadt gezogen hatte, mich auf den Fersen. Ich schaute auch in den Himmel (ziehende Vögel, wolkenartige Pfeile, Bruce Willis in einem fliegenden Taxi?). Ich hatte keine Ahnung gehabt, dass mich mein Karma noch im selben Leben einholen würde. Vor einem Tattooladen blieb Mora endgültig stehen und drehte sich mit einer ironischen Verbeugung zu mir um.

»Es war herrlich, so ungezwungen mit Ihnen zu plaudern, jetzt muss ich mich leider empfehlen.«

Sie nestelte in ihrer Handtasche, holte einen Schlüssel raus und schloss die Tür auf. Ich wandte mich leicht ab, als ob ich gehen wollte, legte den Finger an die Nase, drehte mich mit einem unschuldigen Lächeln wieder um und holte aus zum entscheidenden Schlag. Ich deutete mit zusammengekniffenen Augen auf Mora und schaute sie schräg von unten an. Aber die entscheidende, brillante, weil so belanglos klingende Frage fiel mir nicht ein.

Ich stand schwitzend am Ende der Oxford Street vor einem drittklassigen Tattooladen (1) mit blinden Scheiben, dem tristesten aller Orte, der plötzlich das Potenzial hatte, zum Schauplatz eines schillernden Mysteriums zu werden, der Hut juckte auf meiner verschwitzten Stirn, und mir fiel keine einzige Frage ein. Ich war eine Schande für die Columbo-Episoden 1 (1968) bis 69 (2003) und für alle 5 deutschen Synchronstimmen.

»Darling, das ist eine Stadt voller Freaks, du hast das Wort nicht erfunden. Du nimmst jetzt dein komisches Foto und trollst dich. Du bist hier an der falschen Adresse. Meld dich bei Crimewatch (2), aber lass mich in Ruhe.«

»Crimewatch ist das britische Pendant zu Aktenzeichen XY«, soufflierte Sudden Smith. »Nach nur 17 Jahren erfolgreich nach England verkauft.«

Ich hockte mich auf die Straße, lehnte mich gegen die kühle Mauer des Tattooshops und trank den Wein aus.

»Sie ist Tätowierer und schaut Crimewatch«, bot ich Sudden Smith meine Theorie dar.

»Das hast du scharfsinnig kombiniert«, gähnte Smith.

Als Mora sechs Stunden später den Laden verließ, war ich immer noch da, aber sie sah mich nicht. Ich saß in einem Internetcafé gegenüber, den Hut ins Gesicht gezogen, die Hemdsärmel lässig aufgekrempelt. Ich hatte Mora gegoogelt. Bei Wikipedia wurde ich fündig: In der Phonologie war Mora eine Maßeinheit für das Silbengewicht (1). In Kamerun, Portugal und Schweden war Mora eine Kleinstadt (2). Mora war eine Baumsorte (3), eine Kriegseinheit der Spartaner (4), ein Hersteller für Mischbatterien (5), Mora bedeutete Verzug (6). Mora konnte anscheinend alles sein, das hatte ich mir irgendwie schon gedacht. Ich trank eine Cola nach der anderen. »Ich muss mal«, sagte ich zu dem müden Cafébesitzer.

»Nee, ham wa nich.«

»Geht aber nicht anders, ehrlich.«

»Hinten im Schuppen, aber pass auf«, knurrte er. Ich verengte die Augen zu konzentrierten Schlitzen und warf mich direkt hinter der Tür an die Wand, den Raum im Weitwinkel abscannend. Die Toilette stand an der Rückwand eines riesigen Lagerraumes, in dem hauptsächlich Computer, Telefone, Getränkekisten und Süßigkeiten in Kartons gestapelt waren. Alles vernetzt von Spinnweben, auch die Toilette. Ich traute mich kaum, den Deckel hochzuklappen, wer weiß, was dabei zum Vorschein kam. Und es war dann auch nicht gut, aber jedenfalls gab es keine Schlangen oder Ratten. Als ich zurückkam, starrte mir der Besitzer angestrengt entgegen, als wäre er tatsächlich um meine Gesundheit besorgt gewesen.

»Ich brauch n Telefon«, sagte ich.

Der Typ warf lange Blicke durch das Café, dann langte er unter den Ladentisch und breitete fachmännisch drei Modelle vor mir aus.

»Prepaid?«, fragte ich.

Er schob mir das Mittlere zu. Es war rosa und mit Strasssteinen besetzt. Als ich bezahlt hatte, entspannte sich sein Gesicht. Er war wohl doch nicht um meine Gesundheit besorgt gewesen. Und mein Auftritt als abgehalfterter Privatermittler hatte die Sache nicht besser gemacht. Aber jetzt war ich Teil des Deals, er hatte nichts mehr von mir zu befürchten.

Ich mühte mich mit dem Menü des rosa Glitzerdinges rum und ignorierte Sudden Smiths bissige Bemerkungen, bis Mora aus dem Laden trat und ein heftiger Regen einsetzte. Ich bezahlte eine Menge Internetgebühren und lief ihr hinterher. Periculum in mora: Bei Ausbleiben sofortigen Einschreitens droht Gefahr!

Ich sah ziemlich scheiße aus, als ich im Stonewall ankam, die Haare nass, trotz Hut, der Mantel hing an meinen Schultern wie eine Elefantenhaut, meine Sandalen hinterließen breite Spuren.

»Du siehst ziemlich scheiße aus«, begrüßte mich Marc freundlich und hielt mir ein riesengroßes Bier hin. Ich fiel ihm um den Hals. Marc war mein Fixstern, Marc hatte für alles eine Erklärung, nur fragte ich ihn nie. Seine Gegenwart allein beruhigte mich. Ich pustete und Schaumwölkchen stoben auf, legten sich auf seine sorgfältig frisierten Haare.

»Ich bin jemandem gefolgt«, raunte ich in meiner Sesamstraßen-heydu-willstdueinXkaufen-Stimme.

»Du bist nicht wegen mir hier?«, rief Marc viel zu laut.

»Psst!«, zischte ich. »GENAU! Ein glücklicher Zufall.«

»Du nennst es einen glücklichen Zufall, wenn du mir schreibst, ich solle SOFORT ins Stonewall kommen?«

»Naja, ich konnte das Ziel erahnen. Aber du warst ja eh schon hier, also ein glücklicher Zufall.«

Marc seufzte und bestellte mehr Getränke. Es schien die einzige Lösung zu sein. Unsere Straße war von Bier gebuttert und von Joints gesäumt, eigentlich waren wir unschuldige Tierchen, Marc und ich, die am glücklichsten waren, wenn sie diese Straße runterrodelten und an den Bäumen und Blumen schnupperten.

»Lisa, warum um Himmels willen läufst du Mora hinterher? Das ist nicht deine Liga.«

»Marc, nicht so laut«, raunte ich wie ein Bauchredner hinter unbewegten Lippen.

»Was ist denn los mit dir?«, flüsterte Marc und wir starrten beide auf den Tresen, als gäbe es dort mehr als meine Zigaretten und die Schlieren, die der schmutzige Wischlappen des schönen Barkeepers hinterlassen hatte. Das letzte Mal musste er nur Nicks Lächeln aufwischen, das ich in den Tresen gezeichnet hatte, heute war es Columbo Reloaded. Ich hatte mich nicht gerade verbessert in der Auswahl meiner Sorgen.

»Das verstehst du nicht«, sagte ich schließlich.

»Schön. Dann kann ich ja gehen.«

»Du warst eh schon vorher hier.«

»Stimmt. Nimm wenigstens den blöden Hut ab.« Das war ein Deal.

Dann tranken wir ein wenig weiter, während die Ratten auf den überirdischen Telefonleitungen umherliefen und der Regen alles in einem besseren Licht darstellte, zumindest die Autos glänzten jetzt unter den Straßenlaternen.

»Hallo, ihr beiden Hübschen!«, rief Charly mit ihrer tiefen weichen Stimme und stellte sich neben Marc, auf die lisaleere Seite. *Soll ich der Welt gegenüber mein Interesse zeigen?*

»Hallo, Charly«, sagte ich und rollte so schnell wie möglich eine perfekte Zigarette. Sie trug ein rotes, gerade geschnittenes Plastikkleid, das bei jeder Bewegung knisterte und steif an ihrem Körper herunterfiel.

Marc stand auf, legte seinen Arm um meine Schulter, wand sich elegant an mir entlang und setzte sich links von mir auf die charlyleere Seite.

Ich versenkte mein Gesicht in ihren Haaren. Charlys Kleid knisterte unter meinen Händen und übertönte alles, nur nicht Moras Stimme, die nach einem weiteren Getränk rief.

Charly fuhr mir durch die Haare. »Du meinst das nicht ernst«, sagte sie lächelnd. »Du meinst gar nichts ernst.«

»Und du?«, fragte ich. »Bist du so anders?« Ich hielt sie fest, grub meine Lippen in ihren Hals. »Was ist der Unterschied?«

Ich schaute Mora an, während Charly mich von hinten umarmte, ich sah, wie Mora an ihrem Glas nippte und den Kopf nach hinten legte und den Whisky ihre Kehle hinunterlaufen ließ, als wäre sie ein Vogel und könnte nicht schlucken. Ich sah, wie ihr Blick an der Discokugel haften blieb, als erwartete sie, das schillernde Ding könnte ihr auf den Kopf fallen wie eine Sternschnuppe, und bevor sie stürbe, könnte sie sich schnell noch etwas wünschen.

Ich dachte daran, wie B immer eine abgenuckelte Zahnbürste aus der Manteltasche geholt hatte, wenn er bei mir übernachtete, wie ich auf diese Zahnbürste wartete, als er bei mir einzog, wie er stattdessen eine neue Elmex aus der Verpackung schälte und auf die Ablage legte; und ich wusste, dass seine Zahnbürste mit den Tabakkrumen zwischen den Borsten in seiner Manteltasche weiterlebte; dass seine abgenuckelte Zahnbürste nie mir gehört hatte; daran dachte ich, als Marc zu Mora ging und Charly meinen Kopf in den Nacken bog und mich küsste. Charly küsste mich, als Mora zu betrunken war, um Widerstand zu leisten; Charly küsste mich, während Marc sich über die Bar lehnte und Bestellungen ausrief, und Charly küsste mich, während Mora sich setzte.

Behutsam pflückte Marc Charly von meinen Lippen und sie löste sich widerstandslos wie Obst, das man aus der Schale nimmt, nicht vom Baum.

Als ich die Augen öffnete, sah ich auf Moras Hände, die gefaltet neben mir auf dem Tresen lagen.

Locker gefaltet. Ein Glas passte noch dazwischen.

Der Raum drückte uns an seine schwitzigen Silikonbrüste, als Mora einen weiteren Vogelschluck von ihrem Whisky nahm und mir eine Zigarette hinhielt.

»Im July 1969 beleidigten Polizisten während einer Razzia im Stonewall Inn, New York, die Gäste und setzten sie vor die Tür«, füllte Sudden Smith elegant die Stille. »Die aufgebrachten Gäste verbarrikadierten die Tür und schlossen die Polizisten im Club ein. Der Aufstand dauerte drei Tage.« Mora und ich schwiegen und malten Muster auf den Tresen. Whisky zu trinken war eine recht gute Alternative. Moras Wangenknochen schimmerten im Licht der Discokugel. Der straffe Haarknoten zog ihre Augenwinkel nach oben. Es war gut, die Lichtreflexe auf Moras schwarzem Haar zu betrachten und meine Nase im Glas zu spiegeln. Das reichte mir erst mal.

Aber irgendwas musste ich sagen. Irgendeine kleine, belanglose Bemerkung musste ich in den Raum werfen. Ein Satz, der mir einen lässigen, aber interessierten Anstrich gab. Ich räusperte mich: »Mora? Hast du eigentlich einen Schwanz oder –?« Der Satz knallte auf den Tresen und durchschlug das Holz. Ich hatte eine echte Begabung für sanfte Übergänge.

Mora schaute mich kalt an. »Willste fühlen oder was?«

»NEIN!«

»Schon gut. Well, mysteries everywhere, right?«

Wenn Mora lachte, klang es, als würden Schutt und Geröll einen Abhang hinunterstürzen.

»Ich versteh das alles nicht«, gab ich Mora eine elegante Vorgabe.

»Was auch immer, Mädchen. Ich bin ne Frau, wenn auch noch nicht vollständig, auf dem Foto ist ein Kerl. Mir soll's egal sein. Du bist die glückliche Finderin, sieh zu, was du daraus machst.«

Ich hatte nicht erwartet, dass Mora so schnell drüber wegkommen würde. Immerhin bot ihr das Foto doch die perfekte Vorlage, ein wenig ins Grübeln zu kommen. Ein paar Dinge in Frage zu stellen, vielleicht.

Scheitern die Illusionen an der Härte der Welt?

»Das ist nicht fair«, murmelte ich kraftlos.

»Halleluja! Das Leben ist nicht fair. Wer hat dir so was erzählt? Schmeiß ein paar Dollar in den Automaten und du kriegst Zigaretten oder der Automat ist kaputt und das Geld ist weg. So ist das Leben. Ich schmeiß immer rein, was ich habe, und meistens kommt auch was dabei raus.«

Ich ließ Mora ihre Klokabinenpoesie und nestelte an der Zigarettenschachtel rum, bis sie aufstand und mich dort sitzen ließ, neben ihrem leeren Glas und der leeren Packung Zigaretten. Jetzt war ich dran mit Klokabinenpoesie, manchmal ist das Leben wie eine leere etc.

Ich schloss die Augen. B und ich saßen auf dem Küchenfußboden und blätterten in Unterwäschekatalogen. Mein Gehirn, der träge Saurier, hatte das Prinzip *Augen schließen* noch immer falsch verknüpft. Wenn ich nicht in Nicks Garten oder in Bens Bett lag, bedeutete das Schließen der Lider, dass meine Synapsen aufgeregt eine Leinwand aufzogen, das Popcorn herumreichten und meinen ganz persönlichen Blockbuster anwarfen. Gone with the fucking wind, starring B O'Hara: B suchte sich Brüste aus, sie konnten gar nicht groß genug sein. Und ich stellte mir Bs fragilen Körper vor, der unter monströsen Brüsten begraben wurde. B strich sich die blonden Haare aus der Stirn und lächelte entrückt. Wenn er bei mir war, drehte ich die Heizung ganz auf, damit er meine Kleider tragen konnte, Omas Wohnung wurde zu einem stinkenden Backofen, wenn B bei mir war. All unser Atem und die vollen Aschenbecher, chinesische Fertiggerichte und Wein und Sekt aus Kaffeebechern. Er lächelte immer noch, als er ins Bad ging. B rasierte seine Beine immer mit dem alten Messerset meines Opas. Er schliff und pflegte die Messer mit großer Sorgfalt. Als ich ins Bad ging, saß B auf dem Badewannenrand. Aber er hielt das Messer nicht richtig. Er hielt es im völlig falschen Winkel. Ich hielt mich am Türrahmen fest, ich hatte B schon oft beim Rasieren zugesehen, er musste den richtigen Winkel vergessen haben, er hielt das Messer senkrecht über seinem Schienbein, die Spitze schnitt tief in die Haut. B lächelte mir zu und plötzlich erinnerte ich mich an unseren Nachbarn: »Du, Herr Kaiser, du hast da eine Mücke!« Ich war sieben Jahre alt, als Herr Kaiser sich auf die Stirn schlug, den riesigen Blutfleck auf seiner Stirn nicht bemerkte und ich diese aufgespaltene Handlung beobachtete, wie einer lächelte und blutete.

Mora saß wieder am anderen Ende der halbrunden Bar. Obwohl der Laden voll war, die Typen sich auf der Tanzfläche und an der Bar gegenseitig auf die Füße traten, um Mora war Stille. Als hätte sie sich einmal mit ausgestreckten Armen im Kreis gedreht, bevor sie sich setzte. Als gäbe es ein Absperrseil hinter ihrem Rücken und ein Schild: Do not touch. Sie lächelte spöttisch, als ich aufstand und meinen Weg auf die Straße suchte. Ich spuckte auf die Straße und wunderte mich, dass es nicht zischte und der Asphalt sofort verging unter meiner seltsamen, stillen Wut. Mit den Zähnen hätte ich Stücke aus den Mauern beißen können, die ganze verdammte Stadt einfach niedermachen wie ein Steak. Aber mir blieb nichts, als die nächste Imbissbude anzusteuern.

*

Ich wartete genau eine Woche, dann hielt ich meinen Daumen in den Wind. Eine Woche, in der mir nichts geschah als die schmutzigen Teller, die über mir zusammenschlugen. Trotzdem hielt ich meinen Atem, als würde mich jemand jede Sekunde mit dem Kopf unter Wasser drücken können. Ich sammelte mich, schonte meine Kräfte. Nick rief mich nicht mehr an, auch Ben schwieg. Marc ertrank in Arbeit, ich sah nur noch seine müden Augen und seine fliegende Krawatte. Ich ging nicht mehr aus. Ich war allein.

Schon das dritte Auto hielt, es war ein Taxi, aber immerhin. Der Taxifahrer war dick und grinste die ganze Zeit vor sich hin. Wir hielten an einem Bottleshop und ich holte zwei Flaschen Rotwein.

»Wohin soll es denn gehen, Lady?«

»Erst mal so rum.«

Ich hatte mir Geld aus Marcs Sockenschublade genommen, ich würde es ihm erklären, ich war ein Notfall. Marc Geld zu klauen war besser als wieder all meine Sachen wegzuschmeißen, ich konnte nur noch Dinge ertragen, die mir nicht gehörten.

»Hier! Warten Sie bitte?«

Der Taxifahrer grinste und ich lief in den Outletstore, suchte mir das teuerste Kleid von der Stange, zog es in der Garderobe unter und setzte mich wieder ins Taxi. Outletstores benutzten selten diese piependen Sicherheitsknubbel, warum hatte ich das vorher nie getan? Das Plastik des Kleides lag kühl und leicht auf der Haut.

»Folgen Sie dem Wagen«, sagte ich, und der Fahrer setzte sich grinsend wieder in Bewegung, irrte Jons rotem Auto hinterher, bis es vor einer Pizzeria hielt und eine alte Dame ausstieg. Der Taxifahrer räusperte sich, ich sah sein faltiges Grinsen im Rückspiegel und überspielte meine Enttäuschung.

»War nur n Witz.«

Der Fahrer lehnte sich in seinem Sitz zurück, entschied augenscheinlich, mich nicht mehr ernst zu nehmen, und drehte sich einen Joint. Ich klaute derweil ein Stück Käse, ein paar Äpfel und eine Cola. Die Cola war besonders einfach. Ich stellte mich einfach in der Schlange an, nahm schon mal die Flasche aus dem Kühlregal, trank drei große Schlucke und als ich dran war, gestikulierte ich selbstverständlich mit der Cola nach dem Tabak, den ich dann auch bezahlte. Es war herrlich.

War jemand in meinem Zimmer?

Ich pulte mein altes Kleid runter und glänzte ein wenig vor mich hin in diesem neuen roten Ding, es stank nach Kunststoff und Kaufhalle. Der Taxifahrer warf mir einen verständnisvollen Blick zu.

Wir schwiegen. Trotzdem teilten wir zwei kleinkriminelle Geheimnisse. Und das machte uns für den Moment zu den zwei schönsten Menschen Sydneys. Der Taximann fing an zu träumen, während er fuhr, er träumte von Schnitzeln, die über den Tellerrand lappten, und von dem Gefühl, das Gesicht in eine Wassermelone zu graben. Der Joint machte ihn recht offenherzig. Ich träumte von Memoryspielen, und jede aufgedeckte Karte würde Mora zeigen. Gemeinsam träumten wir von einem Mond, der nie unterging, von Zigaretten, lang wie die Milchstraße, von Drinks, tief und unendlich, von Liedern mit Harmonien wie ein Kometenschweif.

Als er mich absetzte, waren es noch ungefähr 5 Kilometer. Ich wollte eine Flasche Wasser klauen, aber ich konnte nicht. Es ging anscheinend nur, wenn ich Geld in der Tasche hatte, aber das hatte jetzt der Taxifahrer. Also öffnete ich den Wein, zog meine Schuhe aus und grub meine Zehen in den harten Sand unter der Gischt. Dann wanderte ich den Coastal Walkway hinauf, Richtung Bondi Beach, zum windschiefen Waverly Cemetery. Ich konnte mir keinen besseren Ort für eine Aussprache vorstellen als diesen heruntergekommenen Friedhof, dessen Grabsteine der bröckelnden Küste immer näher rückten.

Als ich bei Mora ankam, sprang sie auf und fluchte, und ich breitete Käse, Wein, Tabak und die fast leere Cola auf dem Grabstein aus wie Opfergaben. Mora stand neben dem Grab und starrte mich an. *Warum wird mein normales Benehmen so schlecht honoriert?* Der Wind fuhr mir frontal vom Meer ins Gesicht. Ich rauchte, und der Rauch verwehte so schnell, dass ich ihn gar nicht in meinen Lungen spürte. Mora warf den Käse mit einer großen Geste ins Meer. *Werde ich geschnitten?* So einfach ließ die Löwin sich offensichtlich nicht zähmen, aber das machte sie in meinen Augen naturgemäß nur attraktiver. Ich trank aus der Flasche, schloss die Augen und schaukelte auf diesem Grabstein im Wind.

Ich ließ uns Zeit, der Zwischenraum zwischen mir und dem Tag wurde immer größer. Die Dämmerung schlug hinunter und tauchte uns in die Dunkelheit, als Mora mir endlich die Flasche aus der Hand nahm und sich setzte.

»Marc hat gesagt, dass du oft hier bist am Abend.«

Wir schauten auf das Meer hinaus und tranken. Ich wünschte mir einen riesigen Scheinwerfer in unserem Rücken, der unseren Schatten auf das Wasser werfen würde.

Moras Haare wehten wild durcheinander, sie trug ein graues Kostüm und schlichte Schnürschuhe.

»Du musst ganz schön einsam sein, einem Freak wie mir hinterherzulaufen«, sagte sie nach einer Weile und nahm eine Zigarette aus ihrer Handtasche, während die Wogen gegen die Küste schlugen. Es klang resigniert.

Mora sah mich von der Seite an. So wie man jemanden anschaut, dem man zu nahe sitzt und den man aus der Ferne betrachten möchte.

»Dieser Kerl auf dem Foto«, sagte sie nach einer Weile. Ihre Stimme hörte sich an, als wäre ein Sandsturm darüber hinweggegangen. »Manchmal frage ich mich, ob so nicht alles einfacher wäre.«

»Das ist eine gute Frage«, sagte ich grimmig. Ich hatte mich schon gefragt, wann dieser Gedanke sie erreichen würde.

Mora fixierte ihre rotlackierten Fingernägel wie einen Feind, und ich hätte jetzt gern in ein Stück Käse gebissen und es mir richtig gemütlich gemacht. Stattdessen trank ich. War ja auch nichts Neues. Ich fragte mich, wann ich das letzte Mal wirklich nüchtern gewesen war. Am liebsten hätte ich mich an ihren Rücken gelehnt. Rücken an Rücken trinken und quatschen. Aber das war wohl ein bisschen viel verlangt.

Mora fing sich aber schneller als erwartet, lächelte und warf die Haare zurück. All diese Posen. Sie glitzerte und funkelte, jede ihrer Bewegungen war gezielt. Sie saß da mit ihrem knackigen Hintern mitten in ihrem extravaganten Leben und strahlte Wildheit und Bedeutung aus. Ich fühlte mich, als würde ich mal wieder den Briefkasten öffnen, betäubt von der unendlichen Reinheit seiner Leere. Ich dachte an B und daran, dass ich mich oft gefragt hatte, ob er nur mit mir befreundet gewesen war, weil ich ihm mit meiner Bewunderung so einen schönen Resonanzboden geboten hatte.

»Hast du die Doku über Kaiserpinguine gesehen?«, fragte ich. »Wie sie Gruppen bilden, um sich gegenseitig zu wärmen?«

»Ja«, sagte sie, »ein tragisches Leben.«

»Aber es funktioniert«, sagte ich und rückte etwas dichter an Mora heran.

»Sicherlich«, sagte Mora. »Und du hast das Ei fallen lassen und unser Baby getötet.«

Sie lachte nicht, als sie das sagte. Sie sagte es ganz weich.

Da erzählte ich ihr von B.

B war furchtbar betrunken gewesen. »Dieses Mal wird er nicht zurückkommen«, hatte er gesagt. »Doch, das tut er immer«, hatte ich geantwortet und gedacht, es wäre sogar besser, wenn nicht.

B lag im Schnee, nackt, mit dem Finger zeichnete ich Fugen. Bs Umriss in Schnee getaucht (1600 ASA, Blende 5,6, Langzeitbelichtung mit Stativ). Es war das erste Mal gewesen, dass B sich selbst gewünscht hatte, fotografiert zu werden. Und ich ahnte, dass wir dieses Stillleben für seinen abtrünnigen Liebhaber inszenierten. Ich hoffte, dass dieser dann auch die blauen Flecken auf seinem Körper sehen würde, die B anscheinend noch immer als Inseln der Leidenschaft betrachtete.

Ich bewarf ihn mit Schnee und Sand. »Irgendwann wird man mich unter der Gletscherdecke finden«, sagte B, »den ersten voll erhaltenen homo transus. Man wird mich ins Museum stellen. Ich bekomme eine eigene kleine Kühlbox, geschmückt mit frischen Rosen.«

Er suchte sich die Socken, die Hose, das Hemd wurde sofort durchsichtig, als er es anzog, so nass war er. Ich schritt aus, um in seine Fußstapfen zu treten, tief mit kristallenen Rändern. Fichtenzweige schlugen uns ins Gesicht, B hielt seinen Mantel in der Faust, der dicke Saum streifte den unberührten Schnee, riss Furchen. Hätte ich nicht diese harsche, ungebrochene Linie neben mir gehabt, ich hätte mich zwischen Bs Fußstapfen gesetzt, meine Hände in den Boden geschlagen. B drehte sich zu mir um, seine Haut schimmerte blau. Sein Gesicht war auseinandergefallen, zerklüftet. Seine Augen waren weit aufgerissen, die Nase stach scharf hervor, die rissigen Lippen leuchteten lila, kleine Pickel sammelten sich in den Mundwinkeln. B bleckte die Zähne, starrte mich an, wusste plötzlich nicht weiter mit seinem Gesicht und seinem Körper (Lichtempfindlichkeit 0, Blende 200, Verschlusszeit: unendlich).

Ich kniete mich in den Schnee, schnürte seine Schuhe und B sah aus, als würde er sich nie mehr bewegen.

Die Sonne stieg langsam über das Meer. Mora lag auf dem Grabstein und schlief. Ich war hellwach und beobachtete das weiche Licht, das sich auf ihr Gesicht legte, die Fältchen um ihre Augen, in denen das Make-up brach wie trockener Boden. Ich verlor mich in ihrem Dunstkreis aus

Wein und Parfum, krümelte den letzten Tabak in ein zerknittertes Blättchen und war einen Moment glücklich.

»Wenn ich mit dir zusammen bin«, hatte ich zu ihr gesagt, »ist alles ganz scharf umrissen, als wärst du ausgeschnitten aus einem anderen Bild und in mein Leben hineinkopiert.«

Ich war ihr mit den Fingern über die Schultern gefahren. Cut and paste.

Eine Zigarette war Mora aus den Fingern gefallen, die Asche lag über dem Grabstein wie eine Raupe. Kurz bevor die Sonne Mora direkt ins Gesicht fiel, knöpfte ich ihre Bluse auf und legte meine Hände auf ihre Brüste. Die Taschentücher raschelten. Ich stellte mir Mora vor, mit Brüsten rund wie Kristallkugeln und schimmernd wie das Fell von Welpen.

»Bist du eigentlich jemals zu seinem Grab gegangen?«, hatte Mora gefragt.

»Wen meinst du?«, fragte ich, obwohl ich es wusste.

»Na B. Hast du Bs Grab besucht?«

»Woher weißt du, dass er tot ist?«, hatte ich gefragt.

»Lisa, das war doch klar.«

»Nein«, sagte ich. »Nie.«

Und damit meinte ich beides. Nein, es war nie klar, dass er tot ist, in mir ist er lebendig. Nein, nie war ich an seinem Grab.

Meine Füße taten nicht mehr weh, als ich am Hafen ankam. Mir tat gar nichts mehr weh. Nur dieses Kleid klebte an mir, ich wollte es ausziehen, es umschloss mich wie ein Panzer, alle schauten mich an, ich fiel auf, ich wollte es ausziehen. Vielleicht wäre darunter nichts mehr.

Ich griff mein Kleid beim Saum, als das Telefon klingelte.

»Lisa, Oma ist gestorben.«

»Was sagst du?«

»Oma ist tot«, sagte Elias.

»Was meinst du mit tot?«

»Lisa!«

Ich stand am Hafenbecken. Aus dem Museum kam ein Mann heraus. Er trug einen graues Jackett über der nackten Brust, graue Hosen, eine Krawatte und einen Hut und rannte mit einer wahnsinnigen Geschwindigkeit und Kraft über die Wiese.

»Lisa?«, fragte Elias.

Der Mann rannte über die Promenade an mir vorbei, direkt auf das Hafenbecken zu. Kinder deuteten mit ihren Eiswaffeln auf ihn, Möwen änderten die Richtung, er bremste nicht, rannte weiter über die Kaimauer hinaus, rannte weiter in der Luft, trat die Luft, als wäre sie Beton, rannte und stürzte dann ins Hafenbecken.

B lebte noch, als ich ihn fand. Sein Gesicht war blau angelaufen. Ich rief den Krankenwagen, als B starb. Ich drehte mich um und rief den Krankenwagen, als B starb. Ich drehte mich um und nannte unsere Adresse, als B starb. Als das Telefon klingelte, ging ich ran, obwohl vor wenigen Augenblicken B gestorben war. Ich saß neben B auf dem Boden, eine Hand auf seine nackte Brust gelegt, die unter meiner Hand kälter wurde.

»Schwesterchen«, hatte Elias gerufen. »Ich bin am Flughafen, ich wollte nur hören, ob du zu Hause bist!«

»Ja«, hatte ich gesagt und den Hörer mit beiden Händen gegriffen. »Komm bitte schnell.«

Dem Mann schlug das Wasser über dem Hut zusammen.

Ich starrte in das Wasser, der Hut tauchte auf, dann der

Kopf des Mannes, dann seine kräftigen Hände. Sie teilten das Wasser und ich dachte an die Cartoons, in der die laufende Figur erst stürzte, wenn sie das Vertrauen in die Tragfähigkeit der Luft verloren hatte.

Bens Haustür stand offen. Er lag auf der Couch und hörte Musik oder schlief. Ich legte mich auf den Boden und schloss die Augen. Die Musik war laut, sie war überall, sie sickerte in meinen tauben Körper, nur Bens Atem war noch lauter, obwohl das eigentlich kaum sein konnte. Die kühlen Dielen unter mir und Bens Atem auf der Couch über mir. Ich schob mir das Kleid hoch und fuhr mir mit der Hand zwischen die Beine. Ben wachte nicht auf, nicht, als Elias entschlossen auf den Kleiderschrank der Oma losging und die Kleider von drei Toten in einen Sack stopfte, als wäre der Tod Grund genug, keine Unterschiede mehr zu machen, nicht, als Mora in die Sonne blinzelte und eine erste Zigarette rauchte, nicht, als ich weinte, nicht, als die Musik plötzlich abbrach.

Als Marc nach Hause kam, saß ich auf den Stufen, der Baum warf seine Blätter ab, die Fledermäuse falteten sich in ihre Flügel.

»Darling, hast du den Schlüssel vergessen?«

»Verloren.«

»Und deine Schuhe?«

»Auch.«

Marc fegte meine Reste zusammen und brachte sie ins Haus.

*

In der Nacht tobte ein Sturm durch die Stadt, warf unsere Gartenstühle gegen den Schuppen, presste sich gegen die

Fenster und beugte die Häuser. Am Morgen streckte ich den Kopf aus dem Fenster. Es bot sich mir ein Bild von bezauberndem Chaos. Ungefähr so sah es aus, wenn Marc und ich die Bude auf den Kopf stellten und mittendrin die Lust verloren, aufzuräumen, und uns stattdessen mit Joints und Memorykarten auf den Fußboden setzten. Die Sonne tauchte die Trümmer unserer Gartenstühle in ein seidiges Licht, die Blätter auf dem Boden waren verschwunden.

Ich gönnte mir ein ausgiebiges Frühstück mit Marc. Rührei, Kiwis, Kaffee und geröstetes Brot. Wir hatten alles auf den Balkon getragen und aschten über die Brüstung.

»Hast du geweint?«, fragte Marc.

»Nein«, log ich.

»Du bist ziemlich wirr, in letzter Zeit.«

»Das ist doch nichts Neues«, sagte ich friedlich und hielt mein Gesicht in die Sonne.

»Lisa, ich finde es ja toll, dass du wieder fotografierst, aber meinst du nicht –«

»Halt dich da raus und iss dein Rührei«, unterbrach ich ihn. Das tat er. Er trank sogar Kaffee und löffelte eine Kiwi, bevor er wieder was sagte.

»Wie geht's Elias?«

»Der kümmert sich gerade viel um Oma. Spazierengehen und so.«

»Ah, ja.«

Ich ignorierte Marcs forschende Blicke, rauchte weitere Zigaretten und lächelte jeden Spatz an, bis sich tatsächlich ein paar kleine Wolken vor der Sonne angesammelt hatten.

Als ich mit drei Stunden Verspätung im Melograno ankam, turnte ein junger schneidiger Kellner zwischen den

Gästen herum, und der Koch deutete zufrieden auf einen Berg schmutzigen Geschirrs. Fassungslos suchte ich nach meinem Chef. Er hatte sich in den Garten verkrochen, die Gäste hätten sich beschwert, ich hätte ihnen immer das Falsche gebracht. Das Chaos in der Küche war unbeschreiblich, sekündlich flogen Teller auf mich zu, die Mülleimer quollen über, der Dreck tanzte auf dem Küchenboden, mir wuchsen Schwimmhäute zwischen den Fingern.

Der Koch war freundlich zu mir, zementierte so seinen Sieg über mich. Das Geschirr kam kochend aus der Maschine. Desinfiziert bis auf die Knochen. Töpfe, Pfannen und Tupperwaren türmten sich in den riesigen Becken. Ich spie Schaum und Essensreste, wütete durch die Teller, zerbrach sie, ganze Hundertschaften fielen unter meinen hastigen Bewegungen.

»Reinigen, nicht zerbrechen«, flüsterte der Koch fast zärtlich in mein Ohr. Das Wichtigste wäre das Besteck. In der Maschine kochen, jeden Keim abtöten, wenn nötig einzeln, und ich müsse es polieren, bis es schimmerte wie die Oberfläche eines Sees. Er hielt inne und lächelte verwegen, ich nahm mir einen Moment Zeit, die Geschirrberge in der Oberfläche seiner verspiegelten Angebersonnenbrille zu betrachten. So gesehen machte die Metapher Sinn. In seiner kleinen Welt legte sich der Dampf des Rühreis wie Morgennebel über die Geschirralpen, floss die Sauce Béarnaise wie eine Gletscherzunge zwischen die gebratenen Tomaten, streute er Petersilienschnipsel mit schöpferischer Liebe über die kulinarischen Canyons.

Er verschwand zufrieden in der Küche und ich hielt das schmutzige Besteck kurz unter kaltes Wasser und verrieb dann den restlichen Schmutz so lange, bis die Gabeln glänzten wie die Oberfläche seiner Brille. Dem Koch nahm ich seinen Hass nicht mehr übel. Er hatte die natürliche Präsenz und Unschuld einer Naturgewalt.

Die Gäste aber hatten mich verraten, gemeinsam hatten sie mich verraten, sollten sie sich jetzt ihre Viren teilen. Ich füllte die Besteckkästen auf, bedeckte sie vorschriftsgemäß mit einem frischen Handtuch und ging.

»Soll ich meinem angenehmen Wesen etwas Fieses beimischen?«, zitierte Sudden Smith. Ich zwinkerte ihm liebevoll zu. Manchmal waren wir uns einig.

Ich brauchte die Tür zum Studio nicht zu öffnen. Das Glas war eingeschlagen. Die Schaufensterscheibe war nicht eingeschlagen. Jemand hatte den Platz gebraucht, um *Fuck of you fucking fag* daraufzuschreiben. To fag: sich abrackern. Fag: Kippe, Schwuler. Ich brauchte nicht lange zu rätseln, was gemeint war. Die Nachmittagssonne funkelte in den Scherben auf dem Boden. Ein kristallines Desaster. Mora saß an einem kleinen Tisch, trank Kaffee, rauchte und spannte die Finger der rechten Hand so sehr, dass sie zitterten. Plötzlich machte sie eine Faust, so schnell, als wollte sie einen herüberziehenden Gedanken einfangen, die Knöchel traten weiß hervor, dann streckte sie die Finger wieder. Sie starrte auf ihre Hand, als müsste sie sich ihrer vergewissern. Die Scherben knirschten unter meinen Sandalen, fucking fag stand über jede Wand geschmiert. Die Tätowierinstrumente waren verschwunden. Leere Flaschen lagen überall herum, es stank nach Pisse.

Später erzählte ich Nick, wie gerade in diesem Moment jemand hinter mir an die Scheibe geklopft hatte.

Wie Mora aufsah und wie ich erschrak über ihr aufgeworfenes, zerrüttetes Gesicht. Sie sah an mir vorbei auf die Straße, ihre Lippen formten lautlos Verwünschungen, sie machte Handbewegungen, als würde sie Fliegen verscheuchen. Ich wandte mich um. Schlagartig wurde mir kalt. Auf der Straße stand Jon. Er drückte sein verwittertes Gesicht gegen die Scheibe und schnitt Fratzen, wie Kinder es tun. Mund und Nase breitgedrückt an der Scheibe, die Augen weit aufgerissen, die Handflächen neben dem Gesicht an die Scheiben gepresst.

Ich erzählte ihm, wie Jons Abdruck auf der Scheibe geblieben war, als er lachte und rückwärts die Straße hinunter ging.

Ich setzte mich und zündete mir mit zitternden Fingern eine Zigarette an. Ich aschte auf den Boden. Mora sagte nichts. Sie fuhr fort damit, ihre Hände zu Fäusten zu ballen und dann die Finger wieder zu strecken. Ich schaute auf ihre Hände. Sie hatte recht, es war besser, als in ihr Gesicht zu schauen. Ihr Gesicht mit der Platzwunde über der Stirn. Es war auch besser, als auf den Boden zu schauen, wo zwischen den leeren Flaschen und den Scherben ihre abgeschnittenen Haare lagen. Nach einer Weile sah sie auf. Für einen kurzen Moment gab es etwas Weiches in ihrem Blick. Für einen Moment fühlte ich mich, als hätte ich meinen Namen vergessen und Mora könnte ihn mir zuflüstern.

»Lisa, wenn du in den Spiegel schaust, dann weißt du, was du hast. Ich nicht. Ich bin spiegelverkehrt. Glaub nicht, dass du mich verstehen kannst.«

Den ganzen Nachmittag beobachteten wir das Lichtspiel der Sonne auf den Scherben, die Schatten, die über die beschmierten Wände wanderten. Mora goss uns

Schnaps in den Kaffee, das war das Einzige, was passierte.

Mora duldete mich, wie man eine Fliege duldete, nachdem man zu müde geworden war, sie zu jagen. Auf den Fliesen zu meinen Füßen hatte sich ein ganzer Haufen Asche und Kippen gebildet. Am liebsten hätte ich so viel geraucht, dass der ganze Laden im Qualm verschwand und die Asche meiner Zigaretten die Scherben und Haare und Fußabdrücke vollständig unter sich begrübe.

»In dem Moment, als die Sonne hinter den Gebäuden versank«, erzählte ich später Nick, »tauchte Jon wieder auf. Im letzten flackernden Licht breitete er die Arme aus, ging leicht in die Knie und tanzte in kleinen weichen Bewegungen vor dem Schaufenster auf und ab. Er zog seinen Hut in die Stirn, seine Füße glitten über den Asphalt, sein Oberkörper wiegte sich hin und her. Er zog seinen Hut, verbeugte sich vor dem Schaufenster wie vor einem Auditorium. Die Sonne erlosch, und als er sich wieder aufrichtete, sahen wir ihn schon nicht mehr.«

»Wie unheimlich«, rief Nick. »Und dann?«

»Dann bin ich gegangen«, sagte ich. »Ein Kunde kam und ich kann nicht sehen, wie jemand tätowiert wird. Davon wird mir übel.«

Es war dunkel und wir waren betrunken. Mora atmete auf, als das Chaos in der Nacht verschwand. Ich drehte einen Joint und reichte ihn Mora. Als sie daran zog, sah ich nur den Ausschnitt ihres Gesichtes, der von der aufleuchtenden Glut erhellt wurde. Den Ausschnitt, der noch in Ordnung war. Die rotgeschminkten Lippen, die gepuderte Nase. Am liebsten wäre ich auf allen vieren durch den Laden gekrochen und hätte ihre Haare einzeln eingesammelt, Stück für Stück auf ihrem gerupften

Schopf wieder festgeklebt. »Jetzt seh ich fast so aus wie auf deinem beschissenen Foto«, sagte Mora. *Kontrollieren mich die Tatsachen?*

Wir verbrachten die halbe Nacht im Studio. Wir tranken Wein direkt aus der Flasche. Wir sprachen nicht. Wir sahen uns nicht an. Aber wir verbrauchten den gesamten Sauerstoff des kleinen Studios. Irgendwann setzte ich Mora in ein Taxi und wankte durch das Gedrängel in der Oxford Street. Die Türen der Bars waren aufgerissen, Stimmen quollen wie Honig auf die Straße, der Mond knallte auf unsere Köpfe, die Männer lächelten mir zu und fingen mich auf, wenn ich gegen die Wände schlug.

Verdient die Wirklichkeit dieses Misstrauen?

Ich hatte Durst. Mir war kalt. Außentemperatur -41 Grad. Marc schlief neben mir. Der Unterkiefer hing ihm herunter, ein Speichelfaden spannte sich zwischen seinen Lippen. Wie Stalagmiten und Stalaktiten, die in Tropfsteinhöhlen zusammenwuchsen. »So ein Unsinn«, knurrte Sudden Smith. »Ein Tropfstein braucht 100 Jahre, um 10 Millimeter zu wachsen.« Das gefiel mir. Denn es bedeutete, dass wir schon geraume Zeit in diesem Flugzeug hockten, mindestens 250 Jahre. Genug Zeit, sich wieder zu sammeln. Genug Zeit für Moras Haare, wieder zu wachsen. Ich schlug mein Buch wieder auf und setzte mich auf meine Füße, um sie zu wärmen. Auf einem kleinen Flohmarkt, der monatlich in unserem Viertel stattfand, hatte ich neben einem pinken, von innen heraus leuchtenden Frosch, der jede Stunde laut quakte, auch eine ledergebundene Ausgabe des Kamasutra erstanden. Das Buch roch herrlich nach Buchmuff, eine Mischung aus feuchtem Keller und warmem Popcorn. Während die Wolken unter mir vorbeizogen, las ich dem schlafenden Marc leise vor:

»Blumenartig sind ja die Frauen und müssen sehr zart umworben werden. Wenn der Freier jedoch mit List ein ungehemmtes Auftreten erreichen kann, dann dringe er vor.«

Ich verließ mich auf die beruhigende Wirkung dieser alten Worte.

Marc hatte große Flugangst. Auf dem Flughafen hatte er winzig kleine Rotweinflaschen in sich hineingeschüttet und, während wir zu Hause auf das Taxi warteten, auf dem Sofa einen Joint geraucht. Ich hatte keine Flugangst, aber eine große Reiseorganisationsangst. Deshalb waren wir übereingekommen, dass Marc die Reise plante. Meine Aufgabe war es, ihn wohlbehalten vom Sofa am Meer ins Landesinnere zu bringen. Als ich ihm meinen Stoffhasen in die Hand drückte, schnaubte Marc zwar verächtlich, aber selbst im Schlaf hielt er ihn dermaßen fest umklammert, dass ich wie ein Kind fürchtete, mein Stoffhase könnte erdrosselt werden. Mein Stoffhase hatte riesige flauschige Ohren, die fast so lang waren wie der ganze Hase selbst, einen dicken weißen Hintern und einen dünnen Hals, der in Marcs Faust noch dünner wurde. Die Stoffhasenohren bedeckten Marcs Fäuste vollständig.

»Was soll das heißen, sie haben kein VB? Bin ich hier in einem Flugzeug oder schon auf dem Friedhof?«, zeterte Mora ein paar Reihen vor uns los.

Marc stöhnte im Schlaf und drückte den Hasen an seinen Bauch. Vorsichtshalber drehte ich den Verschluss einer weiteren winzigen Weinflasche auf. Das Flugzeug sackte in ein Luftloch und Marc saß ruckartig kerzengerade im Sitz, die Augen weit aufgerissen.

»Nur ein Wolkenloch«, flüsterte ich in meiner Es-ist-kein-Monster-unter-dem-Bett-Stimme und Marc starrte mich an mit seinem Was-weißt-du-schon-von-Monstern-Blick. Das Flugzeug setzte zur Landung an, ich hielt Marc die Flasche Wein mit einem Strohhalm hin, er saugte schwach.

Ich fragte mich, wie er damals den Flug nach Deutschland überstanden hatte, einen Flug von fast 20-facher

Länge, über 86 Breitengrade und 16 Länder, ohne meinen Stoffhasen und ohne die Weisheit des Kamasutra.

In Alice Springs betteten wir Marc in ein Taxi, er lag auf der Rückbank, den Kopf auf Moras Schoß, der Taxifahrer verdrehte die Augen und schnitt die Kurven. Als wir vor dem Hostel hielten, hatte Mora ihm so lange über den Kopf gestreichelt und *I am just a lonely girl* von Eartha Kitt gesungen, dass Marc in der Lage war, selbstständig in sein Bett zu kriechen. »Geht ohne mich weiter«, zitierte er den sterbenden Cowboy aus *Spiel mir das Lied vom Tod.* Ich stellte Marc eine Flasche Wasser neben das Bett, dann wanderten Mora und ich durch Alice Springs. Die Luft legte sich über uns wie ein warmer, feuchter Teppich, der zwar regelmäßig geschrubbt und gelüftet wurde, dem aber dennoch der Geruch von öligen Fleischgerichten und Nächten voller Whisky und Zigaretten anhaftete. Ich mochte keine Wohnungen mit Teppichen. Ich hatte das Gefühl, jeden vorherigen Mieter riechen zu können; die Wohnungstür aufzumachen war dasselbe wie den Kleiderschrank meiner Oma zu öffnen. Alice Springs hatte sich rund um ein Häufchen Reisende angeordnet, die hier kurz abstiegen, bevor sie in Reisebussen durch das Outback kreuzten. Die Beschreibungen des Reiseführers über Australiens rotes Zentrum waren so markant wie blumig. Diese Stadt aber war so trist wie ein Flughafen. Die Luft stand so dicht zwischen den Häusern, dass ich die Hundepisse in den Gassen roch, den ausgekippten Rotwein der letzten Nacht, die verschütteten Pommes auf der Straße. Wer hier wohnte, verkaufte Fliegennetze oder Rundreisen oder saß auf einer Bank und wartete darauf, dass die Tage wie Schweiß an den Armen und Beinen herunterliefen. Die Touristen hoben ihre Kameras und ließen sie unverrichteter Dinge wieder sinken. Sie blieben höchstens eine Nacht hier, bis sie in einen akklimatisierten Bus stiegen, der sie zu den Olgas oder zum Ayers Rock brachte. »Uluru«, räusperte sich Sudden Smith.

»Was?«

»U-lu-ru. Der Park wurde an die Ureinwohner zurückgegeben. Und Mount Olga heißt seitdem wieder Kata Tjuta und der Ayers Rock-Mount Olga National Park wird wieder Uluru-Kata Tjuta National Park genannt.«

»Na, denn wär ja alles geklärt«, seufzte ich. Mora und ich kauften Pizza und setzten uns zu zwei Aborigines auf die Bank. Sie schauten uns mit einer Mischung aus Feindseligkeit und Gleichgültigkeit an, Mora nestelte nervös an ihrem Pappteller herum. Sie trug ein weißes schlichtes Leinenkleid, eine Sonnenbrille und einen weißen Hut. Sie sah aus wie eine Sommerfrischlerin aus den zwanziger Jahren.

In den 250 Jahren, die wir im Flugzeug saßen, war Sydney zu einer Kugel aus Stahl, Glas und Beton geschmolzen und Mora hatte die Zeit genutzt, ihre Haare zu scheiteln, mit Gel hinter die Ohren zu kämmen und eine dicke Schicht Make-up und Puder über die Narbe an ihrer Stirn zu legen. Sobald wir in unser Auto stiegen, würde es auch Alice Springs nicht mehr geben, nur noch den Sand und den Wind, der ihn abtrug und umschichtete.

Am Abend kroch Marc aus dem Bett, und wir wanderten zum Waschraum. Ich hörte ihn unter der Gemeinschaftsdusche schnauben und pfeifen. Mora trat vor den beiden Guys-Girls-Türen von einem Fuß auf den anderen. Aus der Männerdusche scholl beherztes Johlen. Ich lugte in die Damendusche. »Alles frei«, sagte ich zu Mora und sie schlich hinter mir in den Duschraum, drehte mir den Rücken zu und stellte sich verbissen und hastig unter einen der fünf Duschköpfe, spülte schnell ihre Haare aus und wickelte sich dann in ein riesiges Handtuch. Ich hörte, wie sie sich auf dem Klo die Beine rasierte, die Klinge schabte trocken auf ihrer Haut. Im Zimmer erwartete uns Marc, die nassen Haare zurückgekämmt, in einer absolut faltenfreien himmelblauen Stoffhose, die ihm locker von den Hüften floss. Nicht zum ersten Mal war ich erstaunt, wie umfassend und übergangslos Marc sich von einem absolut elenden Stadium in ein rauschhaft glänzendes begeben konnte.

»Was ist?«, fragte Marc.

Brummelnd stieg ich in einen verknitterten Rock und putzte mir die Zähne. Dann gingen wir auf die Terrasse, auf der schon andere Touristen hockten, aßen unter Lichterketten verkochtes Curry und tranken Bier ohne Kohlensäure. Mora behielt ihre Sonnenbrille auf und schaute sich herausfordernd um. »What are you guys looking at, hey?« Alle Köpfe verschwanden wieder in den Tellern.

»Herrje«, wandte Mora sich sehr laut an uns. »Was kann ich dafür, dass ich Stil habe. Bless me.«

»Right, mate«, nuschelte Marc mit Curry zwischen den Zähnen.

»Würde es dir etwas ausmachen?«, zischte Mora.

»Was?«

»Hör auf, mich KUMPEL zu nennen, wenn es keine zu große Mühe macht.«

»Klar, Kumpel«, grinste Marc und holte dann in meine Richtung aus: »Du siehst so verquollen aus, hast du den Flug nicht vertragen?«

Ich stach mit der Gabel in einen dicken Fleischbrocken und brummte irgendetwas von der Hitze und dem weiblichen Organismus.

»Wir haben Urlaub, Schatz, entspanne dich«, setzte Marc hinterher.

Ich starrte aggressiv in sein frisches Gesicht und fragte mich, warum ich aussah, als hätte ich die letzten Stunden vollgestopft mit Joints, Schlaftabletten und Rotwein schlafend in stickigen Flugzeugen und staubigen Betten verbracht.

»Hach, das müssen wir festhalten!«, rief Marc und blitzte mir mit der winzigen Digitalkamera ins aufgedunsene, mürrische Gesicht. Ich fragte mich, ob ich wirklich die nächsten 360 Stunden mit Marc und seinem Reisebügeleisen im Outback verbringen wollte, mit seiner elektrischen Reisezahnbürste, seinem blau emaillierten Reisegeschirr und seinem trendigen Wasserrucksack.

360 Stunden, fand ich, warfen sofort die Assoziation von 360 Tagen auf, und wie ein Jahr kam mir in diesem Moment vorausschauend die ununterbrochene Gemeinsamkeit mit Marc vor, der mit seinem eigenen Reisebesteck im Curry fischte, weil er der Herbergsküche keine Hygiene zutraute. Mora war da glücklicherweise ein wenig pragmatischer. Sie trank alle drei lauwarmen Biere und gelobte, sich in der Wüste nicht die Beine zu rasieren.

»Back to the roots«, rief sie und legte sich zwinkernd Marcs Hand in den Schritt. Marc schlug die Beine übereinander und schaute angestrengt in sein Curry. So bescheiden kannte ich ihn gar nicht.

»Wie wäre es denn mit etwas dezenterer Kleidung morgen, Marc?«, murrte ich.

Marc schaute hinunter auf sein rosa T-Shirt, auf das zwei gut gebaute Jungs in 69er Stellung gezeichnet waren.

»Ach Kind«, seufzte Marc, »für dich werde ich die nächsten 15 Tage nur Unbedrucktes tragen.« Er stand auf, um Wodka Lemon zu bestellen.

»Willst du nicht lieber deinen Reisebecher nehmen, die Wodkagläser spülen sie bestimmt auch nicht richtig ab!«, rief ich bissig hinterher, dann bekam ich ganz plötzlich furchtbare Kopfschmerzen. Die Lichterketten brannten mir in den Augen, als wären es riesige Sonnen direkt aus der Hölle, der Zigarettenrauch vom Nachbartisch würgte mich, und mein Kopf schien auseinanderbrechen zu wollen, wenn ich ihn nicht mit beiden Händen zusammenpresste. Ich riss Mora die Sonnenbrille von der Nase, Marc stellte die Gläser mit einem dumpfen Knall auf die Tischplatte.

»Marc! Bett!«, röchelte ich und Marc ließ den Wodka stehen, fasste mich um die Schultern und führte mich durch beißende Gerüche, gellende Stimmen und gleißendes Sternenlicht in die stickige Abgeschiedenheit unseres Zimmers. Er stellte eine Flasche Wasser neben mich, legte mir Tabletten auf die Zunge und wühlte in meinem Rucksack, bis er die Packung Tampons fand. »Ich stell sie neben die Toilette«, flüsterte er, »einführen musst du schon selber.« Er legte mir einen nassen Waschlappen auf die Augen und schlich auf Zehenspitzen zur Tür.

*

Am Morgen stellte Marc mir einen Kaffee neben die zerwühlten Laken, das Sonnenlicht rieselte mir in die Augen. Am Fenster segelten weiße Pollen vorbei. Nach meiner monatlichen Migräne fühlte ich mich immer aufregend klar wie nach einem Platzregen. Ich lag dampfend unter einem blauen Himmel, sozusagen.

»Es geht los!«, rief Marc. »Time to leave everything behind!«

»Ich war furchtbar zu dir«, sagte ich, »ich liebe dein T-Shirt!«

»No worries, darling.«

Mora hatte unseren Jeep abgeholt und Marc hatte ihn mit Nahrungsmitteln in Kühltruhen und Wasser in Kanistern beladen. Meine Haare waren nass, meine Haut roch nach Marcs Duschgel, meine Augen waren kein bisschen verquollen, mein T-Shirt war rein wie ein Gebirgssee. Mora und ich stritten uns um den Beifahrersitz und spielten schließlich Schere Brunnen Papier. Ich ließ mich neben Marc auf den Sitz fallen, klebte Sudden Smith mit Blue Tac aufs Armaturenbrett (Blick auf die Straße) und schloss die Augen.

»Du kannst jetzt gucken«, sagte Marc nach einer Weile und steckte mir eine brennende Zigarette zwischen die Lippen.

»Wirklich?«

»Wirklich.«

»Alles weg?«

»Alles weg.«

Ich sog an der Zigarette, öffnete vorsichtig die Augen und fing sofort an zu blinzeln angesichts des kargen roten Bodens mit den struppigen Büschen, angesichts Moras flatternden Schals im Rückspiegel, angesichts des Asphalts, der schnurgerade durch die Ebene schnitt, wie eine Startrampe, auf der wir direkt in den berückend blauen Himmel sausten, angesichts Moras Libellenblick.

Ich konnte mich nicht entscheiden, was ich schöner fand, das raue Land oder diesen zarten Blick. Er löste das Gleiche in mir aus wie die ersten Rapsfelder im Sommer, nur brachte Mora mich nicht zum Niesen.

»Captain Spock«, flüsterte sie. »Schalten Sie in den Unwahrscheinlichkeitsdrive.«

»Das war nicht Spock, das war –«

»Schon gut.«

Dann sagte Mora kein Wort mehr, sie ließ ihren Kopf auf die Lehne sinken und seufzte tief. Geröll fiel in eine Schlucht, Stahl schmolz, Beton zerfiel. Marc steuerte unser Raumschiff mit unbeschreiblicher Eleganz.

»Wie geht's der Besatzung?«, fragte Marc irgendwann.

»HMMM, HERRLICH!«, antwortete ich nur eine Stunde später und auf Deutsch.

»Fanfuckintastic«, setzte Mora eine weitere Stunde später nach.

Wir aßen klebrige, warme Orangen und weiche Schokolade. Wir machten Kniebeugen und Liegestütze neben der Kühlerhaube und ein Mittagsschläfchen auf dem Dach. Wir bewegten uns nie weiter als fünf Schritte von unserem Ufo weg. Manchmal versuchten wir einen Ausbruch, rannten mit ausgebreiteten Armen in die Weite und landeten wieder an der Stoßstange. Es war einfach zu früh.

In der Dämmerung kamen die Tiere heraus, schwarze Schlangen krochen über die Straße, Kängurus hockten in den Büschen wie riesige Hasen. Wir rollten unsere Schlafsäcke auf dem rissigen Boden aus und sammelten trockene Äste. Ich trat in eine ausgedörrte Kuh, die flach wie Papier mit dem Boden verschmolzen war, und griff in der Dunkelheit nach Ästen und weißen Känguruknochen. Wenn ich hier stürbe, verschmölze ich dann irgendwann auch, flach wie Papier, mit dem rauen Boden? Diese Vorstellung beruhigte mich, zumindest gäbe es keinen besseren Ort zum Totsein als diesen, wo nur manchmal jemand vorbeikam und einen Joint über den Bohnen rauchte.

Direkt neben dem Feuer entdeckte ich eine dünne, lange Spur im Sand.

»Marc, was ist das?«, rief ich schrill.

»Wenn es Fußabdrücke hat, ist es keine Schlange.«

Ich warf mich in den Sand und untersuchte die bedrohliche Linie im flackernden Schein des Feuers. Die Todesvision verlor ein wenig von ihrer Sanftheit. Was hätte ich jetzt für Marcs Briefmarkenlupe gegeben. Neben der schmalen Linie liefen schwache Fußabdrücke, ich hätte sie küssen können.

Erwartungsvoll öffnete ich unsere Kühlboxen. »Bloody hell, Marc. Was soll das werden, wenn es groß ist?«

»Kartoffelchips und Würstchen. Wonach sieht es sonst aus?«

»Marc. Ich mag ja eitel sein, aber ich möchte nicht ohne Zähne nach Hause kommen. Skorbut, you know? Ich brauche ab und zu Gemüse oder so was. VITAMINE.«

Ich grub mich durch Steaks, Würstchen, Burger, Tortillachips und Kartoffelchips und stieß auf etwas Hartes. Zwei Dosen rote Bohnen.

Ich hatte keine Lust, mit dem *Gemüse* zu geizen. Wir bauten unser Grillrost über dem Feuer auf und stellten beide Dosen mit Bohnen drauf. Der Himmel spannte sich wie ein schwarzes Zelt über unseren Köpfen. Wir lagen auf unseren Schlafsäcken, Mora den Kopf in Marcs

Schoß, das Feuer glomm herunter, die beiden hatten es irgendwie mit Singen und Sich-gegenseitig-über-den Kopf-Streicheln. Ich fuhr mir ein paar Mal durch die Haare, aber das war irgendwie nicht dasselbe. Mora hielt den Joint träge in meine Richtung. Auch gut. *»Soll ich aus wissenschaftlichen Gründen Drogen nehmen?«*, zitierte ich und nahm zufrieden einen tiefen Zug.

Die Polizei hatte eine müde kleine Fahndung gestartet, nachdem Mora Anzeige gegen drei maskierte Männer erstattet hatte. Zurzeit polierten sie wahrscheinlich gerade ein paar Büroklammern und tranken dünnen Kaffee aus dem Automaten.

Marc hatte fast ein Loch in seinen Kleiderschrank getreten, als ich ihm davon erzählte. Dann war er in die Oxford Street gerannt, mit einem Flugticket und Nagellackentferner bewaffnet, hatte die Schmiererei auf dem Fenster abgewaschen und Mora zwar nicht auf einen Schimmel, aber in ein Flugzeug gezerrt. Mora hatte die Tür mit Brettern vernagelt und ein Schild an die Scheibe geklebt: »Bin mir kurz die Lippen nachziehen, aber gleich wieder für euch da.« (Assignment 34: Make a protest sign and protest)

Ich streckte mich in meinem Schlafsack aus, und der Wind lief mir über das Gesicht.

»Wie alt bist du eigentlich, Mora?«

»Immer wieder gerne 27.«

Marc kicherte hämisch.

Drei Tage in der Wüste hatten gereicht, Moras Bart wie Moos auf ihrem Gesicht wachsen zu lassen. Ihr Leinenkleid hatte einen rostroten Schimmer angenommen.

»Ein rotes Auto holperte durch den Busch, direkt an unserer Feuerstelle vorbei. Im flackernden Licht des

Feuers erkannte ich Jon. Er lächelte uns an«, erzählte ich später Nick. »Er winkte zu uns rüber, als würde er auf einer Kreuzung stehen und wir säßen in einem Straßencafé.«

»Drehst du noch ne Tüte?«, fragte Marc. Aber ich hatte zu tun. Ich musste Bier trinken und Mora beobachten und nicht total wahnsinnig werden, wenn ich mir den riesigen Sternenhimmel anschaute, der sich über uns ausbreitete. Zu allem Überfluss fielen Sternschnuppen, palettenweise, und der Dreck unter meinen Fingernägeln war reine rote Erde. *Schlummert etwas im Verborgenen?*

Plötzlich wusste ich nicht mehr genau, wie B ausgesehen hatte. Ich erinnerte jedes Detail, seine schiefen Zähne, die geschwungenen Lippen, die dünnen, blonden Haare, aber immer wenn ich versuchte, sein Gesicht zusammenzusetzen, sah ich Mora, mit den rauen Wangen, dem frischen Lippenstift und dem staubigen Kleid.

Ich drückte mein Gesicht in den struppigen Busch neben meinem Schlafsack, um nicht zu zerfallen, nicht wie ein Funkenregen in unser erlöschendes Feuer zu prasseln.

*

Das Outback hatte auf Mora eine ähnliche Wirkung wie ein heftiger Kater. Sie wirkte fast roh. Sie schminkte sich nicht mehr. Die Haare auf ihren Beinen wucherten. Aber sie trug ihre Kleider mit ungebrochener Eleganz. Ihr Libellenblick brachte mich um den Verstand. Am liebsten hätte ich Mora in meinem Handteller getragen, so leicht schien sie mir, aber auch so traurig. Im Übrigen war sie die Zäheste von uns. Brannte die Sonne (immer), warf sie ihre Haare in den Wind, während Marc und ich uns unter unseren Schirmmützen zusammenrollten. Waren wir durstig (immer), knusperte sie unerschrocken noch ein paar Salzbrezeln. War das Fleisch auf unseren dürftigen Feuerchen noch halb roh (immer), biss sie beherzt hinein und ließ den Saft das Kinn hinunterrinnen, während Marc und ich das Tier vorsichtig in den Händen drehten.

Aber ansonsten unterwarfen wir uns äußerst bereitwillig der Ewigkeit. *Werden uns die Außerirdischen in ein Paradies verschleppen?* Es war ein wenig so wie der Winter mit B, den wir auf dem Fußboden an der Heizung verbracht hatten. Wir verließen das Haus nicht mehr, bestellten Essen in Pappschachteln, tranken Kakao und Rotwein und ließen die Stunden vorbeiziehen wie Fließbandware. Wir zählten sie durch, sahen aber keine Unterschiede. Omas Wohnung war zu einem Backofen geworden und wir brutzelten vor uns hin und eigentlich hofften wir, dass wir vollständig verdorrt wären, bevor man uns entdeckte.

Mora, Marc und ich sprachen kaum, höchstens am Abend, manchmal begannen wir gleichzeitig zu lächeln und hörten gleichzeitig auf, manchmal hatten wir Tränen in den Augen, dann fand sich immer jemand, der freundlich auf den Wasserverlust hinwies. Manchmal lief ein Emu vor uns her, schlug seine Klauen in den harten Boden, mal lag ein totes Känguru auf dem Weg, dann röddelte Marc mit zusammengebissenen Zähnen durch den Busch.

Wenn wir die Worte zusammenzählten, die wir an einem Tag wechselten, bekamen wir höchsten ein Elfchen zusammen, die Seufzer nicht mitgerechnet.

Wunderbar! (Lisa, um 10 Uhr)
Bless me! (Mora, um 11:30)
Nimm mich, Herr! (Mora, um 12:57)
Fuck, I'm dying. Water! (Marc, um 15:12)
Bierchen? (Lisa, um 17:30)

Je zielloser wir durch das Land stöberten, desto besser fühlten wir uns. Wir warfen Geröll ab, jeden Tag neu, wir atmeten tief und ließen unsere Fingernägel wachsen. Jeden Gedanken wiesen wir mit verschlossenen Mienen ab, die Erosion schritt voran und voller Vorfreude warteten wir auf den Moment, da unsere Seelen bis aufs Grundwasser abgetragen waren. Der Jeep schloss sich um uns, wir waren vakuumverpackt, use by date, haltbar bis: siehe Verschluss. Das Auto war eine Raumkapsel, in der wir das All eroberten, ausgerüstet mit Kartoffelchips und ohne Wünsche. Meistens verließen wir unsere Verpackung erst am Abend und streckten unsere Zehen im warmen Sand. Dann holten wir schnell die Entgiftung des Tages wieder auf. »Wir können uns doch nicht so gehen lassen, den ganzen Tag haben wir keine Zigaretten zu uns genommen!« Wir warfen mit Tabak, Joints und Bier um uns, wir steckten die Köpfe in den Sand. Wir zogen die Beine an und starrten in den Sternenhimmel, als hätten wir noch nie einen gesehen, der Beton bröckelte uns aus den Poren, eine Schneelandschaft machte sich in unseren Köpfen breit, in der nichts geschah, außer dass ein paar Hasen ihre Fußabdrücke hinterließen. Es hätte mich nicht gewundert, könnten wir bald vollständig durch unsere Haut atmen und würden die Lungen nur noch zum Rauchen benötigen.

Ich hielt mein Gesicht gerade in den heißen Wind, sammelte Fliegen in Scharen auf meinem Körper und bewunderte einen Road Train, einen dieser 50 Meter langen Truckmonster, die manchmal an uns vorbeizogen, als in der Ferne der Uluru auftauchte. Die Fliegen rannten aufgeregt meine Arme hinauf und drängelten sich auf den Schultern, Marc ließ das Steuer los und breitete seufzend die Arme aus. Auch Sudden Smith versuchte die Arme auszubreiten, aber er hatte ja keine. Gerührt kraulte ich ihm den Rücken. Aus dem Reiseführer las ich über die heiligen Zeremonien vor, die früher auf dem Felsen abgehalten wurden. Von den Höhlen, die in ihm versteckt lagen.

»Hach, stell dir das mal vor!«, rief Mora. »Wie die hier ihre Riten hatten, herrlich! Alle ganz nackt und heilig!«

Sudden Smith ließ es sich nicht nehmen, auf die Stolen Generation hinzuweisen, ich verlas Initiationsriten, Marc wurde blass. Ein riesiger schlafender Tempel ragte vor uns auf, alter Staub lag in seinen Eingeweiden. Marc lächelte gerührt, als Mora sich kreischend und johlend aus dem Fenster hängte. Ganz kurz, versteht sich, man hält seinen Kopf nicht einfach so ins All, Moras Gesicht war eine rote Staubmaske, ihre Augen tränten.

»Entgegen einer weitverbreiteten Vorstellung ist der Uluru kein Monolith, sondern der überirdische Teil eines unterirdischen Felsengeflechts, das im Umkreis von 500 m unter dem Uluru liegt«, las ich vor.

»Das ist ja wie mit Pilzen«, rief Mora, »Uluru, du schöner Fungus, wir kommen!«

Obwohl es noch lichter Tag war, zündeten wir Zigaretten an und stießen zitternde Rauchwölkchen aus, die Kängurus sahen uns nach, die Schlangen glitten zur Seite, wir rutschten auf den klebrigen Sitzen hin und her und starrten den Berg so lange an, bis wir seinen Umriss auf der Netzhaut hatten, wenn wir die Augen schlossen. Marc legte Ennio Morricone auf. »Keep your hand on your gun«, sangen wir, »don't you trust anyone. There's just one kind of man that you can trust, that's a dead man, and a Gringo like me.«

Es hätte mich nicht gewundert, hätte auch Virgin Mary jetzt kurz vorbeigeschaut, dieses Mal war ich vorbereitet. Ich hatte mir schon eine Formulierung zurechtgelegt, mein Lieblingssiechtum lag mir direkt auf der Zunge.

*

Mein Telefon zeigte keinen Empfang an, als es klingelte. Es zeigte meine eigene Nummer an. Die Nummer des Telefons, das ich in die Mülltonne geschmissen hatte. Marc war die Umgebung erkunden gegangen, auch von Mora keine Spur, als das Telefon klingelte. Ich hielt das Telefon in den Wind, als es klingelte, ich hielt es über den Kopf, streckte es in den Himmel, es möge mir jemand abnehmen.

»Hallo, Lisa, hier ist Lucy.«

Eine halbe Stunde noch bis zur Nacht. Bald würde die Sonne hinter dem Uluru untergehen. Er leuchtete golden und rot und warf lange schwarze Schatten. Lucys Stimme klang heiser. Ich hielt ein Käsebrot in der Hand.

»Hallo, Lucy.«

Lucy kicherte. »Mein Bruder war nicht ganz beisammen«, sagte sie. »Er ging nachts oft nackt an den Kühlschrank und beschmierte seinen ganzen Körper mit Erdnussbutter und dann mit Marmelade, wie ein Sandwich.«

Ich starrte auf das Brot in meiner Hand.

Sie kaute Kaugummi, dann hörte ich das Geräusch

einer platzenden Blase. Zimtkaugummi, ich war mir sicher. Eine Schlange kroch an meinen Füßen vorbei, wie sollte ich vor einer Schlange Angst haben.

»Mein Onkel hat mich vor Mora gewarnt. Der trinkt Milchshakes wie ein Mädchen, hat er gesagt.«

»Sie ist ein Mädchen.« Meine Stimme klang brüchig wie altes Papier.

»Ich habe sie verraten. Hat Mora es dir erzählt?«, fragte Lucy nach langem Schweigen.

»Assignment 5: Recreate an object of someone's past«, flüsterte ich.

Die Leitung wurde still. Ich rief zurück. »Lucy«, flüsterte ich in den Hörer. »Lucy!«, schrie ich in den Hörer. Immer wieder. Ich hatte keinen Empfang. Ich biss in mein Käsebrot. Ich stellte mir Lucy vor, die mit Mora am Schminktisch saß, ich stellte mir vor, wie Lucy Mora die Brauen bürstete, den Reißverschluss über Moras Rücken schloss und ihr die Nägel lackierte. Ich stellte mir vor, wie sie sehr still waren. Ich stellte mir vor, wie die Stille die Angst erstickte.

Moras Gesicht stand vor mir wie der Mond. Die Dunkelheit umschloss ihr Gesicht, sodass ich noch nicht einmal ihre Haare sehen konnte. Ich schaute sie an, wie ich manchmal die ungelesenen Bücher in meinem Regal ansah. Die, von denen ich ahnte, dass ich sie nie lesen würde, die aber dennoch unentbehrlich waren.

Mora sagte etwas, aber ich hörte sie nicht. Ich setzte Bs Lippen in ihr Gesicht, Bs Augenbrauen und seine Pickel. Ich retuschierte die dunklen Stoppeln und ersetzte sie durch Bs blasse Wangen. Ich zog ihre Augenbrauen nach, wenn ich tot wäre, an was könnte ich mich erinnern?

Limonenbrause, Lippenstift und Kakao, wie viele Schichten hat die Erinnerung, ist das Bewusstsein so etwas wie durch Gestein gefiltertes Wasser?

Ich saß in der Nacht und starrte mit aufgerissenen Augen in die Weite. Ich dachte nichts, rein gar nichts. Die Erosion war abgeschlossen, meine Seele war aufs Grundwasser gestoßen, ich saß an der tiefsten Stelle, dort, wo nur noch ich hinkonnte.

B breitet die Arme aus und stellt sich auf die Zehenspitzen. Seine Arme flattern wie Vögel um seinen Kopf. Er trägt verwaschene Jeans, die um seine dünnen Beine schlottern, und ein rosa-gelb geringeltes T-Shirt. Seine schiefen Zähne blitzen im flackernden Licht. Ich lehne mich zurück, ziehe die Füße auf die Polster. Er hat seine Schuhe ausgezogen, und ich deute auf Scherben, die auf dem Boden verstreut liegen.

»Du hast recht, ich hab das Ei fallen lassen«, sagte ich zu Mora.

»Welches Ei?«

»Na, das Kaiserpinguinbaby.«

»Was ist mit dir denn los?«

»Ich hab B verraten.«

Dunkel ist ein schönes Wort, dachte ich. Es klang genauso, wie Dunkelheit aussieht. Besser als *dark*. In dark ging eigentlich schon die Sonne auf, dark kündigte zumindest den heraufziehenden Morgen an. Ich lächelte, holte Bs Kleid aus dem Rucksack und zog es an. Bs Teerosenduft, sein herber Schweiß und die Make-up-Spuren am Ausschnitt. Sein Kleid anzuziehen fühlte sich an, als hätte ich mich verlaufen und B nähme mich an der Hand. Ich packte die sechs Filmdosen in eine Tasche, ging zum Auto und fuhr los. Der Jeep fuhr sich butterweich, die

Straße schnurrte unter mir weg, ich wich einer Schlange aus und spähte nach anderem kleinen Getier, das ich retten konnte. Ich hätte für eine Ameise gebremst. Niemand war auf den Straßen, die Umrisse des Uluru zeichneten sich schwarz gegen den Himmel ab. Die Schranke war geschlossen. Der Park wurde erst um 6 Uhr morgens geöffnet. Ich summte ein ABBA-Lied, legte den Rückwärtsgang ein, fuhr weit zurück, dann holte ich Luft, schaltete den 1., den 2., den 3. Gang ein und brach laut singend mit YOU CAN DANCE, YOU CAN DAHANCE durch die Schranke.

»Rock'n' Roll!«, kreischte Sudden Smith. Es krachte und splitterte, dann war es wieder still.

Ich folgte dem Pfad, der um den Berg führte, schwarz und schwer lag der Felsen in der Nacht, kein Laut war zu hören. Der Sandweg knirschte, der Weg stieg an, lief über glatte Felsen.

Der Berg floss flach aus und bildete eine Mulde wie eine Hängematte. Ich legte mich hinein und schloss die Augen, ich hatte vor, einen Mord zu begehen, das tat man besser in aller Ruhe.

B hatte aufgehört, Kleider zu tragen. Jeden Tag lief er in derselben grauen Hose rum, im selben weißen Hemd. Die Schweißränder vergilbten unter seinen Achseln. Er trottete hinter mir ins Kino, in den Park, zum Strand. So als wäre er einfach die Verlängerung meiner Bewegungen. Ich hatte Zugfahrkarten und ein Netz Orangen gekauft. Es war Hochsommer. B trug einen Mantel. Er sah aus wie manche alten Leute, die sich auch im Sommer noch so anziehen, als sei der Krieg gerade vorbei und sie müssten alles, was sie noch besitzen, auf der Haut tragen, damit niemand es ihnen stehlen konnte. Dieser Mantel machte mir mehr Angst als die verheilenden Striemen auf seinem Rücken.

Ich öffnete die Filmdosen und nahm die Rollen mit den Negativen heraus. Ich erinnerte mich an jedes einzelne Foto, das ich gemacht hatte. Aber noch besser erinnerte ich die Bilder, die ich nicht mehr gemacht hatte.

Als B vor mir in der Hitze stand, in seinen verdammten Mantel gewickelt, und noch nicht einmal schwitzte, hatte ich die Batterien aus der Kamera genommen.

»Lassen wir es einfach, Lisa«, sagte er.

»Ja«, brachte ich raus. »Das Licht ist nicht gut«, obwohl ich wusste, was er meinte.

B sah mich an und sog spöttisch an seiner Zigarette. »Wir sind nutzlos, Lisa. Wir haben den Anschluss verpasst.«

Das Netz fiel mir aus der Hand, eine überreife Orange zerplatzte auf dem Felsen, der süße Geruch stieg mir in die Nase.

»B, riechst du das«, rief ich. »Riechst du das?«

Die allmählich aufgehende Sonne tauchte den Schriftzug auf den Ilford-Dosen in ein seidiges Licht, ich nahm eine in die Hand und zog ganz leicht an der Lasche. Es würde genauso leicht sein, wie das Band aus einer Kassette zu ziehen. Ich stellte mir vor, wie die Bilder unter der Sonne verglühten wie Vampire, kleine Aschehäufchen würde ich in die leeren Plastikdosen füllen und gleichzeitig würden auch die Bilder in meinem Kopf verschwinden, die Fotos, die ich nicht gemacht hatte:

B hatte den Kühlschrank und den Vorratsschrank leergeräumt, den großen Plastiksack zu den überquellenden

Mülltonnen getragen. Dann legte er sich ins Bett. Wir schliefen die meiste Zeit, Bs Kater lag unruhig auf unseren Füßen. Manchmal, wenn ich aufwachte, hockte B nackt auf dem Fensterbrett und schaute auf die Straße. Wenn wir zu hungrig wurden, koksten wir. Wir konnten beide Hunger nicht gut aushalten. Aber wenn wir koksten, konnten wir nicht mehr schlafen und das war auch nicht gut auszuhalten.

Ich zündete mir eine Zigarette an und blies der ersten aufwachenden Fliege den Rauch ins Gesicht. Sie fing sich schnell wieder. Ich starrte direkt in die Sonne, bis meine Augen tränten. Ich schloss meine Faust mit aller Kraft um die Filmdose, als wäre sie ein Fisch, der entwischen könnte, bevor man ihn mit dem Kopf auf den Stein schlug. Dann fasste ich die Lasche mit zwei Fingern und zog das erste Bild heraus. Es wurde sofort schwarz.

Ich wachte auf, B hatte seine Arme fest um mich geschlungen, ich konnte nicht mehr unterscheiden, wo sein Körper anfing und meiner aufhörte. Sein dünner Körper war bleich und glitschig und stank. Ich stank auch. In der Nacht hatte es geregnet, und die Blätter an den Bäumen leuchteten und glitzerten. Ich konnte B nicht mehr ertragen. In der Dusche rutschte ich aus und schlug mir den Kopf an. Ich duschte eine halbe Stunde, ich schrubbte meinen ganzen Körper wie wahnsinnig. Als ich wieder zurückkam, schlug mir der faulige Geruch im Zimmer wie eine Ohrfeige ins Gesicht. B war wach und sah mich an. Ich schaute auf seinen jämmerlichen, stinkenden Körper und hasste ihn.

»Es reicht«, sagte ich. »Ich geh jetzt einkaufen.«

»Verräter!«, zischte B und beugte sich über den Nachttisch, um eine neue Line Kokain zusammenzuschieben. Ich knallte die Tür hinter mir zu.

Noch im Laden stopfte ich die Schokoriegel in mich hinein und legte nur die leeren Zellophanhüllen auf das Kassenband. Ich kaufte Obst und Pizza und Schokolade. Als ich zurückkam, fand ich ihn. Und meine Hände wurden kalt.

»Ich würde mich niemals umbringen«, hatte B gesagt, »eher würde ich alles hinter mir lassen und verreisen.«

Er war nicht verreist, sondern auf einen Stuhl geklettert. Er hatte kein Flugticket gekauft, sondern ein Seil. Er hatte keinen Koffer gepackt, sondern hatte meine Topfpflanze vom Haken an der Decke genommen, er war in kein Flugzeug gestiegen, sondern hatte mit dem Fuß den Stuhl umgestoßen.

Ich starrte auf das schwarze Bild und wünschte mir, B würde noch ein einziges Mal mit dem Finger über meinen Mundwinkel fahren und einen Krümel wegwischen. Ich biss die Zähne zusammen und drückte meine Zigarette in das Negativ, brannte ein dickes Loch in das Bild. Es stank nach Plastik, ich vermisste B mit einer Brutalität, stünde er jetzt plötzlich vor mir, ich müsste ihn schlagen, bevor ich ihm durch die Haare fahren und mein Gesicht an seinem Hals vergraben könnte.

»Wenn Sommer wäre« hatte ich zu B gesagt, »wir wären auf einer Insel, du Urlauber und ich Köchin, dann würde dich am zweiten Tag eine Biene stechen.« Er käme in die Küche, hatte ich erklärt, und dort reichte ich ihm eine aufgeschnittene Zwiebel und er würde in unhaltbarer Liebe zu mir entbrennen. In der Nacht würde er die

Zwiebel an seine Nase drücken, und der Geruch der Zwiebel würde zu meinem werden.

B kicherte und putzte sich die Nase. B hatte immer Schnupfen. Dann drehte er die Heizung weiter auf.

Drei Tage lang schlüge er nach Bienen, drei Nächte hielte er die vertrocknende Zwiebel in der Hand, fuhr ich unbeirrt fort, dann sähe er mein Bild über der See, meine Haare wanden sich wie Schlangen und ich hielte Kochlöffel zwischen den Zähnen. Er nähme Anlauf, rannte und stürzte über den Balkon in den Swimmingpool und triebe bewusstlos in der chlorigen Lauge.

»Nein«, sagte B. »Der Swimmingpool wird gerade gereinigt, deshalb ist er leer und deshalb sterbe ich.«

»Nein«, sage ich, »du wirst gerettet.« Aber ich erführe von dem *Unfall*, würde mir plötzlich meiner Liebe bewusst, rührte noch einmal die Soßen um und rannte dann hinauf, risse mir die Schürze vom Leib und stürzte mit ausgebreiteten Armen in sein Zimmer. Es böte sich mir ein furchtbares Bild, er hockte auf dem Bett, von Schalen umgeben, und nagte mit loderndem Blick an einer Zwiebel. Den Zwiebelschalen auf dem Bett nach zu urteilen und dem beißenden Geruch, der im Zimmer herrschte, schlösse ich, dass er schon mindestens zwei Netze Zwiebeln zu sich genommen haben musste. In seinem Blick loderten die Flammen des Wahnsinns.

»Gepeinigt laufe ich in die Wälder«, erzählte ich weiter, »bis ich ein Bienennest finde. Ich zerstöre es in Raserei, bis die aufgescheuchten Tiere in Schwärmen über mich herfallen.«

Wie ein einziger Körper legten sie sich auf meinen, und ich wähnte das Gewicht meines Geliebten auf mir zu spüren. Hunderte von Bienen würden über meine Haut krabbeln, liebkosend und stechend, und mit einem ekstatischen Aufschrei verstürbe ich in den Armen meines summenden Geliebten.

B prustete los und versprühte den Rotwein wie Gischt auf seine Jogginghose. Wenn B richtig lachte, war sein Lachen lautlos, nur noch ein leises Klicken war aus seinem Hals zu hören. Ich rückte ganz dicht an ihn heran, sein ganzer Körper vibrierte. Als ob ich taub wäre, dachte ich, und meinen Körper gegen eine Box presste, um die Musik zu spüren. Mein Körper schwang in Resonanz zu Bs Lachen.

Ich hatte die Filmdosen weggeworfen, ich brauchte beide Hände, um die Scharen von Fliegen zu verscheuchen. Aber die Fliegen stachen nicht. Keine einzige. Ich hatte alles versaut. Der so dramatische wie romantische Bienentod blieb mir verwehrt. Ich lag auf dem Felsen, das Gesicht nach unten, Bs Kleid als Fliegenschutz über den Kopf gebreitet, roch seinen Schweiß und wünschte mir, der Felsen könne lautlos lachen, dann würde ich vielleicht aufhören zu weinen.

Aber der Felsen lachte nicht. Ich arbeitete also das ganze Wörterbuch durch. To wail, to weep, to moan, stop all the clocks, cut off the telephone, to cry, to howl, to keen, let aeroplanes circle moaning overhead, scribbling on the sky the message He Is Dead, to scream, to yell, to bawl, let the traffic policemen wear black cotton gloves, to thump, to bang, to slash, the stars are not wanted now: put out every one; pack up the moon and dismantle the sun; to sigh, to sniff, to groan, pour away the ocean and sweep up the wood, to breathe, to float, to smile.

Ich brauchte eine Weile, die Filmdosen wiederzufinden. Ich brauchte eine Weile, das Brandloch mit meiner Reue zu füllen. Ich brauchte eine Weile, um zu verstehen, dass ich B nie schlagen können würde, dass ich mit B nie schlafen können würde, dass ich beides aber auch nicht getan hätte, würde er noch leben.

*

Die Fliegen klatschten gegen das Fenster, als ich die Autotür hinter mir zuzog.

»Könnte ich meine immerwährende Anstrengung, normal zu erscheinen, für etwas Besseres einsetzen?«, fragte Sudden Smith leise und kehlig.

»Wer hat dich eigentlich ernannt?«, fragte ich sanftmütig. »Was bist du? Ein verfickter Lebensberater?«

»Lisa, mal ehrlich, wer nimmt schon seinen Glücksbringer mit, wenn er sein Kleinod zerstören will. Das passt doch hinten und vorne nicht.«

»Assignment 58: Record the sound that is keeping you awake.«

Vor dem Pförtnerhäuschen, neben der zerbrochenen Schranke, standen aufgeregte Männer.

»Es tut mir leid«, sagte ich. »Ich habe es nicht gesehen.«

Die Männer schrien mich an.

»It was dark«, sagte ich. (dark, nicht dunkel) »Es tut mir sehr leid.«

Lächelnd gab ich meine Personalien an, dann fuhr ich los.

Marc kochte Kaffee, als ich zurückkam. Mora schaute mit zusammengekniffenen Augen in einen winzigen

Taschenspiegel und seufzte. Sie hatte recht. Viel war von der Frau nicht geblieben.

»Wo warst du denn, verdammt?«, knurrte Marc.

»Spazieren. Am Uluru.«

»Du verrücktes Huhn«, rief Marc. »Mitten in der Nacht um den Uluru wandern, war der Park überhaupt schon auf?«

»Nein«, sagte ich.

Marc schielte zur Stoßstange und schaute mich dann mit großen Augen an. Ich nahm ihm seinen Kaffee aus der Hand und die Zigarette und setzte mich seufzend in den Staub, als Marc die Autotür hinter sich zuschlug.

»Wo willst du denn hin?«

»Zum Uluru«, fauchte Marc durchs Fenster. »Jetzt hat der Park ja geöffnet.«

Als Marc in einer Staubwolke verschwunden war, steckte Mora den Spiegel ein und zündete sich eine Zigarette an. Sie war ungeschminkt, die Haare standen in alle Richtungen, sie hatte sich dem Staub angepasst und trug jetzt ein rotes Kleid.

»Mora?«, fragte ich, als eine Ameise ihren Weg von meinem Hals über Bauch und Beine beendet hatte und wieder festen Boden unter den Füßen fand, »darf ich dich fotografieren?«

Mora richtete sich auf und strich mir über den Nasenrücken, zart, aber auch irgendwie drohend, dann spuckte sie einmal kräftig auf die Erde und warf sich in Position. »Hast du ein Glück, dass ich bei den Pfadfindern war. Diese gute Tat reicht aber fürs ganze Jahr, teil es dir gut ein.«

Ich hob die Kamera vors Gesicht und legte den Finger auf den Auslöser. Mora strich sich den Bart und lächelte spöttisch. Ich löste aus, ein satter Wimpernschlag. Mora saß mit gekreuzten Beinen im Staub, das Kleid über den Knien gerafft, und blies mir den Rauch ins Gesicht (Lichtempfindlichkeit 100, Blende 16, Verschlusszeit 1/250).

Sie nahm mir die Kamera aus der Hand, ich saß mit gekreuzten Beinen im Staub, das Kleid über den Knien gerafft, und blies ihr den Rauch ins Gesicht (1/500).

Mora zog sich das Kleid über den Kopf, und holte wie ein Zauberer ein Taschentuch nach dem anderen aus ihrem BH (Blende 22, Verschlusszeit 1/125).

Ich fand, es war nur angemessen, dass in dem Moment ein Wind aufkam und die kleinen Dinger wie Vögel in die Luft hob. Andächtig schauten wir ihnen hinterher, bis ihre Schwingen über dem Uluru Feuer fingen. Mora seufzte und kletterte nackt auf einen Felsen, ihre Brust war von dunklem Flaum bedeckt, die kräftigen Schenkel glänzten in der Sonne. Sie breitete die Arme aus und warf den Kopf zurück (Blende 22, Verschlusszeit 1/125). Große Gesten sind wie ein Anzug, wie ein Schlips und ein Hut. Und es war nicht zu viel verlangt, dass in dem Moment zwei Wolken aufzogen, sich um die Sonne legten und ihr Licht bündelten, dass es Mora um die Schulter fiel wie eine Federboa. Sie drehte sich um und schaute über die Schulter in die Kamera, die Lippen geschürzt (Blende 8, Verschlusszeit 1/500).

Es war, als wäre ich plötzlich blind und könnte nur sehen, wenn die Kamera einen klaren Ausschnitt setzte, bei jedem Auslösen schloss ich meine Augen.

Wir wirbelten Staub auf, das war das Mindeste, alle Fliegen der Gegend schauten zu uns herüber. Einige Staubpartikel verharrten kurz andächtig in der Luft, bevor sie sich auf Moras ausgestreckten Körper legten.

Ich kümmerte mich so lange um Moras Gesicht, nahm es zwischen die Hände und küsste jeden stoppeligen Zentimeter, den ich kriegen konnte. Ich legte meine Hände auf ihre Augen und küsste ihren Hals ohne jede Hast. *Kümmern sich meine Gefühle zu Recht nicht um meine Vorbehalte?* Autos rasten über die Böschung hinaus und stürzten nicht ab, Flugzeuge tauchten unter, Schreibmaschinen schlugen Worte in den Wind und ich begehrte Mora so sehr, dass ihre Haut mir wehtat, dass ich Stücke aus ihr hätte rausbeißen können, dass ich knurrte und die Zähne fletschte und sie doch so zart küsste, als wäre ich Sand, der langsam über ihre Haut rieselte. *Neige ich zur Rauflust?* Wir hielten unsere Köpfe fest umfasst, wir hielten uns voneinander fern und doch schlugen Küsse durch die Luft und doch starb einmal auf der Welt für eine Weile niemand. Ich fuhr mit den Händen ihre Hüften hinauf, ich streichelte jedes einzelne Haar auf ihrer Brust. *Macht 2 mal 2 wahrscheinlich 4?*

Ich strich ihr über das Kinn, leckte ihr den Staub aus dem Gesicht und dann legte ich meine Lippen auf ihre, ganz leicht, es hätte ein Blatt sein können, was dort auf ihren Lippen lag, und dann wurde es ganz still. Wir atmeten ganz tief und langsam und Moras Atem füllte mich aus, ihr Atem war leuchtend gelb, Mora Geistermuräne, und wir bewegten uns nicht.

Und B ging das alles nichts mehr an.

*

Ein Strom von Wasser floss mir über das Gesicht, ich roch Marcs Schweiß und kaute auf Plastik. Ich lag in seine Armbeuge gekuschelt wie in ein flauschiges Kissen,

Marc schüttete zwei Liter Wasser aus einer Flasche über mir aus und stocherte mit dem Plastikschlauch in meinem Mund herum. »Trink was, Kind, trink doch mal!«, rief er in seiner hohen Da-ist-ein-Monster-unter-dem-Bett-Stimme. Ich blinzelte durch das Wasser und versuchte ihm meinen Da-ist-kein-Monster-unter-dem-Bett-Blick zu schenken, dann verschluckte ich mich ganz fürchterlich.

»Gehen Gemütlichkeit und Eleganz getrennte Wege?«, brachte ich schließlich heraus und Marc bedachte mich mit einem grimmigen Was-weißt-du-schon-von-Monstern-Blick. Dann schleifte er mich keuchend in den Schatten des einzigen dürren Baumes, der hier seine knorrigen Wurzeln in den Stein schlug.

»Kind, du bist zu dick, du passt nicht in den Schatten«, schnaufte er.

Ich schaute zweifelnd auf den schmalen Streifen Schatten, der über meinen Körper fiel. Marc hockte sich vor mich hin, strich mir die Haare aus dem Gesicht.

»Geht schon wieder«, sagte ich.

»Your poor german organism!«, schimpfte Marc erleichtert und ließ sich dann im 90-Grad-Winkel zu mir ebenfalls an den Baumstamm sinken. Manchmal ist es sehr gut, die Köpfe aneinander, aber ansonsten im 90-Grad-Winkel voneinander weggestreckt, an einem knorrigen Baum zu sitzen und zu beobachten, wie der 10 Zentimeter breite Schatten vom rechten auf das linke Knie wandert.

Marc reichte mir einen Schokoriegel. Ich zerriss das Papier und löffelte die weiche Schokolade mit dem Finger aus der Verpackung. Marc reichte mir eine Orange. Ich grub meine Daumen hinein und brach sie auseinander, versenkte mein Gesicht in den beiden Hälften, bis meine Zähne die weiße Pelle von der Schale rupften.

»So, und jetzt brauchst du noch Salz«, ermunterte mich Marc und hielt mir eine Handvoll Erdnüsse hin. Ich musste mich beherrschen, ihm nicht direkt aus der Hand zu fressen.

»Wo ist Mora?«, fragte ich.

»Uluru«, brummte Marc.

Anscheinend mussten wir unsere Siechtümer einzeln zum Uluru tragen.

Zehn Minuten später verbrannte der Autositz mir die Beine und ich hatte ein Kängurubaby auf dem Arm, das seine Nüstern an meinem Hals rieb.

»Die Mutter ist tot«, erklärte Marc. »Wir bringen es nach Coober Pedy.«

Ich war mir nicht sicher, welchen Kummer Marc mit dem Berg verhandelt hatte, aber er war mit einem Känguru zurückgekommen, das wirkte erst mal wie ein guter Deal. Ich hatte Marcs Wasserrucksack auf dem Rücken und hielt dem Kängurubaby den Schlauch hin, es saugte schwach. Wenn das so weiterging, würden wir bald unsere Zeit nur noch damit verbringen, uns gegenseitig zu füttern und über den Kopf zu streicheln. Mora hielt dem Känguru Butterkekse hin, es schien aber nicht so recht bei der Sache zu sein.

Langsam wich der rote Boden einer grauen Steinwüste. Eine öde Mondlandschaft zog an uns vorbei, grauer Staub legte sich auf das Auto und unsere Haut. Wir kurbelten die Fenster hoch. Seit Stunden und Tagen hatten wir keine Blume mehr gesehen. Ich sehnte mich nach Mohnblumen, auch wenn sie unter der Hand sofort zerbrachen (ZERBRACHEN!) wie Mumien, die Jahrhunderte unter der

Erde überlebt hatten und plötzlich, Luft und Wind ausgesetzt, innerhalb von Stunden zerfielen. Jedesmal wenn ich eine Mohnblume gepflückt hatte, bekam ich das Gefühl, einem Wesen die Zeit aus den Poren zu treiben.

Ich versenkte mich in das seltsam greise Gesicht des Kängurubabys. Es nuckelte an meinem Finger, der knochige Körper zitterte, ich heftete meinen Blick auf das vorbeirasende Geröll und weinte.

»Wenn man einmal damit angefangen hat«, sagte ich entschuldigend zu Marc, »ist es schwer, wieder aufzuhören.«

»Ach, wird dich nur ein paar hundert Dollar kosten, die Schranke. Kein Grund, melancholisch zu werden.«

Mora zupfte ein Taschentuch aus ihrem BH und hielt es mir unter die Nase. Ansonsten schaute sie mürrisch aus dem Fenster. Auch Marc baute sichtlich ab. Er wischte sich ständig den Schweiß von der Stirn und drehte genervt am Radio. Irgendwie hatten wir genug voneinander. Außerdem waren wir dreckig und stanken. Unsere Haut juckte, manchmal war es einfach nicht schön, zu dritt in einem heißen Auto zu sitzen, wenn man den eigenen Atem schon nicht mehr ertrug.

Am Straßenrand, mitten in der weiten Ebene, stand eine Frau, starrte die Straße hinauf und hielt ein Kind an der Hand. Wir hielten und kurbelten die Fenster hinunter. Die Frau starrte uns an. Das Kind nagte an einer Gummischlange und starrte uns an. Niemand sagte ein Wort.

Die Steine spritzten unter den Reifen hervor, Marc sang leise vor sich hin, auf meinem Schoß war das Känguru eingeschlafen, auf der Rückbank verzehrte das Kind eine Gummischlange nach der anderen, die Frau trank Cola und starrte aus dem Fenster, Mora aß Kekse und wischte seufzend nach jedem Keks die Krümel von ihrem Schoß.

Nach fünf Stunden wuchs die Stadt vor uns aus der Wüste wie eine Mondstation. Seit einer Stunde schon bedeckten kleine Geröllhügel die Ebenen, so weit das Auge reichte. Opalabbau.

Vorsichtig rollten wir auf der A 87 in die Minenstadt. Ein Grenzposten hätte uns nicht gewundert. Wortlos schlug die Frau von innen gegen die Tür. Marc hielt am Straßenrand. Die Frau zog ihr Kind hinter sich her, schlug die Tür hinter sich zu. Aus einer Tasche nahm sie ein rotes Kleid und zog es dem Kind über das staubige Hemd. Hand in Hand liefen sie die Straße hinunter. Die Straßen von Coober Pedy waren wie ausgestorben, die Männer gruben nach Opalen, die Frauen standen in dunklen, stickigen Geschäften und bewachten die Auslagen mit der Beute. Wir nahmen uns einen Moment, um diese archaische Ordnung zu würdigen.

»Kupa piti – weißer Mann im Loch«, kicherte Sudden Smith hämisch. Nachdem Marc drei lauwarme Cola gekauft hatte, sprang das Auto nicht mehr an. Wir fluchten, spuckten in den Staub und schlugen ein bisschen auf die Kühlerhaube, aber das half auch nichts. Zu Fuß liefen wir zu der Känguru-Station. Überall in der Wohnung hingen Baumwolleinkaufstaschen, in denen Kängurus schliefen. Unseres wurde Henry getauft und landete in einer gelben Coles-Tasche, an die Riemen genäht waren, sodass man sie vor der Brust tragen konnte. Mike hatte ein glattes rotes Gesicht und fütterte Henry mit warmer Milch (keine Butterkekse). Dann brachte er uns zu einer kleinen Werkstatt am Rande der Stadt. Ein verwitterter Mann saß auf der Treppe und trank Kaffee aus einem

Becher mit weihnachtlichem Aufdruck, der bei jeder Bewegung ein blechernes Glockenspiel anstimmte. Er quatschte mit Mike und trank seinen Kaffee, während wir nervös mit den Füßen im Staub scharrten. Mike lachte und unterstrich jeden Satz mit eindrucksvoller Gestik. Henry lag an seiner wogenden Brust und versuchte nervös, die Bewegungen auszutarieren. Irgendwann schloss er erschöpft die Augen und gab sich dieser Barke im Sturm einfach hin. Nach einer halben Stunde wendete sich der Mechaniker uns zu. Ich dachte schon, er hätte weder uns noch unseren Jeep, der hinter Mikes Truck im Staub versank, wahrgenommen.

»Morgen Abend könnt ihr ihn wieder abholen«, sagte er, ohne überhaupt einen Blick unter die Kühlerhaube geworfen zu haben.

Entrüstet öffnete ich den Mund und setzte an, aber Marc zog uns entschlossen hinter sich her und kaufte drei Eis. Und er hatte recht, unser Eis schmeckte nach Gefrierbrand, der Boden des kleinen Imbisses war von Bier verklebt, es war ein solch überzeugendes Elend, da brauchte man gar keine Steine mehr zu schmeißen, da wurde man ganz friedlich.

*

»Jonas zieht wieder ein«, sagte Marc und hatte Staub und Fliegen im Gesicht.

Wir hockten auf einem Stein und tranken warmen Wodka, den Marc anscheinend extra für diesen feierlichen Anlass einen Tag lang durch die Wüste geschleppt hatte. Nach einigen Litern Regenwasser, das seit dem Winter in Tonnen stand und sich auf der Zunge anfühlte wie ein totes Tier, biss der Wodka herrlich auf der Zunge.

Am Nachmittag hatten wir mit Schlafsäcken unser unterirdisches Quartier bezogen. Endlose Schlafsäle waren in den Stein gehauen, die einzelnen Kojen zum Flur mit Decken getrennt. Kleine Bergbaulampen glimmten in den Stollen. Mit Tinte hatten wir unsere Namen in das Gästebuch eingetragen.

Am Tresen hatten Männer gesessen und Bier getrunken. Mora setzte sich dazu, frisch rasiert und parfümiert, dezent geschminkt und in feinstes Gespinst gehüllt. Als der erste »fucking fag« murmelte und auf den Boden spuckte, zerquetschte Mora, ohne mit der Wimper zu zucken, das Bierglas in ihrer kräftigen Faust. Dann sah sie die Männer der Reihe nach an, bis die auf den Tresen schauten. Sie wischte sich ein wenig Blut von der Hand und bestellte höflich ein neues Bier.

Marc und ich waren in das weiße Sonnenlicht hinausgetreten und dann stundenlang in dieser grauen Mondlandschaft herumgeklettert, in ständiger Angst, durch den Boden zu brechen. Der Reiseführer hatte unterirdische Stollen gezeigt, wie ein zerwurmter Apfel kam diese Einöde mir vor, wie ein Apfel, der sich nur mühsam am Stamm hielt. Unsere Beine waren zerkratzt, wir stapften durch Geröll, wir bezwangen Berge, je höher, desto besser konnten wir atmen. Von den Gipfeln aus blickte man über schier endlose Weiten von Löchern in der Erde und aufgeschütteten Hügeln daneben. Noch nie hatte ich eine Gegend gesehen, in der die Baustelle, die verwundete Erde, das gesprengte Gestein so sehr der natürlich gewachsenen Landschaft glichen.

»Du willst mir doch was sagen.«

Marc lächelte mich verkrampft an. »Quatsch.«

Wir hätten nicht in unseren Flip-Flops losgehen sollen, unsere Füße waren zerschrammt und blutig. Es war leicht, die Berge hinaufzukommen, hinunter war etwas anderes. Das Geröll rutschte unter unseren Plastiksohlen weg, die Sohlen rutschten unter unseren Füßen weg. Es war eine schmerzhafte und ziemlich idiotische Angelegenheit, trotzdem erklommen wir jeden verdammten Hügel. Am Abend kamen die Kängurus heraus, bevölkerten die zerklüfteten Ebenen.

»Jonas zieht wieder ein«, rückte Marc endlich raus mit der Sprache.

Ich schwieg und fügte meine Blicke Marcs Blicken hinzu, der Horizont bog sich noch mehr. »Was sagen denn Fischli & Weiss dazu?«, fragte Marc schließlich kläglich. Ich fand, er hatte allen Grund dazu. Er hatte mich nicht nur einen Nachmittag lang durchs Geröll geschleift, um den tristesten aller Orte zu finden, als Kulisse für die Neuigkeit, dass er mich rauswarf. Er hatte auch dafür gesorgt, dass ich meinen Job kündigte, bevor er mich vor die Tür setzte.

»Kann man das Prinzip der Hefe auf alles übertragen?«, las ich vor und fing schon wieder an zu weinen. Marc nahm einen großen Schluck Wodka und sah aus, als wünschte er sich, die wurmstichige Landschaft würde endlich ihr Versprechen einlösen und ihn verschlucken. Aber ich fand nicht, dass ich zu emotional reagierte. Hefeteige waren eben sensible Gebilde.

»Marc, ich will nach Hause«, sagte ich. »Lass uns morgen nach Hause fahren.«

Am nächsten Tag wurde der Ort auch nicht lustiger. Wir spuckten in den Staub, aber auch das half nichts.

Meine Augen waren furchtbar trocken, bei jedem Blinzeln fühlte es sich an, als hätte ich kleine Schrubber unter den Augenlidern. Unser emotionales Konto war absolut überzogen, wir standen knietief in den roten Zahlen. Zudem schälte sich unsere Haut und Moras Parfumflakon war am Morgen zerbrochen. Wir wanderten durch die staubige Stadt, Marc kaufte sich ein bemaltes Didgeridoo, im Bottleshop holten wir Bier, Mora hatte ein schlichtes Kostüm gewählt (gebügelt) und schwenkte eine dezente graue Handtasche, trotzdem warfen ihr die Männer unter den speckigen Hutkrempen finstere Blicke zu. Hin und wieder verpasste Marc ihr einen solidarischen Zungenkuss. Aber das half auch nicht wirklich. Wir waren so etwas wie eine doppelte Verneinung. Man wollte uns hier nicht und wir wollten uns hier auch nicht.

Wir hockten uns auf einen breiten Metallzaun und aßen Kekse und viel zu weiche Pflaumen. Die Hitze der heißen Metallstange stieg uns in die Beine. Schweigend starrten wir auf die staubige Straße. Marc blies angestrengt in sein Didgeridoo, entlockte ihm röhrende, unkoordinierte Töne, während sein Speichel in den Schotter tropfte.

»Der Zaun ist ganz schön heiß«, sagte Mora nach einer Weile.

»Ja«, sagte ich, »eigentlich tut es sogar schon weh.«

Wir blieben sitzen und tranken lauwarmes Bier aus Blechdosen. Die wenigen Menschen, die nicht arbeiteten, hockten wie wir in den Straßen und tranken Bier. Eine alte Frau schwenkte ihre Bierdose in unsere Richtung. »Ich habe die Stadt noch nie verlassen«, rief sie, »und ich bin stolz darauf. Macht ein Foto von mir!« Als wir weitergehen wollten, griff sie nach meinem Knöchel.

Der Tag war erst halb herum, als die Hitze unerträglich wurde, die beharrliche Hoffnungslosigkeit der Stadt uns in die Knie zwang. Wir gingen zu jeder unterirdischen Attraktion, die es gab, wühlten uns wie Maulwürfe durch Stollen, hockten auf hölzernen Kirchenbänken, tranken Gin, während die kleinen Lämpchen den Stollen erhellten, in dem die Kirche gebaut war. Der Friedhof sah aus wie Disneyland für deutsche Minenarbeiter. Die Gräber waren mit Bierfässern geschmückt, in den Farben der deutschen Flagge gestrichen, Terrakottakitsch tummelte sich um die Kreuze. Wir bestaunten eine futuristische Planierraupe, übriggeblieben vom Mad-Max-Dreh, aber nur in Crocodile Harry's Untergrund Nest tauten wir ein wenig auf. Damenunterwäsche hing von der Decke, man munkelte, auch Tina Turner hätte diesem kauzigen Deutschen, der die Vorlage für Crocodile Dundee lieferte, einen Slip vermacht. Mora hockte neben Harry, dem 80-jährigen Casanova von Coober Pedy, teilte ihren Flachmann mit ihm und ließ sich vom Krokodil-Nahkampf erzählen. Harry war so mager und zerfurcht, dass er in seinem Hawaiihemd fast verschwand. Zum Abschied küsste sie ihn auf die Wange und Harry wurde rot.

Als die Sonne endlich die Stadt in ihr rotes Licht tauchte, wanderten wir mit unseren Rucksäcken zur Werkstatt. Der Mechaniker war nicht da. Unser Jeep stand unberührt vor der Garage. Ich ließ mich in den Staub fallen, Marc verschwand wütend in der Stadt, Bier im Sinn. Als wir die beiden Sixpacks niedergemacht hatten, war es noch immer nicht viel später.

»Okay guys, last order!«, rief Mora und schwenkte ihre Handtasche.

Eine halbe Stunde später kam sie wieder mit Wein und Zigaretten, Eiswürfeln in einem Handtuch, Nasenbluten, aufgeschürften Knien und einem blauen Auge. Wir hockten uns in den Schotter vor der Stoßstange.

»Meine Bierglasdemonstration hat wohl nicht ganz gereicht«, erklärte sie und drückte sich den Eisbeutel auf den Nasenrücken. Ihre Lippen zitterten, als sie mich angrinste. Der Mond stand voll am Himmel, die Hunde jaulten über der Stadt. Nach weiteren mutlosen, verbissenen Schlucken waren wir endlich restlos betrunken. Wir seufzten abwechselnd und starrten auf die Motten, die in das flackernde Licht einer Straßenlaterne flogen. Gegen den Mond wirkte das Licht der Laterne gelb und krank. Im selben Moment, als der Mond hinter Schichten von Wolken verschwand und wir unsere Zigaretten ausdrückten, flackerte die Laterne einmal hell auf und erlosch, zusammen mit allen anderen Laternen in Coober Pedy, allen Leselämpchen, allen Wohnzimmerlampen, allen Radioweckern, allen Fernsehern und Kühlschränken.

»Perfect time to share some secrets«, sagte Mora nach einer Weile. Aber wir hatten unsere Geheimnisse schon aufgebraucht.

Aus der Ferne drang ein merkwürdiges Schnattern herüber. Dingos. Fluchend kletterten wir auf das Dach des Autos. Selbst die Sterne hatten die Augen geschlossen, nur wir nicht. Wir hörten die Dingos atmen. Ihr langsames Atmen hatte nichts mit dem friedlichen Schnaufen von Hunden gemein. Es war langsamer, mit einem leisen Zischen. Es klang wie der lauernde Atem eines riesigen Tieres. Die Wolken zerrissen über dem

Mond und ich sah die Schatten zwischen den Disteln hin und her huschen.

Am Morgen weckte uns die leise, blecherne Melodie von Jingle Bells. Mora sprang vom Dach wie von einer Tarantel gestochen, das Didgeridoo, das sie im Schlaf umklammert gehalten hatte, schleifte hinter ihr her durch den Schotter. Der Mechaniker saß auf einem Bänkchen vor dem Haus, trank Kaffee, schielte auf unser metallenes Nachtlager und kicherte vor sich hin.

»Habt ihr gut geschlafen da oben? Die Natur vertreibt alle Sünden«, grunzte er, als er sich wieder gefangen hatte.

»Nicht wahr?«, lächelte Mora. »Back to the roots.« Beiläufig nahm sie das Didgeridoo in beide Hände und machte sanfte Paddelbewegungen.

Der Mechaniker kratze sich unbehaglich die Brust und setzte seine Tasse ab. »Dann schau ich mir euren Schlitten mal an.«

»Keine Eile, Mister!«, hielt Mora ihn zurück und schwenkte ihr Didgeridoo nun wie einen Baseballschläger. »Trinken Sie erst mal Ihren Kaffee aus. Ganz gemütlich.«

»Schon gut, wahrscheinlich sind's nur die Zündkerzen.« Der Mechaniker wand sich. Mora stieß ihn mit dem Didgeridoo vor die Brust.

»No, you shitload, you better have your coffee in peace!«, zischte sie leise. Sie bleckte die Zähne, genau wie damals, als ich ihr die Fotos gezeigt hatte. Dunkle Haare brachen durch die weiße Haut ihrer Beine, auf Wangen und Kinn lagen Bartschatten. Ihre Nase war blau und geschwollen. Der Mechaniker starrte Mora unverwandt an, während er den letzten Schluck aus seiner albernen Tasse nahm, dann knallte er den Becher auf die Bank. Marc nahm Mora das Didgeridoo aus der Hand und strich ihr über den Rücken. Wir setzten uns auf die Bank und sahen dem Mechaniker beim Arbeiten zu. Vier Stunden später hüllte Marc ihn in eine Staubwolke, fuhr eine elegante Kurve und zermalmte sein Klappschild.

Die Stadt verschwand und der Himmel faltete sich über uns zusammen, Mora bemerkte es gar nicht, dabei saßen ihr die Vögel auf dem Kopf, als der Staub sich legte. Aber ich sperrte die Augen auf, fletschte die Zähne und riss ein großes Stück aus dem Himmel.

Ist das Leben ein seltsames Höhlensystem?

Ich landete in Sidney auf weichen Pfoten wie eine Katze, die man aus dem 9. Stock geworfen hatte. Ich atmete aus und schaute die Straße hinauf. Ein Regen hatte die Konturen der Häuser geschärft, kantig ragten die Fassaden in den Himmel. Ich setzte die Füße auf den rissigen Asphalt und hielt die Nase in den Dunst der Abgase. Der Gestank der Gullys, der Schweiß auf meiner Haut, der Lärm der Autos, all das schmolz zusammen zu meinem ganz persönlichen Begriff von Freiheit. Sydney war zu einem Überraschungsei geworden, und als ich die Schokoladen verputzt und die gelbe Kapsel geöffnet hatte, lag in meiner Hand Nick, in sieben Teilen, mit Anleitung zum Zusammenbauen.

Nick schaute auf meine verdreckten Füße und umarmte mich, wickelte seine Arme ganz um mich herum und drückte sein Gesicht an meine Wange. Es war, als hätte der geschäftige und kühle Nick sich in meiner Abwesenheit gehäutet, seine Haare lagen mir weich über dem Gesicht. Er sagte noch immer nichts, als wir ins Auto stiegen.

»Hast du Gummibärchen zu Hause?«, fragte ich.

Nick hielt an einer Tankstelle, ich kaufte Gummibärchen und Schokoladenkekse, den Staub aus der Wüste noch in den Haaren. Ich fuhr mir mit der Zunge über die Zähne, sie waren pelzig.

»Nick?«

»Lisa.«

»Meine Zahnbürste liegt auf einem Zaunpfahl im Outback.«

»Du kannst meine haben.«

Er schaute auf die Straße und lächelte. Ich lehnte mich zurück und schloss die Augen. Eine traurige, gleißende Euphorie in allen Dingen, wie das erneute Aufflackern der Liebe, kurz bevor man sich trennt. Ich sehnte mich nach den Pastellfarben Deutschlands, nach diesem verwischten Himmel, dem grauen Licht am Morgen, aus dem die Bäume schemenhaft auftauchten, so dass ich nie genau wusste, wo mein Körper aufhörte und die Straße begann. Ich wusste genau, wo Nicks Körper aufhörte und meiner begann, und die Luft zwischen uns fühlte sich an wie Brausepulver, es war lebendige, zischende, prickelnde Luft, die Möglichkeiten barg. Ich konnte alles tun, was mir einfiel, ich konnte Berge besteigen und Nobelpreise erhalten, ich konnte Ölbilder malen und Autos reparieren, ich konnte Lieder komponieren und Flüsse durchqueren, ich war ein Rechengenie und bezwang zumindest für eine Weile den Tod, der in unseren Zellen lag. Naja, wenigstens konnte ich endlich eine Dusche nehmen und die Tür einladend angelehnt lassen, wer weiß, was sich bei Nick in meiner Abwesenheit noch getan hatte.

Ich putzte mir die Zähne und roch an Nicks Shampooflaschen, an seiner Gesichtscreme, an seinem Rasierzeug. Dann breitete ich meine Kosmetika über der Ablagefläche aus, stellte mein Duschgel an den Badewannenrand, steckte meinen Fön in die Steckdose. Ich besetzte das Gebiet mit der subtilen Vehemenz eines Guerillas. *Soll ich mich parfümieren und die Kerzen anzünden?* Auf dem Schreibtisch lag ein kopierter Grundriss der Wohnung, warum auch immer, vielleicht für die Galerie. *Lisa*, schrieb ich auf die Couch, *Lisa*, schrieb ich auf das Bett, *Lisa*, schrieb ich auf die Badewanne. *Lisa*, schrieb ich mit dem Finger über Nicks lächelndes Gesicht (Assignment 16: Make a paper replica of your bed).

Wir lagen auf dem Rasen im Garten. Neben uns Teller mit Resten von gebratener Aubergine, Maiskolben und Fisch. Ameisen krabbelten uns über die Bäuche, wir kratzten uns träge. Ich staunte über die Spuren der Ameisen, über die ziellose Sicherheit, mit der sie ihre Wege zogen. Ich legte ein Maiskorn in meine hohle Hand und bald schon tummelten sich ganze Scharen, zogen die Linien meiner Hand mit ihrer Emsigkeit nach, verliehen allem Gewissheit. Würde ich Kinder bekommen, wäre mein Leben lang und erfüllt, wäre ich mit Gesundheit und großer Liebe gesegnet? Die Ameisen schwiegen sich aus. *»Bin ich ein Esel?«*, zitierte Sudden Smith.

Ich drehte mich zu Nick und blinzelte, sah seinen Umriss gegen die untergehende Sonne. Ich hatte nur milden Spott für die aufziehende Dunkelheit. Selbst in schwärzester Nacht könnte ich exakt den Bogen seiner Wimpern bestimmen, wüsste ich von jeder verdammten Sommersprosse. Die Nächte wurden langsam kühl, die Straßen lagen voll mit weißen Blüten.

»Warum hast du mir das nie erzählt?«, fragte Nick, nachdem ich Bs Namen mehrmals in die Luft gezeichnet hatte.

»Warum wohl?«, sagte ich und deutete auf die Schnecken im Salat, die in der Nacht weiß leuchteten.

Nick seufzte und drehte sich auf den Bauch, verbarg

sein Gesicht in den Armen, als ob er meinen Aberglauben genau kennen würde. Dass manche Räume frei bleiben mussten, weil ein Unglück überhandnehmen konnte, übergreifen konnte auf leichte Räume und für immer ihr Licht verändern.

»Es sind nur Schnecken«, sagte ich, aber Nick hob seinen Kopf nicht aus dem Gras.

Ich erzählte von dem Kängurubaby, von seinem gleichzeitig greisen und jungen Blick. Das sei das Wichtigste für die Kängurubabys, hatte Mike gesagt, sie wären ganz wie Menschen, was das anginge. Der Herzschlag der Mutter wäre das Wichtigste, sonst würden sie sterben, da könne man füttern, so viel man wolle.

»Wie unheimlich!«, rief Nick, als ich ihm erzählte, wie Jon auch in Coober Pedy schon am Tresen gehockt hatte, als wir kamen.

»Och«, sagte ich.

Ich presste mein Gesicht ins Gras, saugte die letzte Sonnenwärme aus der trockenen Erde, spürte den Wind, der mir über den Rücken fuhr, die Sterne, die am Himmel zerbarsten.

In dieser Nacht standen der Mond und die Sonne gleichzeitig am Himmel.

»Schau mal«, sagte ich zu Nick und deutete aus dem Fenster, aber Nick schlief.

*

»Marc, ich will nicht ausgehen, ich hab noch immer Stacheln in den Füßen.«

Am letzten Tag unserer Reise war die Sonne hinter den Bäumen untergegangen, der Himmel schillerte in den bizarrsten Farben. Marc hatte den Jeep an den Straßenrand gelenkt. Mit ausgebreiteten Armen waren wir barfuß aus dem Auto gesprungen. Marc war neben einer Distel gelandet, ich mittendrin.

»Dann komm ich zu euch«, sagte Marc entschlossen und legte auf. Ich drehte mich zu Nick um und sagte nicht, Marc komme vorbei, ich drehte mich zu Nick um und sagte, Marc komme zu uns. Nick hielt die Augen auf die Tastatur gesenkt und ein Lächeln hinter seinem Gesicht. Ein Lächeln, dass gerade hinter seiner Haut verborgen lag. Ich schaute Nick an, während eine Minute sich um mich schloss und eine neue sich öffnete.

Mars rumpelte gerade über meine Füße, ein Salatblatt im Kiefer, als Marc in der Tür auftauchte, verschwitzt und grimmig.

Wir saßen im Garten und tranken Wodka mit Zitronenbrause, Marc redete so hastig wie er trank. Dass Jonas erst in einer Woche einziehen wolle, dass da doch was nicht stimme, dass er Jonas schon den ganzen Abend nicht erreiche. Nick saß zwischen uns und reparierte sein Telefon mit Blue Tac. Es fiel langsam auseinander. Er klebte es mit kleinen blauen Gummiklebeköddeln, die im Grunde dazu da waren, Poster an der Wand zu halten. Nicks Poster hielten nie länger als eine Woche an der Wand. Dann kratzte er die Reste vom Putz und knetete sie wieder zusammen. »Dieses Zeug ist erstaunlich«, erklärte er dann. »Man kann es immer wieder verwenden!« Nick hatte sein Telefon wieder zusammengefügt. Das Mikrofon war völlig verklebt.

»Ruf mich mal an«, sagte Nick.

Ich rief ihn an.

»Hallo«, sagte ich.

Nick schaute mich an: »So geht das nicht, du musst weiter weg gehen.«

Ich hinkte zu einem Baum. »Hallo«, sagte ich.

»Was?«, schrie Nick. »Ich kann dich nicht hören!«

»Wenn Jonas sich genauso freuen würde wie ich, dann wäre er doch längst da«, sagte Marc.

»Spatz, nun friss ihn doch nicht gleich auf.« Ich strich ihm über den Kopf und zog mir im Schein der Kerze weitere Stacheln aus den Füßen, Nick kletzelte Klebeköddel von seinem Telefon.

»Habt ihr schon von Mora gehört? Sie hat die Stadt verlassen«, sagte Marc plötzlich unvermittelt. Ich konnte es nie verwinden, mit welcher Vehemenz die Dunkelheit über Sydney zusammenschlug. Der Übergang zwischen Tag und Nacht war so scharf, beide löschten einander so vollständig aus, dass man an das jeweils andere nicht mehr glauben konnte. »Was?«, hörte ich mich fragen.

»Keiner weiß Genaues. Die Jungs im Stonewall sagten, sie hätte sich das Geld der Versicherung geschnappt und würde sich jetzt endlich ordentliche Brüste machen lassen.«

Ich griff mir Marcs Glas und trank es in einem Zug aus. Dann nahm ich meine Kamera und verschoss einen ganzen Film.

Ich fotografierte Marc und Nick, wie sie die Köpfe zusammensteckten. Ich fotografierte Nicks Telefon, wie es stumm und taub auf dem Tisch lag und sich nicht mehr erinnerte, was es war.

»Lass doch, Lisa. Bei der Dunkelheit kriegste doch keine Bilder hin.«

»Hast du eine Ahnung, was meine Kamera alles kann«, flüsterte ich und spulte den Film zurück, nahm ihn raus und legte die Dose zu den anderen in meine Handtasche. Zu den sechs Dosen von B und den dreien von Mora in der Wüste.

»Naja«, kam Marc schließlich auf das Wesentliche zurück. »Wenn Jonas seinen Zuckerhintern weiter durch die Nächte schwenkt, werd ich jedenfalls bald verrückt.« Die Grillen zirpten im Gras, ein einzelner Frosch quakte dazwischen, keiner antwortete ihm. Wir schwiegen, Marc trank, ab und zu seufzte er qualvoll. Der Frosch antwortete ihm jedesmal. Marc stellte sein Glas ab. »Ich geh jetzt nach Hause und versorge mein gebrochenes Herz«, verkündete er. Dann ging er nach Hause und versorgte sein gebrochenes Herz. Das hatte ich zumindest.

Nick trug die Gläser ins Haus. Ich blieb sitzen und schaute der Kerzenflamme zu, die sich sacht im Wind bewegte. Der Frosch war still. Ich stellte mir vor, wie Mora die Tür des Ladens hinter sich schloss und schon im nächsten Moment vor der Tür des Krankenhauses stand. Als wäre es ein und dieselbe Tür. Als würde der Gedanke allein reichen.

*

Ich wachte auf, meine Nase in Nicks Nacken, mein Bauch an seinem Rücken. Die Morgensonne reservierte ein paar Strahlen extra für uns, und mein Körper war so perfekt an Nicks Körper herangefaltet, dass er wie festgewachsen schien. Wie Moosflechten an einem Baum lagen meine Glieder an seinen. Nick war so dünn, dass seine Knie jeweils blaue Flecken auf dem anderen Bein hinterließen, Äste, die im Wind aneinander rieben. Mars arbeitete sich durch das Zimmer, stupste seine Schildkrötennase an unsere Socken, Kleider und Hosen, die wie Blätter im Herbst verstreut auf dem Boden lagen. Nick wachte auf und streckte sich, ich sammelte meine Gliedmaßen, wich zurück in die Tiefe der Kissen, als gälte es, mit dem Turm die Dame zu schützen. Nick drehte sich um und schaute mich an, strich mir über die Wange.

»Guten Morgen«, sagte er auf Deutsch.

Ich nahm seine andere Hand, legte meine Gesicht darauf. Im Schutz des Morgens zog ich die Linien seines Gesichtes nach.

»Es ist schön, dass du hier bist«, sagte Nick.

Draußen schlugen Vögel ihre Schwingen zusammen, gruben sich Würmer durch das feuchte kühle Erdreich, lagen Flugzeuge im klaren, blauen Himmel, hingen Fledermäuse in den Bäumen, die Schwingen über den Augen gefaltet. Ich lag eine Armlänge von Nick entfernt, die Knie hochgezogen, seine Hände um mein Gesicht gelegt. Wir waren kleine Kiesel, die in stillen Seen versanken. Wir waren von einer perfekten kleinen Ewigkeit. Zumindest bis Nick nach dem ersten Schluck Kaffee zu einer Rede ansetzte, dabei in seinem Kaffee rührte wie wild, obwohl weder Zucker noch Milch in der Tasse waren. Er hatte nichts zu rühren. Gar nichts.

Nach dem Frühstück ging ich zu Marc. Marc hatte rote Augen und nicht geschlafen. Ich breitete meinen Koffer auf dem Boden aus, dann riss ich meine Kleider aus den Regalen, dann wusste ich nicht weiter. Marc saß auf der Bettkante, strich sich die Haare aus dem Gesicht und schaute zu, wie ich jedes einzelne Kleidungsstück in die Luft hielt, von mir wegstreckte und wieder zu Boden fallen ließ. Ich musste mich auf den Koffer setzen, um ihn zu schließen und trotzdem lag noch alles verstreut, alles in Bergen.

»*Hilft hartnäckiges Wünschen?*«, las Marc vor.

»Verdammt!«, murmelte ich »Verdammt, verdammt, verdammt!«

»Wann?«, hatte ich gefragt, und der Saft der Grapefruit war mir in die Augen gespritzt.

»In 4 Wochen«, hatte Nick geantwortet, nach meinem ersten Schluck Kaffee. Ich hatte den Geschmack der Grapefruit noch nicht im Mund. Die Bitterkeit des Kaffees und dann die fruchtige, kristallene Bitterkeit der Grapefruit. Ich mochte keine Verzögerungen, schon gar nicht Verzögerungen durch schlechte Nachrichten. Nick hörte auf, in seinem Kaffee zu rühren. Er schaute mich an. Ich hätte wenigstens Staub erwartet. Wenigstens Fliegen. Ich rieb mir den Grapefruitsaft aus den Augen und dachte daran, wie in 4 Wochen Linn hier sitzen würde und mit Nick Grapefruits löffeln.

In meinen Umrissen würde sie sitzen, so wie ich jetzt in ihren Umrissen saß. Jetzt verstand ich auch, warum Nick mich so bereitwillig in sein Heiligstes aufgenommen hatte. Linn kam zurück, und seine Einsamkeit, die er so lange als einzig möglichen Zustand akzeptiert hatte, würde ein Ende haben. Und jetzt, als Linn irgendwie schon fast in der Tür stand, als Nick nur noch vier Wochen warten musste, hielt er es einfach nicht mehr aus. Ich war sozusagen da, um die Kissen vorzuwärmen.

Ist es heute noch möglich, in einer Höhle zu wohnen, ohne elektrisch?

Wenn ich ganz lange am Strand entlanggeh, fragte ich mich, werden meine Fußabdrücke dann irgendwann vor mir sein? Wird mein Schatten schwimmen gehen, ohne mich?

»Braucht es einen Umsturz?«, las Marc bedauernd vor. »Aber mal ehrlich, Lisa, wer braucht schon ein Haus, wenn er einen guten Koffer hat?«

Er schüttete meinen Koffer aus, hockte zwischen den Bergen, faltete und verstaute jedes Kleidungsstück. Ich saß auf der Bettkante und schaute ihm zu. Als er fertig war, konnte ich nur noch ein paar Haargummis entdecken, ein Taschentuch, ein Wasserglas.

»Verdammt, verdammt«, sagte ich und biss mir auf die Lippen und Marc schien wohl zu verstehen, dass man 11 Monate schlecht in einem Koffer verstauen konnte, denn er ging los und kam gleich wieder, hatte Wein geholt und einen Strauß Blumen, und dann setzten wir uns auf die abgezogene Matratze und tranken Wein, ich roch alle drei Minuten an den Blumen oder an Marc und als die Hitze langsam nachließ, waren wir sehr betrunken, und Marc saß auf meinem Koffer, den konnte niemand mehr wegtragen.

»Abschiedssex?«, fragte Ben, als ich mit meinem Koffer in der Bar aufkreuzte. »Sozusagen«, knurrte ich.

»Übertreibst du nicht ein wenig?«, seufzte er, als wir vor der Tür der Jugendherberge am Hauptbahnhof standen. Ich fand überhaupt nicht, dass ich übertrieb. Sex in einer heruntergekommenen Jugendherberge war genau das Richtige für mein baumpilzartiges Dasein. Ein stacheliges Nadelbett und rufende Käuzchen wären eigentlich noch angemessener gewesen.

»Ich hab ja nichts dagegen, Nicks aufgebrachte Damen zu besänftigen«, murrte Ben, als er sich neben mich in das Doppelstockbett quetschte. »Aber ein wenig mehr Luxus könnten sie mir schon bieten, als Dank.«

»Morgen früh gibt es dünnen Earl Grey und eingeschweißte Butterpäckchen, sei nicht so undankbar«, sagte ich und zog ihm das T-Shirt über den Kopf. Dann versenkte ich meine Nase in den scharfen, holzigen Geruch seiner Achseln.

*

Ich hielt inne, wischte mir den Schweiß von der Stirn, setzte meinen Koffer ab und nahm mir einen Moment für das erlesene Bild, das sich mir bot. Nick stand barfuß in der Haustür, eine Kaffeetasse in der Hand, in das rosa Nachthemd meiner Oma gehüllt. Zusammen mit dem Gerümpel im Vorgarten und Mars, der zu seinen Füßen hockte, bildete er eine Komposition von zeitlosem Geist und surrealer Schönheit.

»Wo warst du?«, fragte er nicht ohne jede Eifersucht, nachdem ich meine Kamera wieder verstaut hatte.

Ich zupfte ihm die Rüschen über der Brust zurecht, nahm ihm den Kaffee aus der Hand und schwieg beredt in die aufgehende Sonne.

»Ich hab was für dich«, murrte er schließlich, raffte das Nachthemd und wanderte mit erhabener Eleganz zurück in die Wohnung.

»Only the first draft«, sagte er und drückte mir einen Zettel in die Hand.

Auf dem Flyer war eine Kopie der rot-grün markierten Straßenkarte von Sydney. Nicks und meine Suchzonen.

Map your mind stand darunter.

Something about B.
Photography in the Homezone.
»Something about B?«, fragte ich.
»Lisa!«
»SOMETHING ABOUT B?«
»Ich dachte, es wäre gut für dich, wenn –«
»Just cut it out, Nick.«
Ich verbarg mein Gesicht im Teppich. Es war warm und dunkel. Warm und dunkel. Warm und dunkel.
»Map your mind«, murmelte ich in die Flusen. »Das ist ziemlich schick.«
Ich hielt den Flyer in der Hand, Nick kramte in meiner Handtasche und reihte die sechs Filmdosen vor mir auf, er stellte sie im Halbkreis auf wie Teelichter. Sechs kleine Urnen für B. Ich hätte sie in der Wüste lassen sollen. Dahinter hockte Nick mit gekreuzten Beinen, das Nachthemd meiner Oma bauschte sich über seinen Knien. Er sah aus wie ein schwuler Buddha. Zumindest lächelte er so mild und aufmunternd. Ich zündete mir eine Zigarette an. Das war natürlich verboten, aber ich wusste genau, dass Nick sich jetzt nicht traute, etwas zu sagen. Ich blies ihm den Rauch direkt ins Gesicht. Wir tranken den Kaffee aus und sortierten die Filmdosen in immer neuen Mustern, als das Telefon klingelte.
»Nomadenmädchen«, rief Elias. »Hast du dein Hochzeitszelt aufgeschlagen?«
»Schön wär's«, murrte ich. »Nick braucht mich nur, um zu testen, ob es regendicht ist. Die Braut reitet schon durch die Steppe.« Ich ignorierte Nicks schuldbewusstes Seufzen und tippte auf eine Seite von Fischli & Weiss. *Ist die Welt so kalt und hart wie Beton?*, las Nick.
»Oh«, sagte Elias. Ich wusste genau, was er jetzt tat. Er

nahm die Brille ab, rieb sich die Augen, setzte die Brille wieder auf, drehte sich um und betrachtete die Waldlichtung mit den äsenden Rehen, die goldgerahmt über dem Sofa hing. Nachdem Marc ihn verlassen hatte, hatte er einen Nachmittag nichts anderes getan, als die äsenden Rehe anzuschauen. Am Abend dann hatte er mich aufgeregt auf einen Jäger hingewiesen, der nahezu verborgen zwischen dem Blätterwerk lauerte. Das hatte ihm ein erstes Lächeln abgerungen. Ich schaute auf Nicks Wände. Da hing nichts. Die Homezone war leer. Ich war jetzt drin. Sollte Nick mich doch ausstellen. Ich träumte von einer Bahre, geschmückt mit Radieschen und den Blättern deutscher Eichen.

»Graupel«, sagte Elias.

»Schneewittchen reloaded«, sagte ich, den Resten meines Traumes nachhängend.

»Odysseus isst Vegemite.«

Ich schluckte, mein Herz schlug schneller.

»Kerosin Sirenen und Schnaps?«, fragte ich.

»Ja.«

Das war vielleicht nicht das kunstvollste Elfchen, das wir je kreiert hatten, aber seit Langem das schönste.

»Au ja«, rief ich. »Komm schnell!«

Nick verschwand in der Küche, während Elias noch von so einigem erzählte, was er in Deutschland nicht mehr aushielt. (Der Graupel, die Busfahrkarten, die ihr Format verändert hatten, sodass sie nicht mehr die perfekte Größe hatten, um Jointfilter daraus zu rollen, das Größenverhältnis von Omas Wohnung zu seinen Bedürfnissen, H&M)

»Ja, denn«, sagte er schließlich und legte auf.

Ich schloss die Augen und wanderte mit ausgestreckten Armen durch die Wohnung, bis ich gegen Nick stieß, ich umarmte ihn, wie man einen Balken umfasst in der Strömung.

»Guten Tag, Honig«, sagte Nick auf Deutsch und ich hörte sein Grinsen. Ich antwortete nicht, rieb nur meine Wange an seiner Brust und falte die Hände unter Omas Nachthemd, auf seinem nackten Rücken. Nick klopfte mir auf den Rücken, als hätte ich Husten. Wie eine Schnecke, die auf Widerstand gestoßen ist, zog ich meine Fühler ein.

Am Nachmittag stand ich frisch gekämmt vor dem Centre for Photography in Paddington. »Long time no see«, grinste der Typ am Empfang. Ich trug mich wieder in die Listen ein, schloss die Tür hinter mir, löschte das Licht, lehnte mich an die Wand und atmete tief den wunderbaren Geruch der Chemie ein. Ich saß lange in absoluter Dunkelheit, bis ich das Rotlicht anschaltete. Die Konturen des Labors stiegen vor mir auf, diese urtümliche Landschaften aus Trockenschränken, Schläuchen, Apparaten und Schalen. Nebenan war der Computerraum für die digitale Bildbearbeitung. Er wirkte wie ein staubiges Büro, meist vollgestopft mit emsigen Studenten, die Möhren aus Tupperschalen knabberten. Nichts ging über den Charme einer verwaisten, stinkenden Dunkelkammer. Die Entwicklerdosen standen zum Trocknen auf einem Brett aufgereiht, alles war so sortiert, dass man es im Dunklen dort fand, wo man es vermutete. Ich rauchte verbotene Zigaretten, entzündete sie am Duft der Chemie und legte mir ein bisschen was zurecht.

Wenn ich Plastikblumen in eine Vase stellen würde, schlügen sie dann Wurzeln?

Geistermuränen werden als Männchen geboren und

haben eine leuchtend blaue Farbe. In der Mitte ihres Lebens wechseln sie das Geschlecht und werden gelb.

Auf den entwickelten Negativen bestaunte ich Moras kräftige, behaarte Brust und ihr kantiges Kinn, ihre zerwühlten Haare, die sehnigen Schenkel und das spöttische Lächeln.

Als ich schließlich die Fotos in der Hand hielt und meine Finger über die Kurven ihrer Hüften gleiten ließ, über ihre Brüste, rund wie Kristallkugeln mit dem seidigen Schimmer von Welpenfell, fühlte ich mich, als würde ich einen Vogel in der Hand halten.

Auch am nächsten Tag fing ich nicht mit Bs Bildern an. Jeden Morgen schloss ich mich mit Bs Filmrollen in der Dunkelkammer ein. Jeden Nachmittag trug ich mehr Bilder von Mora nach Hause und versteckte sie im Koffer. An den Nachmittagen legte ich mich zu Nick ins Bett, der lesend dort festgewachsen schien. Recherche nannte er das. Um das zu untermauern, war das Bett mit fliegenden Blättern übersät, die kritzelige Notizen trugen. Seit Tagen waren keine neuen Notizen hinzugekommen, hatte Nick sich nicht rasiert. Manchmal erwischte ich ihn mit einem 1152-seitigen Abenteuerroman. Nick lag auf der Seite, den Kopf aufgestützt, das Buch schräg gestellt. Ich legte mich hinter ihn, schlang meine Arme um seinen Bauch und wackelte mit den Zehen.

»Lisa, was ist los?«, fragte Nick und ich hörte, dass er lächelte. Ich schlug mein linkes Bein über seine Hüfte, ließ mich über seinen Körper rollen wie ein Robbe und landete mit der Wange in seinem aufgeschlagenen Buch, meine Nase an seiner.

»Das ist ja ein ganz neues Kapitel«, sagte Nick und

lächelte noch breiter. Ich vergrub meine Nase an seinem Hals. »Und so ein aufregendes dazu«, setzte er nach und zog das Buch unter meiner Wange hervor, glättete die geknickten Seiten, legte es auf meinen Kopf und las weiter. Ich rollte zurück, auf halbem Weg zur Strecke gebracht, und blieb auf Nicks Hüfte liegen.

»Ach Lisa«, sagte Nick und strich mir über den Kopf.

»Ach Nick«, sagte ich und dann ließ ich ab von ihm, ließ mich auf den Rücken fallen und starrte in den knallblauen Sternenhimmel, der sich urplötzlich über Nicks Bett auftat.

»Nick, schau mal«, sagte ich.

Aber Nick war in seinen Abenteuerroman zurückgekehrt.

»Du wirst mich nicht küssen, oder?«, fragte ich in das kobaltblaue Sternendach.

»So sind die Regeln, oder?«

»Dann lies jedenfalls etwas anderes. Ich kann nicht glauben, dass eine Schundschriftstellerin wichtiger für dich ist als ich.«

Die Sterne standen an Nicks Zimmerdecke, Moras Fotos lagen in meinem Koffer, die Negative in Klarsichthüllen obenauf. Während Nick durch Abenteuerwelten zog, erklomm ich die Milchstraße über seinem Bett, schloss Mora eine Krankenhaustür hinter sich und stieg im nächsten Moment in einen Zug. Als würde ein Gedanke reichen.

Ich bedeckte Nick mit seinen Notizblättern und schaute zu, wie der papierene Berg bei jedem Atemzug raschelte, beobachtete den Tee, dessen Pegel in unseren Tassen sank und stieg.

*

Ich öffnete eine Flasche Rotwein.

Es war noch früh, aber immerhin hatte ich nichts Geringeres vor, als das Königsgrab zu schänden. Assignment 50: Take a flash photo under your bed.

In meinem Schoß lagen die Filmdosen mit Bs Bildern. Ich hatte den Trockenschrank angeschmissen, sein Summen erfüllte den Raum. Eine Stunde später löste ich mich widerstrebend vom Hocker wie eine Klette von einem Pulli. Ich legte mir Schere und Dosenöffner zurecht, daneben die Filme, die Entwicklerspindeln und die Dosen, dann löschte ich das Licht. Es war so dunkel wie in der Tiefe des Eismeeres. Es war so dunkel, als würde man auf gerader Strecke mitten in der Nacht die Scheinwerfer ausschalten und mit 100 Stundenkilometern geradeaus rasen.

Eine Schneeflocke fiel auf meine Hand.

Ich tastete nach dem Öffner und löste den Deckel von der ersten Filmdose. Vorsichtig rundete ich den Filmanfang mit der Schere ab und fädelte ihn in die Spindel ein. Langsam drehte ich ihn auf, steckte die Spindel in die Dose und öffnete den zweiten Film.

»Es schneit«, sagte Sudden Smith.

»Ich weiß«, sagte ich. »Riechst du den Schnee? Wäre es nicht schön, wenn im frühen Sommer Schnee fallen könnte und der Geruch des Flieders würde sich mit dem Geruch von Schnee vermischen? Stell dir vor, jeder Mensch würde sein liebstes Wetter mit sich tragen wie einen Mantel. Wenn ich B träfe, könnte ich den Schnee riechen und es wäre warm dabei und die Wäsche würde auf dem Balkon trocknen.«

»Ja«, sagte Sudden Smith, »und Nick wäre der Regen nach drei heißen Sommertagen. Nick wäre erfrischend wie Brausepulver.«

Ich hockte vor dem Trockenschrank und trank Wein, die Augen geschlossen. Der Hocker schaukelte schwerfällig auf und ab.

»Du schwebst«, sagte Sudden Smith.

»Ich weiß«, sagte ich.

B und ich sitzen auf einer Bank. Nebeneinander. Zwischen uns Sprachlosigkeit. Schwer wie feuchtes Mehl. Etwas, das man nicht von den Händen bekommt. Ich schaue B nicht an. Ich schaue auf die Stadtmauer, zähle Fugen. Mir ist kalt, aber ich kann nicht aufstehen. Ich muss auf dieser Bank sitzen bleiben, neben B. Ich höre ihn atmen. Ich gleiche meinen Atem seinem an. Mit jedem Atemzug sinken wir tiefer.

Nach einer halben Stunde öffnete ich die Schranktür und meine Augen. Als ich die sechs Kontaktbögen in den Händen hielt, war ich betrunken genug. Sudden Smith sang. Er raufte sich nicht die Haare, schlug sich nicht gegen die Brust, fügte sich keine Wunden zu, er sang nur Lieder der Einstürzenden Neubauten. (Das Biest ist noch nicht richtig wach, aber auch noch lange nicht hinüber.)

B und ich auf dem Küchenfußboden, die Köpfe aneinandergelegt, verschwommen. (Ich treibe Inzest mit den Sternen.)

B vor der Wohnungstür, salutierend, B in seinem blauen Kleid, die Beine behaart. B in vollem Make-up, mit schiefen Zähnen. (There is a place around the corner, where your dead friends live.) B lachend, mit Rotweinflecken auf dem T-Shirt, B mit Strohhalmen in den Nasenlöchern, Zigaretten in den Ohren. (Alles ist immer noch dasselbe, nur dass ihr wartet, nicht weit weg, ganz in der Nähe, um die Ecke sozusagen.) Bs Umrisse am Fenster. B im Jogginganzug, die Zigarette im Mundwinkel, wie er neben der Spüle hockt (um die Ecke sozusagen).

Die Bilder wussten nichts von Bs Tod. Sie waren frei von den Schatten, den meine Erinnerung warf. Die Bilder waren traurig und albern, kokett und unmittelbar. Es gab kein Mysterium in ihnen, was hatte ich erwartet, es gab keine Antworten. Ich fühlte mich wie ein Mensch, der in den Spiegel schaute, um den Grund seines Daseins zu erforschen (um die Ecke sozusagen).

B war sich seiner Unsterblichkeit bewusst, so lange, bis er den Entschluss fasste zu sterben. Die Bilder zeugten von seiner Melancholie, die er trug wie ein warmes Gewand, aber nicht von seiner Verzweiflung, deren Natur ich nur erahnen konnte. (Es ist nichts.) Und wenn die Bilder mir etwas zeigten, dann die Gewissheit, dass es keine Vorboten gab bis zu dem Tag am Strand, als B sich entschloss zu sterben. (Wo ist mein Schlüssel, wo ist mein Hut? Ich gehe jetzt.) Die Bilder machten mich glauben, dass auch B es nicht gewusst hatte, bis ich es gewusst hatte, dass ich nichts übersehen hatte, dass B selbst es übersehen hatte, dass dort ein Tod in ihm reifte. (Es ist nichts.) Aber wahrscheinlich war der Tod in ihm nicht gereift, wahrscheinlich hatte der Entschluss ihn tatsächlich so unmittelbar überfallen, wie er ihn mir mitteilte, dort am Strand zwischen den aufgeplatzten Orangen, deren kristallenes Fruchtfleisch in der Sonne faulte, als B sich umwandte und ging. (Life on other planets is difficult!)

Am Morgen steht B vor der Tür, lächelt mich an, nimmt meine Hand, zieht mich ins Freie. B schlendert durch die

Straßen, hält Kuchen in der rechten Hand, mich an der linken. B hält alles in der linken Hand, was große Kraft erfordert.

Wir legen eine Plastikplane auf den Schnee, dann zwei Wolldecken. Ich blinzele in die Wipfel, die Sonne bricht durch dünne Zweige, streift das erste lichte Grün. Die Kakaoglasur des Kuchens glänzt in der fahlen Morgensonne. Mit B muss man nicht sprechen, um die Dinge ins Reine zu bringen. B liegt neben mir auf dem Rücken, den Mantel zusammengerollt unter dem Kopf. Sein Gesicht ist gesprenkelt.

Ich begreife, dass seine Leichtigkeit harte Arbeit ist. Dass er unsere Freundschaft rettet, mit aller Belanglosigkeit, die ihm zur Verfügung steht. (Das Déjà-vu ist jetzt historisch.)

Plötzlich hatte ich keine Zeit mehr, ich starrte auf die Uhr, auf den Kalender, ich riss die Augen auf, sah den Regen in dicken Tropfen auf die Dächer fallen, das Licht auf das Fotopapier. Selbst der Schlaf kostete zu viel Zeit, am Morgen fluchte ich bitter über die vergangenen Stunden. Ich war in Wut mit dem Leben, weil es kurz war und ich älter wurde. Ich schlug meine Zähne in jede vorbeitreibende Sekunde und versuchte, meinen Schlaf auf karge Stunden zu beschränken. Ich zischte, fauchte und sang an jedem verdammten neuen Morgen. (Und gäbe es ungeheure Wassermassen, ich weiß, du nähmst an keiner Flut mehr teil. Selbst wenn es heute noch Meteore regnet, du bist ganz einfach nicht mehr dabei.) Tagsüber war ich im Labor, zog die Bilder ab, eins nach dem anderen. (Ich werde heftig an den 22 Wurzeln reißen, bis die obere Welt sich regt.) 216 Fotos, egal wie dunkel, verschwommen, verblödet, verwackelt sie waren. B lag weit über Nicks Wohnzimmerboden verteilt, die Bögen flatterten im Wind des Ventilators. Am Abend legte ich mich dazwischen und zog Nick an der Hand zu mir runter.

»Hörst du das?«, sagte ich und meinte das Rascheln, das mich an trockene Blätter erinnerte. Trockene Blätter einer Pappel, die bald fallen.

Nick saß am Schreibtisch und tippte, starrte angestrengt auf den Bildschirm. Ich sortierte die Fotos, versuchte eine Auswahl zu treffen, während die Bilder von Mora noch im Koffer lagen. Nick war blass und der Sommer fast zu Ende. »Nick«, sagte ich. Er schaute auf, ich konnte die Worte noch in seinen Augen schwimmen sehen.

»Lisa«, sagte Nick.

Ich wollte ewig so weitermachen. *Nick* sagen und ihn *Lisa* sagen hören.

»Bist Du glücklich, dass sie wiederkommt?«, fragte ich.

Nick schaute nicht auf vom Bildschirm. Er aß Gummibärchen.

»Klar«, sagte er. »Weiß nicht«, sagte er.

Er zögerte kurz, dann ging er in sein Zimmer und zog eine Kiste unter dem Bett hervor. Sie war voll mit Fotos und Briefen. Obenauf lag eine Frucht, die Linn ihm geschenkt hatte. Sie war rund, hartgetrocknet und braun. Die Schale, sehr glatt, fühlte sich an wie Papier. Die Bilder verstreuten sich über das Bett, und ich drehte die trockene harte Frucht in den Händen. Nicks Stimme klang kratzig. Ich strich ihm mit der Frucht über die Unterarme.

»Fühl mal, was für eine schöne Frucht, sie fühlt sich an wie Papier.«

Nick vergrub den Kopf im Kissen.

»Denk an Salamander«, sagte ich. »Die verlieren ihren Schwanz, und dann wächst er wieder nach und ist wie neu.«

Nick richtete sich auf. Er griff sich ein neues Gummibärchen und lächelte mich an. Es war ein seltsames Lächeln, sein Gesicht brach unter dem Lächeln auseinander, es sah aus wie gesprungenes Eis über einem See. Ich dachte daran, wie Papier roch, wenn es vergilbte.

An der Fensterscheibe klebte ein Frosch. Seine Zehen hatten kleine Perlen an den Spitzen wie Stecknadelköpfe. Sie schimmerten glasig, fast durchsichtig. Er atmete hastig. Sein blasser Bauch blähte sich rhythmisch. Man könnte ihm ganz leicht etwas antun.

Der Wind wurde leichter und kühler. Zum ersten Mal hatte ich das Gefühl, Australien sei keine abgeschiedene, frei treibende Insel, sondern tatsächlich über die Kontinentalplatten mit dem Rest der Welt verbunden.

Als ich aufstand, schlief selbst noch Mars in der Spüle. Einen Tag vorher hatten Nick und ich zwei Wände im Wohnzimmer in unregelmäßige Karos unterteilt und rot-grün gestrichen. Auf Augenhöhe hatten wir Kopien des Stadtplans mit Kleister aufgeklebt und dann Bs Bilder mit Nadeln daraufgepinnt. Es waren große Abzüge, die Bilder darauf jeweils ganz klein. B in harten Kontrasten, sein Gesicht war fast weiß, Augen und Lippen stachen schwarz hervor. Die breiten Ränder hoben die Bilder von dem bunten Hintergrund ab und lenkten den Blick ins Zentrum. »How do you spell that crazy german word?«, hatte Nick gefragt und kichernd quer über die Wand HEIMATMUSEUM geschrieben. Es fehlte nur noch das M, als Elias müde und bepackt durch die Tür stolperte. Mit der Routine eines professionell Reisenden hatte er uns kurz zugewunken und dann seine Isomatte neben Nicks Bett ausgerollt. Nicks ausgestreckte Hand und meine ausgebreiteten Arme hatte er übersehen, ich hätte ihn für professioneller gehalten, was Jetlag anging. Dafür hatte er so laut geschnarcht, dass mir ganz warm ums Herz wurde. Elias' Schnarchen war einmalig, es begann mit einem sanften Crescendo und machte zum Schluss einen Hüpfer, als wollte es eine Pointe setzen.

Ich fegte die Küche und den Ausstellungsraum, wusch einen leuchtend grünen Salatkopf im Handwaschbecken und fächerte die Blätter elegant in Mars' Napf auf.

Dann begann ich Berge von Gemüsesorten in ZEN-schmale Streifen zu schneiden. Die Haut der Aubergine knackte, als ich das Messer hineindrückte.

»You can dance«, sang ich. »YOU CAN DA-HANCE!« Ich tanzte in der Küche, mit ungeputzten Zähnen, als es klopfte. Eine Frau stand vor der Tür und erzählte mir von Gott. Ich fuhr mit der Zunge über meine Zähne. Einzeln und immer wieder. Sie fühlten sich rau an und pelzig. Die Frau lächelte. Ich auch. Ich bat sie rein.

»Schauen Sie mal«, sagte ich. »Schauen Sie mal.« Die Frau setzte ihre Brille auf und beugte sich über die Bilder. Dann richtete sie sich abrupt wieder auf.

»Wir glauben an Reinheit«, sagte sie. Sie spuckte die Worte aus wie Kiesel.

»Ich geh mir mal die Zähne putzen«, murmelte ich friedfertig.

Eine Stunde später kroch Mars die Krabbelleiste hinunter zu seinem Futternapf und ich stand zwischen

Bergen von Paprika, Auberginen, Zucchini, Tomaten und Brokkoli.

»Guten Morgen, Honig, was machst du denn hier?«

»Elias macht den besten ungarischen Eintopf der Welt. Das müssen wir ausnutzen.«

Nick gähnte und fuhr sich durch die Haare.

»Was kommt eigentlich ins Danger Museum, Nick?«

Nick schlenderte durch die Küche, setzte Kaffee auf, scheuerte inbrünstig den Milchtopf.

»Nick?«

»Honig?«

»Das Danger Museum. Was soll da rein?«

Nick holte zwei Scheiben Toast aus dem Toaster, bestrich sie mit Butter und Vegemite, biss seufzend ab, lehnte sich an die Spüle und blinzelte in die Sonne. Ich wurde langsam misstrauisch.

»NICK!«

»Naja«, sagte er schließlich. »Ich weiß noch nicht, ich hatte gedacht, war nur so ne Überlegung, aber –«

»Ja?«

»Naja, ich dachte mir, wenn du vielleicht, ich meine, wir könnten doch –«

»JAAA?«

»Vielleicht, naja, äh, Sudden Smith?«

»Sudden Smith? Bist du wahnsinnig?«, schrie ich.

»Das ist eigentlich ne gute Idee, Lisa!«, rief Elias von der Treppe. »Nick hat schon recht!«

»Ihr seid ja völlig bescheuert! Ihr habt ja gar keine Ahnung!« Ich ereiferte mich und metzelte das Gemüse, bis Elias mir eine Zigarette hinhielt. Offenbar wusste er noch nicht von Nicks Einstellung Zigaretten gegenüber. Aber wieder war es so eine Situation, in der Nick sich nicht traute, etwas zu sagen. Ich trocknete mir die Hände ab und zog wütend an der Zigarette.

»Ist die Welt Teil einer Verschwörung?«, zitierte ich mit bebender Stimme.

»Ist Widerstand zwecklos?«, las Elias vor.

»Fuck«, sagte ich lahm. (Ein Wort)

»Dangerous minds«, sagte Elias. (2 Worte)

»Fuck Verdammter Mist.« (3 Worte)

»Etwas Kleines gut versiegeln.« (4 Worte)

»Fuck«, fügte ich mich dem Unvermeidlichen. (Nur noch ein Wort)

Ich drückte meine Zigarette in der Spüle aus und stapfte aus der Küche.

»Das war ein scheiß Elfchen!«, schrie ich die Treppe hinunter. »Ein richtiges, verdammtes scheiß Elfchen!« Dann knallte ich die Tür zum Bad zu. Ich schrubbte meine Fingernägel mit einer Nagelbürste, schäumte mir den Kopf ein und bürstete meinen ganzen Körper ab. Ich stellte mir vor, wie Nick Sudden Smith in den Koffer legte und mit ihm am Hafen herumlief. Ich stellte mir Sudden Smiths Versteigerung vor und plötzlich musste ich grinsen.

Ich öffnete den Koffer und breitete Moras Fotos über dem Bett aus. Ich hatte keine Ahnung, wo sie war, aber ich war mir sicher, dass ich wusste, wie sie jetzt aussehen würde. Ich bedeckte meinen Körper mit ihren Fotos, schloss die Augen, roch ihren Schweiß und war mir sicher, es ging ihr gut.

Nick und Elias beugten sich in der Küche über den ungarischen Eintopf, als ich die Treppe runterging und Moras Bilder zwischen Bs heftete. Darunter klebte ich die Streifen mit den Kontaktabzügen von den Negativen.

Auf den kleinen Bildern konnte man den Mann deutlich erkennen. Auf den großen Fotos räkelte sich eine Nymphe in denselben Posen. Nick hatte mich gefragt, warum ich so große Lücken gelassen hatte. »Assignment 41: Document a bald spot«, hatte ich gesagt.

Marc trat durch die Haustür, im selben Augenblick, als Nick und Elias aus der Küche kamen. Ich nahm mir einen Augenblick Zeit, Nick zu beobachten, der die Hände zusammenschlug und die Augen begeistert aufriss wie meine Oma, wenn das Telefon klingelte. Jedesmal wenn das Telefon klingelte, zelebrierte meine Oma eine Überraschung, als stünde Howard Carpendale vor der Tür, mit einem Strauß weißer Rosen und die Tür der Limousine für meine Oma geöffnet. Sie wusch sich auch jedesmal die Hände, bevor sie den Hörer abnahm, strich sich die Haare zurück und zupfte ihr Kleid in Form, dieselbe Prozedur, die sie unternahm, wenn es an der Tür klingelte, was meistens dazu führte, dass der Anrufer schon aufgegeben hatte, bis sie endlich den Hörer abnahm. Selbst wenn das Telefon schon zwanzig Sekunden lang das Klingeln eingestellt hatte, nahm meine Oma noch den Hörer ab und lauschte erwartungsvoll in die Muschel. Ich musste dann immer an die Szene aus dem Doors-Film denken, in der Andy Warhol über ein rotes Plastiktelefon mit Gott kommuniziert.

Rückwärts ging ich zur Tür, als Marc und Nick sich zögernd an die Wände wagten, die Fotos mit den Fingern berührten (sehr unprofessionell, ich nehme es als Kompliment). Ich lief die Straße hinunter, als sie sich auf den Boden hockten und unverwandt auf die Bilder starrten. Ich meinte sie diskutieren zu hören, als die Sonne sich auf dem Asphalt spiegelte. Es war nicht so, dass plötzlich

Blumen durch den Asphalt brachen und die Menschen mir zuwinkten, es wurden mir auch keine Säckchen mit Gold dargebracht, keine erlesenen Weine, niemand geleitete mich über die Straße, kein Schmetterling landete auf meinem Kopf, aber hin und wieder wehte mir der Duft von Muffins in die Nase, drückte mir jemand einen Flyer in die Hand und ich fühlte mich eingeladen, und auch schienen weniger Kaugummis auf dem Asphalt zu kleben. Ich öffnete eine funkelnagelneue Packung Tabak, auf einem Stromkasten lag eine Bananenschale und ich hielt sie für Kunst, der Coffee-to-go war im Sonderangebot, es kam alles schon sehr nahe an meinen Begriff vom Schlaraffenland heran. Ich musste mich beherrschen, um nicht einem kleinen Jungen das Eis zu klauen und in meinem Gesicht zu verreiben.

*

Das Café war wieder leer, bis auf Jon, der Seite für Seite seine Zeitung las und kleine Figuren faltete. Ich ging direkt zu seinem Tisch und setzte mich ihm gegenüber. Er schaute auf. Seine Augen waren so blau und hell, dass sie fast durchsichtig aussahen.

»Hallo«, sagte ich.

»Schönen guten Morgen«, sagte er. »Das Meer ist heute sehr unruhig.«

»Ja«, sagte ich, »dabei weht gar kein Wind.«

»Du solltest Gummistiefel anziehen«, sagte er. »Es wird noch Regen geben.« Damit wandte er sich wieder der Zeitung zu.

»Ich bestelle mir einen Kaffee«, sagte ich, »möchten Sie auch etwas trinken?«

»Möchtest du dich mit mir unterhalten?«

»Eigentlich nicht«, sagte ich. »Sie können auch gerne weiterlesen.«

Er las schnell und fuhr dabei die Zeilen mit den Fingern nach.

»Steht was Interessantes drin?«

»Ja, natürlich«, sagte er. »Es steht drin, dass das Meer unruhig ist und man nicht baden gehen soll. Und am Abend wird es Regen geben.«

Dann beugte er sich wieder über seine Zeitung und las. Moras Mum brachte uns Kaffee. Sie sah müde aus. Ich drehte mir eine Zigarette und zündete ein Streichholz an.

Ein Mädchen betrat das Café und setzte sich an den Ecktisch. Sie faltete die Hände über der Tischplatte und schaute aus dem Fenster. Es war noch sonniger Tag, Moras Mum hatte die Jalousien vor den Fenstern halb zugedreht. Licht und Schatten fielen in Streifen über ihr Gesicht.

Jon schaute zu ihr herüber. Sein Gesicht nahm einen intensiven Ausdruck an. Als beobachte er die Bewegungen eines kleinen Tieres. Mit langsamen Bewegungen holte er eine Kamera aus seiner Tasche, stellte die Blende ein und machte ein Foto von dem Mädchen.

Moras Mum tauchte neben uns auf. Sie legte ihm eine Hand auf die Schulter, mit einer leichten Bewegung, aber ich sah den festen Druck, den ihre Finger ausübten.

»I told you, Jon, no more photos«, sagte sie leise, dann ging sie zu dem Mädchen und nahm die Bestellung auf. Wolken schoben sich vor die Sonne und tauchten das Mädchen gänzlich in den Schatten.

Ich sah nur ihre Umrisse, ihre Hand, die nach der Kaffeetasse griff, sie zu den Lippen führte, ihren hohen Hinterkopf unter den kurzen, glatt anliegenden Haaren. Der Himmel zog sich zusammen, und plötzlich entlud sich ein Wolkenbruch auf die Straße. In kürzester Zeit schwammen die Gehsteige, reißende Bäche stürzten die Rinnsteine hinunter. Wie in einer Arche saßen wir in dem Café und beobachteten die Sturzflut draußen. Wir bildeten ein Dreieck. Das Mädchen, der Mann und ich. Moras Mum stand in der Mitte, mitten in einer Bewegung eingefroren. Alle drei schauten wir sie an, und sie schloss die Augen (cut). Unsere Blicke bündelten sich auf ihrer Stirn, dann rissen die Wolken wieder auf, Licht fiel in das Café.

Ich trank meinen Kaffee aus. Der Mann streckte die Hand aus und ich legte das Foto von mir in der Milchbar hinein. Er nickte kurz, dann ging ich.

Nick, Elias, Marc und Ben lagen betrunken auf dem Boden, die wenigen Gäste waren schon gegangen. Sie waren in ein Gespräch über Paralleluniversen und Quantenphysik verstrickt. Ich hatte doch gewusst, dass ich mich auf Elias verlassen konnte. Ich legte meinen Kopf auf Bens Schoß. Sudden Smith stand im Danger Museum und strahlte Bedeutsamkeit aus. »Nun mal raus mit der Sprache, Lisa«, sagte Nick und hielt mir die Weinflasche hin. Ich konnte nicht antworten. Ich war damit beschäftigt, Wein zu trinken und mir von Ben über den Kopf streicheln zu lassen. Ich hielt nur Nicks Schild hoch: *too warm for art*. Nick lachte sein kleines Lachen, das sich anhörte, als würde eine Katze über Dielen laufen.

*

Elias und ich saßen auf dem Mond und baumelten mit den Beinen. Ein Auto schaltete die Scheinwerfer an, warf unsere Schatten auf das Meer. Elias faltete die Hände. Ich betrachtete seinen Umriss in der wütenden Gischt.

»Ich muss dir was zeigen«, hatte er gesagt, als die Nacht heranbrach, und sich Nicks Auto geliehen.

Ich saß neben Elias im Auto und fragte mich, wie es sein konnte, dass Elias mir Orte zeigen konnte in einer Gegend, die ich jetzt schon seit einem Jahr mit allen Fasern bewohnte. Ich hatte gemeint, mich schon längst wie eine riesige Flechte über alle Nischen erstreckt zu haben, und nun stieg ich aus dem Auto und betrat diesen irre schönen Felsen, diesen Küstenstreifen, dessen morscher Stein aussah wie die Oberfläche des Mondes.

Winzige flache Seen durchbrachen seine Oberfläche, in denen kleine Krebse hausten, pockenartige Muscheln am Grund hafteten.

Elias drückte mir einen Zettel in die Hand und schaute weg.

Ich faltete den Zettel auf und las ein neues Elfchen. In letzter Zeit hatte ich irgendwie das Gefühl, Elfchen konnten nichts Gutes bedeuten.

Abbringen, las ich.

Omas Lavendel

Verstopft meine Poren.

Liebe und andere Trivialitäten

Ausflaggen.

»Abbringen?«, fragte ich.

»Ein auf Grund gelaufenes, festgekommenes Schiff wieder flottmachen«, nuschelte Elias. *Ausflaggen* brauchte er mir nicht erklären. Es bedeutete die Verlagerung des Heimathafens eines Schiffs ins Ausland aus steuerlichen oder rechtlichen Gründen. Ich zweifelte nur an den steuerlichen Gründen, die Gründe schienen mir eher liebesrechtliche zu sein. Ich ließ den Zettel sinken. Elias schaute immer noch weg. Er fixierte die See, als wollte er sie zähmen. Ich faltete den Zettel klitzeklein in meiner Hand. Er war zu leicht, fand ich. Er war zu leicht, zu klein, zu weiß, zu dünn.

»Auch du, Brutus«, sagte ich und versuchte, meiner Stimme einen ironischen Klang zu verleihen.

»Im Gegensatz zu Caesar wirst du überleben«, sagte Elias und drückte mir eine knisternde Tüte in die Hand. Luises anbetungswürdige Kokosflocken.

»Habt ihr Oma eigentlich verbrannt?«

»Warum?«

»Weil die Haare und Fingernägel nach dem Tod weiterwachsen, das würde ihr nicht gefallen«, sagte ich und schob mir die dritte Kokosflocke in den Mund.

»Jetzt ist auch zu spät«, sagte Elias.

Ich legte mich zurück auf die kühlen Steine. Die Sterne leuchteten wie kleine Kristalle am Himmel, der fette Mond lag direkt über Elias' und meinem Gesicht, Luises Kokosflocken zerschmolzen auf meiner Zunge. »Wenn du erlaubst«, knurrte Elias, ergatterte das letzte Stück aus der Tüte, nahm seine Brille ab und schloss die Augen. Ich legte meinen Kopf auf seine Brust. Sein Herzschlag und sein Schmatzen vermischte sich mit dem Grollen der Gischt.

*

Als ich die Augen wieder öffnete, war Elias schon auf seiner Rundreise durch Australien oder sogar schon auf dem Weg nach Irland, und ich stand neben Nick auf einem Felsen, von Büschen eingerahmt, hoch über dem Meer. Er drehte sich zu mir um und ich lehnte mich an ihn, legte meinen Kopf an seinen Hals. Seine Haut roch leicht verbrannt wie immer, wenn er lange in der Sonne war. Wir setzten uns auf den Felsen, ließen die Beine über die Kante hängen, tranken kalten Tee und aßen Kuchen. Durch die Sonne war er warm wie aus dem Backofen. Ich fütterte Möwen mit Kuchenkrümeln und gebackenen Kirschen. Elias würde ausziehen, das hatte er mir mit seinem Elfchen mitteilen wollen. Die Familie erdrücke ihn, hatte er gesagt, die Wohnung erdrücke ihn, Omas Sofa erdrücke ihn. Die Wohnung sei wie eine kleine Insel, in der schon jeder Felsen, jeder Baum, jede Pflanze bestimmt seien, wo man nichts mehr neu erfinden könne. Jedesmal wenn er nach Hause komme, habe er das Gefühl, sich sofort einen Nicki-Pulli anziehen und die Bauklötze rausholen zu müssen.

»Ich mag das«, hatte ich gesagt. »Das Haus hat eben Geschichte.«

»Lisa, das letzte Mal, als ich da geputzt habe, habe ich mehr Haare von Oma und Opa aufgefegt als von uns. Das ist doch nicht normal!«

Er sei verliebt, so richtig, und er würde nach Irland ziehen, so bald wie möglich. »Ich pass da gut hin, Lisa. Wie in einen Tarnanzug.« Er hatte gegrinst und sich an den roten Haaren gezupft.

Ich beobachtete die Ameisen, die winzige Kuchenkrümel davontrugen. Nick lag auf dem Rücken, die Hand über die Augen gelegt. Langsam kroch der Schatten der Büsche uns entgegen. Und tatsächlich ertappte ich mich einen Moment bei einer Eifersucht, den zarten Ausläufern des Schattens gegenüber, die in diesem Moment nach Nicks rechtem Arm griffen. Und einen Moment später wünschte ich mir, ich könnte verdunsten und als kühler Regenstaub auf Nicks ganzem verdammten Körper landen, und der Rest von mir, der nicht auf seinen Körper passte, den würde Nick einfach einatmen (inhale/exhale), ich war ein hoffnungsloser Fall.

»Woran denkst du?«, fragte Nick.

»An Raumluftbefeuchter«, sagte ich.

Plötzlich wurde mir klar, dass Elias recht hatte und dass auch ich nicht mehr nach Hause gehen konnte. Ich würde mein Gepäck aufgeben, die Bilder von Mora und B, meine Kleider, meine Zahnbürste, Bs Zahnbürste. Ich würde mein Gepäck aufgeben und Wilma hätte ein letztes Mal Gelegenheit, mich furchtbar zu verwünschen. Ich würde das Blatt, das ich vor Nicks Haustür aufgelesen hatte, in der Hand drehen, die filigranen Verästelungen dieses perfekten, versehrten Blattes betrachten, während sie meinen Namen aufriefen. Auf Omas Sofa saß noch immer die Schablone meiner selbst, und wenn ich zurückginge, würde sie mich binnen eines Tages verschlucken. Ich würde warten, bis mein Gepäck abgeflogen war, dann wäre alles egal. Ich könnte den nächsten Zug nehmen, das nächste Schiff, die nächste Kutsche, den nächsten Heißluftballon, den nächsten Zeppelin. Ich würde in Baumhäusern wohnen, ich würde in verschiedenen Sprachen küssen, meine Zähne würden gegen andere Zähne schlagen. Ich würde seekrank sein, ich würde höhenkrank sein, ich würde den Druck der Tiefe auf meinen Ohren spüren, ich würde meine Nase in Stoffballen vergraben, in dunklen Bieren, im warmen Fleisch einer aufgebrochenen Melone. Ich würde meine

Zähne mit den Haaren meiner Feinde polieren und mir die Knie an rostigem Eisen aufschürfen. Ich würde Kinder in stickigen Hütten gebären, ich würde Doktortitel erwerben, ich würde Schaden nehmen und über Eislöchern knien, aber nie mehr würde ich nach Hause fliegen.

Ich hatte keine Arbeit mehr, ich hatte keine Wohnung mehr, ich hatte keinen Liebhaber mehr.

An meinen Händen klebten feiner Sand und Kuchenkrümel. Nick und ich lagen auf dieser kleinen runden Felseninsel und starrten in den Himmel. Eine dicke Wolke legte sich über die Sonne. Ich atmete tief. Mein ganzer Körper wurde leicht und weich, dann löste er sich von den Steinen. Ich schwebte eine Handbreit über dem Boden, nur der Saum meines Kleides berührte den Felsen.

»Schau mal«, sagte ich.

Nick drehte sich zu mir, schaute mich an.

»Lisa!«, sagte er.

»Nick«, sagte ich.

Nick und ich hockten auf dem Bett, die Knie angezogen, Kaffeebecher in den Händen und Schlaf in den Augen. Die Sonne schien in unsere Becher, reflektierte glitzernde Kreise an die Wände. Wir tranken in kleinen Schlucken. Mit jedem Schluck wurden die Kreise an der Wand kleiner. Und plötzlich fragte ich mich, was eigentlich so furchtbar an der Szene gewesen war, als die grauen Männer die Zeit anhielten und Momo mit einer Stundenblume, die in den letzten Zügen lag, zwischen den erstarrten Passanten umhereilte. Ein erstarrter Nick neben mir konnte mich im Moment mehr begeistern als bald gar kein Nick mehr neben mir.

»Ich werde dich vermissen«, sagte ich. »Ich werde dich vermissen«, sagte ich. »Ich werde dich vermissen«, sagte ich.

Am Flughafen würde Nick neben mir hocken, wir beide nebeneinander in orangen Plastikschalen. Durch das Fenster würden wir beobachten, wie Männer die Flugzeuge beluden.

»Ich bringe dich um drei hin«, hatte Nick gesagt, »dann muss ich wieder an die Arbeit.«

»Nein, das geht nicht«, hatte ich gesagt. »Du musst neben mir sitzen, schweigen und erst gehen, kurz bevor ich aufstehe. Du musst gehen, als würdest du noch etwas aus dem Auto holen wollen.«

»Ich hasse Flughäfen«, hatte Nick gesagt.

»Ich mag Flughäfen. Ich mag fliegen. Ich mag Flugzeuge. Ich finde Tragflächen sexy. Ich könnte auf einem Flughafen wohnen!«

Nick hatte geseufzt: »Ein Flug von Sydney nach Darwin und zurück produziert ungefähr so viel CO_2, wie ein Inder in einem ganzen Jahr verursacht. So solltest du es mal betrachten.«

Ich lief durch Nicks Wohnung und las Dinge auf, suchte meine Sachen zusammen. In vier Wochen hatte ich mich so entschlossen hier ausgebreitet, dass ich mich fragte, wie ich meine Belange jemals in einen Koffer bekommen sollte. Es schien mir absurd, ich fühlte mich, als würde ich kurz Urlaub machen und dann sowieso zurückkehren, um keusch mit Nick zu leben, zwischen Bett und Schreibtisch und den flatternden Seiten vieler Bücher. Ich setzte mich auf meinen Koffer, mein Mund war trocken. Heimlich hängte ich zwei Kleider zurück in Nicks Schrank. Wie Oma, dachte ich. Ich bin wie Oma.

Ich überlegte kurz, dann legte ich noch zwei Paar Socken, zwei Unterhosen und mein Lieblings-T-Shirt dazu. Vielleicht zog er es mal an. Vielleicht zog er es mal an und es wäre ihm zu kurz und flatterte über der Brust.

Gestern hatte ich mich von Marc verabschiedet. Er hatte auf dem Sofa gehockt und Rabbit Proof Fence geschaut, einen Film über die Flucht dreier Aborigine-Kids aus einem missionarischen Erziehungsheim. Das tat er meistens, wenn es ihm schlecht ging. Marc und ich beherrschten die masochistische Schmerz-mit-Schmerz-bekämpfen-Strategie in erlesener Perfektion. Ich hatte lieber gar nicht gefragt, wo Jonas war. Als das erste der drei Kinder nach mehreren hundert Meilen Fußmarsch von der Polizei aufgegriffen wurde, goss Marc sich sein Glas randvoll mit Wodka. Ich setzte mich eine Weile neben ihn und drehte ihm leuchtend weiße Zigaretten zum Trost. »My pain and sadness is sadder and painfuller than your pain and sadness«, zitierte er zum Abschied McLusky und drückte mir einen Haschkeks in die Hand. »Für den Flug.«

Dann strich er sich tapfer die Haare aus dem Gesicht und wankte Richtung Küche, Maiskolben im Sinn.

Auch Ben hatte mir ein Abschiedsgeschenk gemacht. Ein kleines Butterpäckchen aus der Jugendherberge lag im Briefkasten. Take Care hatte Ben mit Edding draufgeschrieben.

Nick kochte Kaffee. Wir saßen auf der Bank vor dem Haus. Die Zigarette flatterte in meiner Hand. Ich schaute in den starken, großen Himmel, der von Telefonleitungen durchschnitten wurde. Nick erzählte Dinge. Ich hörte nicht zu, aber ich schnitt jedes seiner Worte aus und steckte sie mir in die Tasche. Für später. Allmählich musste ich in Rationen denken.

»Was meinen Fischli & Weiss?«, fragte Nick.

Ich holte das Buch heraus, die abgegriffenen Seiten flatterten lose zwischen meinen Fingern.

»Leide ich an gutem Geschmack?«, las ich vor und stand auf.

Barfuß stieg ich in seine schwarzen, harten Schuhe. Sie waren so groß, dass ich die Füße nicht heben konnte beim Gehen. Es wär schön gewesen, hätte mir ein Gedicht einfallen können, aber mir fielen nur Bedürfnisse ein.

Ich schlurfte hinein, legte mich ins Bett zwischen all unsere Bücher und wartete. Ich zog mit den Augen die Linien des Zimmers nach, die Wände bis zur Decke und zum Fenster hinunter, dann das Regal, ich umriss jede einzelne Kiste, stellte mir die Fotos darin vor, die Zettel, die Zeichnungen. Dann umrandete ich die Socken auf dem Boden, die Kaffeebecher, die Teebecher, die Kamera, die Dielen. Durchs Fenster wehten der Geruch nach Pfannkuchen und verhaltenes Lachen. Ich schloss die Augen, dann rief ich und öffnete die Augen erst, als ich spürte, wie Nick sich neben mich aufs Bett setzte. Er sah mich an und lächelte. Das Fenster in seinen Augen war offen. Ich schnitt auch seinen Blick aus. Fürs Reisegepäck. Da war noch Platz für seinen Geruch und den Kaffeefleck auf seinem T-Shirt und für mindestens die Hälfte seiner Bartstoppeln.

»Wunder dich nicht«, sagte ich, »wenn du etwas ausgefranst zurückbleibst, ich bin wild entschlossen, so einiges mitzunehmen.«

»Du sprichst so anders«, murmelte Nick, »gar nicht mehr förmlich!«

Er sagte das, als würde er eine große Zartheit aussprechen, als hätte er einen Schmetterling im Mund, den er nicht berühren durfte mit der Zunge beim Sprechen. Dann zog er mir das Hemd hoch und küsste mich auf den Bauch.

»So ein Flugzeug reist schneller als eine Seele«, sagte ich zu Nick. »Mach ihr einen Kaffee, falls sie noch ein wenig hier rumturnt.«

»Happy Birthday«, sagte Nick. »Wie alt bist du jetzt?«

»Immer wieder gerne 26.«

Ich sah die Fäden im Sonnenlicht glitzern, Fäden, die von Nicks Stirn zu meiner liefen wie Spinnweben. Ich legte eine Hand an seine Wange und zog ihn zu mir herunter, anders konnte ich unmöglich gehen. Nick küsste mich zart, packte mich um die Hüfte und tatsächlich verdampften die Fasern unserer Kleidung binnen eines Augenblickes (to evaporate) und wir lächelten uns an, wie man lächelt, wenn etwas unpassend, aber genau richtig ist. Ich hörte ein Flugzeug über das Haus fliegen, ich hörte die Waschmaschine im Schuppen waschen, ich hörte die Schildkröte an der Tür kratzen.

Wir tauchten die Nasen zusammen zum Abschied, wie Delphine. Als ich ging, war die Zimmerdecke über Nicks Bett heraufgezogen, hatte den Sternenhimmel vertrieben.

Bibliografische Information der Deutschen Nationalbibliothek

Die Deutsche Nationalbibliothek verzeichnet diese
Publikation in der Deutschen Nationalbibliografie;
detaillierte bibliografische Daten sind im Internet
über http://dnb.d-nb.de abrufbar.

www.wallstein-verlag.de

Vom Verlag gesetzt aus der Stempel Garamond
Umschlaggestaltung: any.way, Cathrin Günther
Foto: © Kay Michalak
Druck: Hubert & Co, Göttingen

ISBN 978-3-8353-0479-6